SUZANNE ET LA PROVINCE

DU MÊME AUTEUR

Un été sans histoire, roman, Mercure de France, 1973; Folio, 958.
Je m'amuse et je t'aime, roman, Gallimard, 1976.
Grands Cris dans la nuit du couple, roman, Gallimard, 1976, Folio, 1359.
La Jalousie, essai, Fayard, 1977. Idées Gallimard, 0505.
Une femme en exil, récit, Grasset, 1979.
Divine Passion, poésie, Grasset, 1981.
Envoyez la petite musique..., essai, Grasset, 1984; Le Livre de Poche, Biblio/essais, 4079.
Un flingue sous les roses, théâtre, Gallimard, 1985.
La Maison de jade, roman, Grasset, 1986; Le livre de Poche, 6441.
Adieu l'amour, roman, Fayard, 1987; Le Livre de Poche, 6523.
Une saison de feuilles, roman, Fayard, 1988; Le Livre de Poche, 6663.
Douleur d'août, récit, Grasset, 1988; Le Livre de Poche, 6792.
Quelques pas sur la terre, roman, Gallimard, 1989.
La Chair de la Robe, essai, Fayard, 1989; Le Livre de Poche, 6901.
Si aimée, si seule, roman, Fayard, 1990; Le Livre de Poche, 6999.
Le Retour du bonheur, essai, Fayard, 1990; Le Livre de Poche, 4353.
On attend les enfants, roman, Fayard, 1991.
Mère et Filles, roman, Fayard, 1992.
La Femme abandonnée, roman, Fayard, 1992.

Madeleine Chapsal

SUZANNE ET LA PROVINCE

roman

Fayard

© 1993, Librairie Arthème Fayard

A Saintes, Cognac, Jarnac, Jonzac, Pons, Saint-Jean-d'Angély, La Rochelle...
A Limoges, Eymoutiers, Bujaleuf, Peyrat-le-Château, Bourganeuf, Saint-Léonard-de-Noblat, Châteauneuf-la-Forêt...
A ma province.

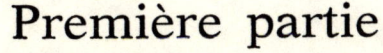

Première partie

1

Pourquoi celle-là ? C'est ce que semble demander la représentante de l'agence immobilière par sa façon dégoûtée d'entrouvrir les lourds volets de bois, d'indiquer d'un geste las l'emplacement de la cuisine, en effet primitive, et d'ajouter : « L'escalier est en pierre taillée, et les étages sont hauts, évidemment. »

C'est vrai, cette vieille maison – un siècle ou plus ? – s'élève plus que nécessaire vers le ciel, comme il était d'usage à une époque où tout ce qui surpassait le niveau alentour proclamait le rang social des bâtisseurs.

« Philippe m'aurait dit qu'une telle prétention, qui remonte aux premiers tumulus et aux pyramides, sévit toujours, songe Suzanne. Dès que la moindre agglomération veut jouer à la ville, elle construit des tours. Quitte à les raser quelque temps plus tard... »

Le jardin – une cour fleurie – est d'autant plus charmant d'avoir été mal entretenu. Les arbrisseaux ont pris de l'ampleur et un fouillis de plantes grimpantes assaille les vieux murs par-dessus lesquels passent les branches, encore en bourgeons, des lilas mitoyens. Seul un gros cerisier, non loin, a déjà sorti ses fleurs qui attirent une multitude d'oiseaux pépiant à tue-tête. Sans doute sont-ils étonnés de voir du monde dans la grande maison depuis si longtemps fermée.

Suzanne s'est assise sur le banc de pierre adossé à la façade, du côté du midi, et la jeune personne, qui a dû trouver que sa songerie se prolongeait un peu trop, vient se planter devant elle. « Il n'y a pas de cave, dit-elle, et le grenier est fermé à clé : la propriétaire y a rangé quelques affaires. Pour ce qui est de votre voiture, vous pourrez la parquer dans la cour, le portail ouvre à deux battants. Évidemment, un véhicule, ça dépare un peu... »

C'est la troisième ou quatrième fois que la jeune fille aux courts cheveux roux coupés en brosse, ce qui lui donne l'air pointu d'une petite fouine, répète « évidemment ».

« Sans doute sa façon de me dire que mon choix n'est pas évident à ses yeux ! » se dit Suzanne.

Cela va faire deux jours qu'elle lui fait visiter des maisons à louer, en ville comme dans les environs. Fermettes restaurées avec une plaisante étendue de prés et d'arbres – un « parc » comme on dit dans la profession –, pavillons tout neufs dans des résidences de haut standing où le voisinage est agréable, sans compter la proximité du golf et d'un centre commercial, plus quelques appartements dont les baies vitrées ouvrent directement sur le fleuve. Et surtout le dernier-né chéri de la mairie : un îlot résidentiel de petits bâtiments accolés les uns aux autres, tous différents comme dans une cité d'artiste. « Le jardin public est juste en face : trois pas et vous y êtes ! » s'est extasiée la jeune personne.

« Pourquoi pas ? » semblait approuver Suzanne en arpentant consciencieusement un lieu après l'autre.

En réalité, à peine l'endroit aperçu, elle savait que c'était « non », et c'est uniquement par politesse qu'elle acceptait d'aller de pièce en pièce, regardant ce qu'on lui disait de voir, ainsi qu'au cours d'une visite guidée, tout en pensant à autre chose.

A Philippe, dont elle croyait entendre la voix et les remarques, comme au temps où elle partait en éclaireur leur louer une maison pour l'été.

Elle savait d'avance ce qu'il dirait le jour de l'arrivée : « J'aime bien la terrasse, mais alors, pour la vue, tu n'avais pas dû emporter tes lunettes... » Ou bien c'était la chambre qui n'était pas assez vaste. Une fois, même, elle l'avait été trop... Quel raffut : « Au-delà de vingt mètres carrés, je me perds, moi ! Tu oublies que j'ai été prisonnier pendant la guerre et que j'y ai pris l'habitude d'être confiné... »

Les deux dernières années, Suzanne lui téléphonait le soir, de l'hôtel, en lui décrivant les maisons qu'elle avait visitées dans la journée, pour qu'il choisisse lui-même. C'était un jeu entre eux, et elle enregistrait si bien, à son intention, les avantages et inconvénients de chaque location qu'elle aurait pu suppléer l'agent immobilier !

L'été dernier, dans la maison d'Arcachon, elle avait commencé par se réjouir quand Philippe n'avait, semble-t-il, rien trouvé à redire à son choix. Elle s'attendait à ce qu'il critique, exige, en fait joue avec elle « à celui qui trouvera l'erreur le premier » ! Or, il était allé s'étendre sans un mot dans la chambre qui, cette fois, donnait vraiment sur la mer. Et quand Suzanne lui avait dit : « Aucun reproche, si je comprends bien ? », Philippe avait seulement souri, puis tapé de la main sur le lit pour qu'elle vienne s'asseoir près de lui.

Est-ce à cet instant-là qu'elle avait commencé à se douter qu'il était malade ? Ou quelques jours plus tard, lorsqu'il avait eu ce bizarre malaise, après une exposition au soleil, pourtant courte ?

Depuis trente ans qu'ils étaient mariés, Suzanne savait avant lui qu'il avait attrapé froid, couvait une grippe ou digérait mal le dîner de la veille. « Allez, prends ça », disait-elle en lui tendant une dose d'oscillococcinum ou un cachet pour le foie.

– Pour quoi faire ? demandait Philippe tout en acceptant le médicament.

– Parce que tu en as besoin...

Elle avait physiquement conscience de ses besoins, comme une mère de ceux de son enfant. Quant à ses désirs... Ils s'étaient un peu écartés l'un de l'autre, ces derniers temps, à tel point qu'elle lui avait soupçonné une maîtresse. En réalité...

— Alors? dit la jeune fille. Vous êtes décidée ou vous voulez voir autre chose?

— Je prends celle-ci, répond Suzanne.

— Ah bon, dit l'envoyée de l'agence, satisfaite de conclure et en même temps ennuyée de ne pas loger sa cliente comme, à son propre avis, il eût convenu.

La fille lui étant sympathique, Suzanne veut la réconforter : « Ne vous en faites pas, mademoiselle, je serai très bien ici... Cette maison plairait à mon mari. »

A peine ces mots prononcés, Suzanne se rend compte qu'en fait elle ne peut qu'inquiéter en évoquant un mari dont elle n'a pas parlé jusque-là. N'a-t-elle pas déclaré à l'agence qu'elle était seule?

— Je veux dire que mon fils viendra peut-être me rejoindre et qu'il aimera avoir de l'espace..., ajoute-t-elle pour se rattraper.

— Ah, vous avez un fils?

— Oui, il vit à Tōkyō. Vincent a votre âge, ou à peu près, dit Suzanne en se levant du banc pour indiquer à la jeune personne qu'elles n'ont plus qu'à retourner à l'agence y signer le contrat et décider de la remise des clés.

Vincent, en fait, détesterait cette maison, pense Suzanne, elle est sombre et ne peut déboucher que sur la nostalgie, le retour au passé.

C'est justement ce qui lui a plu dès la première seconde : cette impression d'entrer dans un lieu reclos qui ressemble à un cloître, avec des corridors, des escaliers où elle pourra aller et venir sans être vue ni voir personne. Sans être entendue si elle se met à sangloter et même à hurler, comme la bête malade qu'elle est encore.

2

Le vieux médecin d'Arcachon avait commencé par les rassurer. En été, il était accoutumé à une clientèle d'estivants, souffrant des petits maux qui accompagnent le plus souvent la reprise brutale du sport chez des citadins surmenés. Après avoir conduit sans discontinuer pour ne pas perdre un jour de vacances, ces gens exténués par le voyage se précipitent aussitôt dans des activités dont ils ont perdu l'habitude.

– Tous les muscles sont violemment sollicités, leur avait confié le médecin. Ce qui libère dans l'organisme une quantité de toxines qu'on élimine d'autant plus mal qu'on a tendance à manger un peu trop...

– Ici, la nourriture est si bonne, avait dit Suzanne.

– La boisson aussi, avait ajouté Philippe avec un sourire dont Suzanne comprend seulement maintenant ce qu'il contenait d'espoir. Celui de pouvoir attribuer sa grandissante fatigue à un phénomène tout à fait normal.

C'est vrai qu'ils avaient accompli le trajet

Paris-Arcachon d'une traite. A Tours, il avait demandé qu'elle prît le volant et fait un petit somme, mais, passé cinquante ans, Philippe ne pouvait supporter aussi bien qu'avant les changements d'horaires et de climats. Il vieillissait, il convenait qu'il se résigne à ralentir. Contrairement à elle.

Cela faisait cinq ans que, sur l'insistance de Philippe, Suzanne avait mis son magasin de la rue de Paradis en gérance et cessé toute activité professionnelle, ce qui fait qu'elle ne souffrait plus du stress qu'engendre une vie de travail intensif. En compensation, il était implicitement entendu qu'elle s'occupait des « corvées », aussi bien leur trouver une maison pour les vacances qu'aller visiter les parents ou amis malades, faire les courses, traiter le lot croissant de paperasserie qu'implique la vie moderne. Maîtresse de ses horaires, se ménageant du temps pour la marche et sa gymnastique hebdomadaire, Suzanne n'avait pas de raison de se sentir surmenée.

Celui qui était vulnérable, fragile, à ménager, c'était Philippe. Et ni l'un ni l'autre ne s'étonnèrent vraiment de le voir au lit dès le premier jour des vacances. D'autant que le médecin disait que tout allait bien ! Bien sûr, il y avait ces ganglions un peu gonflés au cou, que le praticien avait découverts en l'auscultant consciencieusement, mais cela devait être dû à un début d'angine qu'on allait traiter et qui serait vite disparu.

Les ganglions persistèrent, la fatigue augmenta. Philippe, qui avait un peu maigri, manifestait de la répugnance à se mettre au soleil, aller sur la plage, se retrouver dans le vent. Quant à se baigner, il n'en était même pas question, il en frissonnait d'avance.

Tout allait si bien, pourtant, depuis son opération de la vésicule biliaire, pratiquée il y avait quelques années dans un hôpital parisien. Huit jours plus tard, il était sur pied et recommençait à pouvoir manger de certains plats auxquels il avait cru devoir renoncer définitivement du temps des spasmes et des calculs à répétition. Mercier, son médecin, était enchanté. « Tu vois que j'ai bien fait de te pousser ! L'ablation de la vésicule est désormais bénigne... Je me demande pourquoi on ne la fait pas à tout le monde, à notre époque. Ce sac à bile ne sert qu'à nous empoisonner l'existence... »

Philippe connaissait Mercier depuis qu'ils avaient fait leurs classes ensemble, à Henri-IV. Puis Maurice avait choisi la médecine et était devenu généraliste ; quant à Philippe, il avait préféré le droit et Sciences politiques, ce qui l'avait conduit à devenir chef d'entreprise. Il aimait diriger, dynamiser des équipes, c'était son don, sa vocation, et il avait réussi.

– Cela doit être un virus, avait fini par conclure le médecin, rappelé quelques jours plus tard. Dans ce cas, il n'y a rien d'autre à faire qu'à rester couché bien au chaud ; les virus ne se traitent pas, les antibiotiques n'ont aucune prise sur eux... On en voit de plus en plus, aujourd'hui, et de toutes sortes. Généralement, ça passe tout seul.

Quelques jours plus tard, Suzanne était à la cuisine, en train de préparer une salade composée pour le déjeuner, quand l'idée lui vint qu'au lieu de continuer à traîner à Arcachon, confinés dans un environnement qui n'était pas le leur, ils feraient mieux de retourner à Paris.

Soudain, Philippe, en pyjama, le teint terreux, s'était profilé dans l'encadrement de la porte : « Si on rentrait ? »

Ils avaient presque toujours les mêmes idées en même temps. « On est synchrones », lui avait-il dit dès leur première rencontre, cela faisait maintenant longtemps, mais elle n'avait rien oublié de leur amour. Lui non plus.

Le soir même, ils étaient chez eux. Heureusement, Mercier se trouvait encore à Paris. « Heureusement » n'est pas exactement le mot, car il ne devait plus y avoir de bonheur, de ce jour, pour aucun d'entre eux.

Assise sur le seuil de la maison louée, Suzanne contemple le bleu du ciel à travers le feuillage du tilleul, l'une des essences qu'elle préfère. Pourquoi a-t-elle encore besoin de se remémorer, minute après minute, le début de cette tragédie ? Elle le sait bien comment tout s'est passé, la façon dont ils se sont enfoncés, Philippe et elle, dans la banalité de leur drame, ce qu'il lui a dit, ce qu'elle lui a répondu de jour en jour, dans une résignation croissante. Jusqu'à la fin qu'on savait inéluctable, mais qu'on croyait dans un avenir bien plus lointain qu'elle ne le fut.

C'est terrible de voir mourir ; une part de

vous meurt en même temps. Non seulement parce qu'un être proche, aimé, emporte toute une tranche de votre passé, mais parce qu'on se sent coupable.

Coupable de continuer à respirer, coupable de dormir, fût-ce à coups de somnifères, coupable d'avoir faim. Coupable, surtout, de recommencer à apprécier, savourer un rayon de soleil, un bout de conversation...

– Suzanne, il faut penser à vous ! lui répétait Maurice Mercier.

Pourtant, elle avait le sentiment, au cours de ces interminables heures passées auprès d'un malade somnolent, à la fin presque inconscient, de n'avoir jamais cessé de penser à elle-même, se voyant agir, s'entendant parler, veillant à la façon dont elle s'habillait. Et aussi – dans une sorte de honte, mais comment faire autrement ? – prêtant attention à la contagion.

Mercier se trompait : lutter pour sa survie ne lui a été d'aucun secours, elle reste formidablement malheureuse.

Suzanne considère sa main, plus mince qu'autrefois, elle fait partie de ces femmes dont les extrémités s'affinent avec l'âge au lieu d'épaissir. La bague de leurs fiançailles, rubis et brillants, tourne un peu autour de son annulaire. C'est la seule qu'elle porte, moins encombrante que les diamants jumelés que Philippe lui a offerts par la suite.

Désormais, elle se dit qu'elle dispose de tout le temps qu'elle veut pour flâner au soleil, dormir, lire. Rien ne viendra l'interrompre, pas même le téléphone. Elle est partie sans laisser d'adresse. Seule la poste, à qui elle a demandé de faire suivre son courrier, sait où elle est. Et ne le communiquera pas.

Si Suzanne a choisi cette petite ville, presque au hasard sur la carte, c'est qu'elle n'y est jamais venue. Aucune visite à redouter, aucun compte à rendre.

Libre, elle est libre.

Elle ne l'avait jamais été, jusque-là. A dix-neuf ans, elle a quitté ses parents pour se marier et vivre avec Philippe. Ils se sont si peu séparés qu'elle a rarement dormi seule. Quand cela lui arrivait, le premier soir, elle appréciait d'éteindre sa lampe de chevet à l'heure qui lui convenait. Deux ou trois nuits plus tard, elle avait froid dans le grand lit. Et, surtout, manquait de conversation : à qui raconter sa journée ? C'est à cela que sert un compagnon de vie : partager ses pensées, même les plus infimes.

La veille de sa mort, comme s'il avait eu le pressentiment que le temps en était venu, Philippe lui a dit : « Je ne t'abandonnerai pas. »

C'est vrai, Suzanne ne se sent pas abandonnée. Lui et elle continuent d'être ensemble, dans un nouveau cadre, une nouvelle forme de vie dont c'est elle qui tient la barre. Est-ce de se sentir maîtresse à bord que lui vient soudain ce besoin de se remuer, de s'activer ?

Si elle nettoyait les vitres à fond, il ferait plus clair dans la maison ? Il y a aussi le magnifique carrelage en marbre de l'entrée qui a besoin d'être frotté. Suzanne n'a pas cherché de femme de ménage. Elle éprouve encore le besoin d'être seule.

Avec Philippe.

A peine montée sur l'escabeau extrait du débarras, voilà qu'elle se met à fredonner comme lorsqu'elle était jeune fille et se livrait à la chasse aux araignées chez sa grand-mère du Morvan, devenue trop âgée pour le faire elle-même. Sa voix résonne dans la vaste cage d'escalier. Aussitôt, Suzanne plaque sa main sur sa bouche. Qu'elle est bête, elle est seule !

Vivante, aussi.

Ne pas oublier : elle est vivante.

3

Depuis qu'elle n'est plus dans l'obligation de rendre compte de ses allées et venues, ni des raisons ou du pourquoi de ses faits et gestes, Suzanne finit par ne plus y prêter attention. Ainsi n'a-t-elle pas remarqué qu'elle se rend tous les jours à pied sur le Cours central planté de platanes géants.

Elle a toujours un prétexte pour entreprendre cette promenade, devenue quotidienne : la poste, la maison de la presse, le teinturier, ou simplement, lorsqu'il fait beau, s'asseoir à la terrasse du pâtissier, au coin de la rue piétonnière, pour, tout en dégustant un sorbet aux fruits d'une qualité qu'on trouve rarement à Paris, regarder passer les gens.

La province conserve encore des signes de distinction entre classes sociales qui s'observent d'abord dans l'habillement et la silhouette : les femmes de la campagne sont plus en chair, la taille peu marquée. Sans maquillage, le cheveu court, très plat ou très frisé, les chaussures un peu éculées, elles serrent contre leur poitrine un objet qu'on sent chez elles inhabituel : leur sac à main. Quand elles l'ouvrent, c'est précautionneusement, pour en sortir des billets de banque qu'elles n'osent compter, de crainte de faire « pauvre ». Rarement équipées de lunettes noires, ces femmes ont le regard bon et un perpétuel petit rire qui est comme d'excuse.

Ainsi celui de cette femme qui vient de passer près de Suzanne, marchant derrière son mari, un cultivateur à en juger par son pas lent et lourd. Costaud de buste mais les bras minces – c'est le sport qui donne des biceps, pas le travail aux champs –, l'homme a éternué.

Et son épouse, qui le suivait de près, lui a jeté sur un gloussement : « Dis donc, tu te fais remarquer ! »

Suzanne s'est rappelé que c'était la préoccupation de la grand-mère, quand elles se rendaient une fois par semaine à Avallon : ne pas se faire remarquer, ni par sa tenue, ni par son comportement. « Attention, tu vas te faire remarquer... », lui disait mémée Noémie quand la petite, avec la précipitation de son âge, courait vers un magasin, une vitrine, indiquant du doigt l'objet qu'elle convoitait.

Un élan de tendresse soulève Suzanne pour ces gens simples qui l'ont aimée et qu'elle aussi a aimés, avant de les perdre. Elle croyait leur race disparue et voilà qu'elle en rencontre de semblables, presque aussi égarés qu'elle-même dans cette petite ville de province. Elle a envie de les aborder, ces deux-là, de les inviter à consommer, mais cela ne ferait que les effrayer. Et que se diraient-ils ?

Cela va faire plusieurs jours qu'elle n'a parlé à personne, sauf à certains commerçants qui commencent à la connaître, ce qui se traduit par des remarques sur le temps : il change, n'est pas de saison, tourne au beau, se gâche, bruine, se couvre, vente, manque de pluie, est drôle... Aucun commentateur de la météo n'arrive à la cheville des gens du crû quand il s'agit du temps qu'il fait, a fait, fera, et de la richesse des expressions employées pour le définir.

Au moment où Suzanne s'apprête à se lever pour partir après avoir laissé un pourboire « parisien », c'est sur le ton de la confidence, presque de l'intimité, que la jeune serveuse lui murmure : « Il a fait bon, cet après-midi. »

Oui, il a fait bon, aujourd'hui, pense Suzanne en remontant lentement le Cours, tout en jetant un coup d'œil aux vitrines où vêtements et chaussures, parfois exposés jusque sur le trottoir, tiennent, ici comme ailleurs, le haut du pavé.

Soudain, elle sursaute : une silhouette familière vient à sa rencontre ! Une seconde plus tard, elle comprend que c'est la sienne, reflétée par une glace murale si bien encastrée qu'on ne la discerne pas.

Curieuse impression que de se juger soi-même, l'espace d'un instant, comme on le ferait d'une étrangère. Tout compte fait, elle s'est trouvée « bien », mince depuis qu'elle a tant maigri. Manger près de Philippe, devenu anorexique, ne lui disait rien ; depuis, elle n'a pas repris goût à se faire la cuisine.

Peut-être est-elle un peu trop sombre, à la fois par la teinte de ses cheveux et ceux de ses vêtements, le visage mangé par une paire de lunettes de star. Celles qu'elle portait à l'hôpital, au cimetière, dans la rue, pour qu'on ne voie pas ses larmes qui, à partir d'un certain moment, coulaient continuellement. « Vous êtes en dépression, Suzanne, avait fini par lui dire Mercier. Il faut que vous alliez consulter un psychologue, parler à quelqu'un, moi je ne peux que vous donner des pilules, mais je vous connais, cela ne vous suffira pas ! »

Elle était partie d'un jour sur l'autre, sans aller voir le psy, sans même prévenir Mercier. En fait, elle ne croyait plus ni aux médecins, ni à la médecine, ni aux soins. Il y avait de quoi : c'étaient eux qui avaient mortellement contaminé Philippe, se révélant ensuite incapables de le tirer de là.

Elle se sentait dépressive, en effet, à ce moment-là, mais elle ne se pensait pas en danger – de toute façon, mourir lui était égal –, elle était seulement affreusement meurtrie et avait envie d'être seule. Qu'on ne lui parle plus.

C'est peut-être ce qui l'avait le plus épuisée, les derniers temps : les mensonges des uns et des autres, ou plutôt les demi-vérités, et puis la suspicion. Où Philippe avait-il bien pu attraper cette saleté ? *Où*, cela voulait dire *comment*, et *avec qui* ? Dans quel « bordel », avec quelle « pute », et de quel sexe ?

Si les mots n'étaient pas prononcés, Suzanne les entendait distinctement, ils planaient où qu'elle aille, à l'hôpital comme chez les amis, qui s'étaient faits plutôt rares au chevet de Philippe. Elle avait même remarqué – on voit tout à ces moments-là – qu'on l'embrassait, elle, avec une certaine... mettons discrétion, pendant la maladie et même à l'enterrement ! Comme si elle aussi – sait-on jamais ? – avait été porteuse du mal !

Alors Suzanne avait baissé son voile de veuve comme on tire un rideau pour s'isoler d'autrui et s'en protéger : le mal, ce n'était pas elle, c'était eux !

Quant à savoir comment Philippe avait été contaminé, elle avait fini par le comprendre, ou plutôt c'était elle qui l'avait exprimé la première – car Mercier y avait songé de son côté, sans vouloir le lui dire : la transfusion !

Au cours de son ablation de la vésicule, sans qu'on lui en parlât, par « confort », comme disent les chirurgiens, il avait dû recevoir un peu de sang contaminé. Cela s'était fait pendant l'anesthésie, à l'insu de tous, même du médecin traitant, et Maurice Mercier avait dû insister, se déplacer pour en avoir confirmation.

Et encore, il n'avait pas eu accès au dossier, ce n'était là qu'une hypothèse. Une simple possibilité. Sous-entendu : il n'y a pas qu'un moyen pour ce genre de contamination, il en est d'autres, et même de plus « naturels », si l'on peut dire.

Suzanne, là aussi, y avait pensé et elle avait fini, dans la gêne, par se renseigner sur l'état de santé de Sylvie. Laquelle allait bien. Toutefois, de ce côté-là aussi, comme pour la transfusion, aucune certitude : quels étaient exactement les rapports de Philippe et de Sylvie Mesclain ? Suzanne avait tenté de le savoir en le demandant carrément à Philippe, qui avait refusé de répondre. Peut-être craignait-il qu'elle l'abandonne dans l'état où il était, si elle apprenait qu'il l'avait trompée ? Pourtant, cela n'avait vraiment plus d'importance.

Suzanne a continué d'avancer ; elle s'arrête devant une boutique plus élégante que les autres. Chemisiers à pois, jupes mini, dans les couleurs à la mode : mauve, jaune, vert pomme... A travers la porte vitrée, une femme d'âge mûr la considère avec bienveillance. Est-ce le besoin de parler à quelqu'un ? Suzanne, dans une impulsion, pousse la porte. La femme lui sourit :

– Vous cherchez quelque chose, madame ?

Sur des portants courant le long des murs, des tenues colorées sont à la disposition des clientes et attirent l'œil.

– J'ai envie de regarder.

– Faites comme il vous plaît, dit la marchande en se détournant pour lui indiquer qu'elle est libre.

Tellement libre.

Sauf de ses pensées.

4

A Paris déjà, Suzanne s'était fait la réflexion qu'il suffisait de lever la tête pour découvrir des merveilles. Les derniers étages des immeubles, avec leurs terrasses-balcons ornés de végétation, de fleurs, parfois de véritables arbres, les toits de zinc arrondis comme ceux de la rue de Rivoli, ou alors recouverts de tuiles, d'ardoises, de bardeaux, de tous les matériaux utilisables et utilisés. Sans compter le haut des monuments, flèches des églises, sommet de la tour Saint-Jacques, de l'obélisque, de l'Arc de Triomphe, de la colonne de Juillet, chevaux de Marly, dôme doré des Invalides, tous si différents dans leur style, leur recherche... C'est sur le firmament, s'était-elle dit, que s'inscrit en ligne continue la sublime beauté de la capitale. Son esprit.

Ici aussi, la petite ville s'écrit sur le ciel. De façon moins ambitieuse, plus uniforme, ses toits recouverts pour la plupart de tuiles rondes tracent une phrase aux courbes douces que ponctue, çà et là, l'émergence d'une église ou d'une cathédrale.

Qui s'est jamais occupé d'en déchiffrer le message ? se demande Suzanne en contemplant le haut d'une nef romane sculptée d'une frise en forme de colonnade.

Soudain elle tressaille, prête à reculer : une pierre s'est détachée !

Mais non, c'est une tourterelle bringée, dont les deux tons de gris sont si parfaitement calqués sur ceux de la pierre qu'immobilisé, l'oiseau s'y confond. Maintenant qu'elle sait, Suzanne en distingue d'autres, perchées un peu plus loin et prêtes à prendre leur envol. « Ce sont les âmes de la pierre... », se dit-elle en reprenant sa marche.

En elle aussi, si pétrifiée ces temps-ci, une parcelle vivante s'est remise à battre de l'aile, émue par la simple beauté du spectacle. Sa paix.

« Comme si, pense-t-elle, il y avait toujours une part de nous, en harmonie avec le temps et l'espace universels, que rien n'atteint mais avec laquelle, trop enfoncé dans son drame personnel, on ne communique plus... »

Est-ce à dire qu'elle va mieux ? Qu'elle se détache de ce fond brûlant contre lequel elle demeurait collée comme la peau sur une plaque chauffée à blanc ? L'image est horrible et elle en frissonne, tandis que, par association, ce qu'elle a pu voir de plus affreux au cinéma, à la télévision, sur les massacres, les camps de la mort, défile à nouveau dans sa tête, et que son pouls ralentit, ses jambes faiblissent... Tout se tient dans notre expérience. Ce qui compte, c'est ce qu'on convoque ou accepte de laisser venir à la conscience.

Cela peut-il dépendre de la volonté ? Suzanne se dit qu'elle va essayer, s'efforcer de penser à la beauté des choses, à tout ce qui tente de vivre autour de nous. On croit que c'est sans nous, mais peut-être les plantes et les animaux n'ont-ils la force de continuer d'exister que parce qu'il y a certains humains pour penser à eux affectueusement et s'occuper de les défendre ?

Partout dans la ville, les lagerstremia, ces petits arbres frileux, ont commencé de mettre leurs fleurs. Ce qu'il y a d'étonnant, au printemps, c'est la rapidité avec laquelle, d'un jour sur l'autre, la nature sort de son hibernation. Chaque plante éclate à sa façon, en passant par tout un éventail de couleurs. D'abord très tendres, variant du gris au rose, du beige pâle au vert pastel, avec parfois la stridence d'un jaune vif ou l'éclat d'un nuage blanc et rose, presque rouge chez certains marronniers, pour s'uniformiser dans les verts sombres, soutenus, prometteurs d'ombre et de fraîcheur – jusqu'à l'automne.

Il n'y a pas de lagerstremia dans le jardin de la maison. Suzanne peut-elle se permettre d'en planter un ? Au moment de la location, la représentante de l'agence l'a informée : « Et pour le jardin, la propriétaire a dit que vous pouviez faire ce que vous voulez... Personne ne s'en est occupé depuis des années, et s'il faut couper, débroussailler, déraciner même, ne vous gênez pas... » Mais nul n'a parlé de planter. Sans doute la propriétaire ne pouvait-elle imaginer sa locataire provisoire investissant dans un jardin qui n'est pas le sien. Des géraniums, peut-être, quelques plantes en pots...

Est-ce d'avoir trop vu dépérir, ces derniers mois, soudain Suzanne a envie de voir pousser... Désir calme – les plantes sont silencieuses – mais puissant : celui d'être enfin récompensée de ses soins. Philippe, hélas, allait toujours plus mal, s'occuper de lui devenait si ingrat... La végétation, elle, pourvu qu'on lui fournisse un peu d'eau et d'espace, vous le rend au centuple.

Bien sûr, Suzanne ne va pas s'engager dans de grands frais. Ce lui serait impossible en ce moment, du moins tant qu'elle n'aura pas touché l'argent. Celui qui doit lui revenir – d'après son avocat – en compensation de la mort de Philippe.

Il avait bien souscrit une assurance-vie, mais sur la tête de Vincent. Quant à eux, à dix ans de sa retraite qui devait être confortable, Philippe avait calculé qu'elle leur suffirait. N'avait-il pas juste terminé de payer les traites de l'appartement ? Il commençait à songer à une petite maison à la campagne, dans le Lubéron ou alors en Haute-Provence ; Philippe aimait le soleil perpétuel. La pluie, même fine et légère comme celle d'aujourd'hui, l'exaspérait. « On est dans de la ouate », disait-il en cherchant à éloigner les gouttes de la main comme on chasse un essaim de moustiques. « On voit bien que tu es d'un signe solaire ! lui disait Suzanne en riant. Moi, j'aime la pluie parce qu'elle est bienfaisante, je me réhydrate lorsqu'il pleut... »

« Ce sera long, avait dit l'avocat : un an, deux ans. Des associations se sont formées. Vous n'êtes pas seule dans votre cas – heureusement, si je puis me permettre, car rien ne s'obtient que par les associations. Seulement, il faut qu'elles se mettent d'accord sur un protocole et... »

Elle n'avait plus écouté, laissant à M⁰ Garand le soin de poursuivre l'affaire et de régler son cas en même temps que ceux de ses éventuels associés dans le malheur, qu'elle n'avait pas cherché à connaître.

D'ici là, elle sait qu'il lui faut se restreindre, et, comme elle n'aime pas compter, ne dépenser que pour l'essentiel. (Elle n'a finalement rien pris, l'autre jour, à la boutique de mode.)

Un lagerstremia fait-il partie de l'essentiel ?

5

– C'est pour un jardin. Mon jardin! déclare Suzanne au pépiniériste.

L'homme – sympathique – ne réagit pas et Suzanne se dit qu'il a dû trouver sa réflexion un peu sotte : bien sûr que c'est pour un jardin! Ce qu'il aurait sans doute préféré, ce sont des indications sur l'exposition dudit jardin, la qualité de son sol.

Mais l'important, dans ces quelques mots, et le pépiniériste ne peut le savoir, c'est le possessif : *mon* jardin, a dit Suzanne.

C'est vrai qu'elle s'est approprié les lieux, du fait même qu'elle les nettoie et les entretient. La voici devenue fière de *son* carrelage dont elle a découvert qu'il comportait trois, et non pas seulement deux tons de marbre – vert-gris, beige et blanc –, et aussi du buffet de *sa* salle à manger. Il a fallu qu'elle le cire par deux fois, sans compter les heures passées à le frotter au chiffon doux pour que le noyer reprenne son aspect brillant, presque verni, et qu'elle découvre, dans les sculptures des portants, des incrustations de bois d'ébène.

Tandis qu'elle travaillait, tantôt juchée sur l'escabeau, tantôt à genoux, il lui semblait par moments entrer en communication avec l'âme de ceux qui avaient fabriqué le vieux meuble. Combien étaient-ils? L'ébéniste, son aide, peut-être un apprenti, au-delà d'eux le charpentier, fournisseur du bois, le bûcheron qui avait abattu l'arbre, sans compter celui ou ceux qui l'avaient planté. Puis il y avait eu le vendeur, le déménageur, les premiers qui l'avaient acheté, payé, peut-être revendu, et elle, enfin, la dernière de la chaîne, réitérant au meuble combien il était beau, combien on l'aimait. En tout cas à quel point elle, Suzanne, l'aimait... Et elle avait posé la joue contre son flanc lisse, fleurant bon la cire. « Toi, s'était-elle dit à elle-même avec un certain amusement, tu dois avoir de l'amour en jachère. Cela te reprend donc? »

C'est vrai qu'elle avait cru qu'elle n'aimait et n'aimerait plus personne après la mort de Philippe – sauf Vincent, bien sûr, avec qui elle communiquait régulièrement, mais pas du fond de son chagrin, pour ne pas l'accabler, cherchant plutôt à le soutenir, au contraire, alors qu'il fournissait si loin de France un si gros effort d'adaptation. Non, elle n'aimerait plus jamais personne, pas même un chien, comme des amis bien intentionnés lui en avaient proposé un de leur récente portée.

Or, voici qu'elle s'était mise à aimer un vieux meuble! Sans compter un jardin.

– Il n'est pas trop tard pour le planter?
– Un peu juste, madame. Voilà ce que je

vous conseille : vous le gardez empoté jusqu'à l'automne, le temps qu'il finisse ses feuilles, et lorsqu'il les aura perdues, nous viendrons vous le mettre en terre. Vous habitez où ?

— Un peu loin d'ici...

C'est la boulangère, son amie quotidienne, comme le pain qu'elle lui achète, qui lui a donné l'adresse de ce pépiniériste, situé à plus d'une heure de route, mais le déplacement, a-t-elle ajouté, valait le voyage. « Vous qui aimez les arbres et les plantes, chez lui vous en verrez de toutes sortes ! Il vend même des oliviers qui ont plus de cent ans, pour les gens pressés... »

Suzanne avait rétorqué qu'elle préférait aller dans n'importe quelle jardinerie des environs, car elle ne cherchait rien de bien extraordinaire et trouverait facilement à se contenter. Sans trop consommer d'essence...

C'est l'idée des oliviers centenaires qui l'avait décidée à faire le voyage. On pouvait donc s'acheter *du temps* ? Bien sûr, il n'était pas question pour elle de planter un olivier d'âge mûr dans le jardin loué, mais rien que les voir, les caresser, parler avec leur éleveur, la tentait. D'où les tenait-il, d'abord ? Il n'avait sûrement pas cent ans, cet homme-là !

M. Roque était jeune, au contraire, de stature moyenne et droit comme un i. « Un if », pensa Suzanne. Il parlait de ses arbres avec amour. Ou, plutôt il parlait à leur place, racontant leur aventure. Car, dès leur naissance, comme les humains, les arbres ont de la chance ou des malheurs. Une branche arrachée par le vent, un accident qui les fait pousser autrement. Ou alors une maladie, une rivalité avec un autre qui les oblige à mieux se défendre, à bifurquer, changer de direction et, parfois, devenir plus beaux et plus forts que prévu...

Quand M. Roque dit « Celui-là... » en désignant l'un de ses pensionnaires – la plupart sont destinés à quitter le domaine –, c'est comme s'il prononçait un prénom. Pour le nom, c'est celui de leur famille : chêne, pin parasol, peuplier, tilleul, platane, orme, et, bien sûr, les oliviers.

L'un, en particulier, fascine Suzanne : le tronc court, à peine soixante centimètres, il a produit trois grosses branches noueuses qui se ramifient à l'extrême jusqu'aux feuilles, lesquelles ne sont pas plus que deux ou trois, parfois une seule, sur ce qui paraît une brindille. Étrange qu'un arbre aussi fortement charpenté porte des feuilles aussi exiguës, se dit Suzanne, sans compter les fruits, pas plus gros que ces boutons de bois qu'on appelle d'ailleurs des olives...

– Combien, celui-ci ? dit une voix derrière elle.

Suzanne se retourne pour se trouver face à un homme de forte stature, la cinquantaine, d'après sa chevelure grisonnante, qui la regarde maintenant avec quelque surprise :

– Excusez-moi, j'ai cru que vous apparteniez à l'établissement !

C'est vrai qu'elle est en jean, sans sac, elle a laissé le sien dans la voiture pour avoir les mains libres et, avec sa chemise de popeline rayée, elle pourrait passer pour l'une des employées qui s'occupent des plantations et de la vente.

— Je me contente d'admirer, dit Suzanne.

— Il y a de quoi faire, ici, poursuit l'homme qui continue à la dévisager comme s'il cherchait à la « classer ». Mais il est plus facile de déterminer la famille d'un arbre que celle d'un être humain.

Soudain, sous ce regard insistant, Suzanne se voit de l'extérieur. Il y a longtemps qu'elle n'est pas allée chez le coiffeur et ses cheveux, à la racine, ont dû commencer à blanchir par mèches. Aucun maquillage, ces temps-ci, pas même de crème antisolaire, ce qui fait que le premier soleil — en mai, les rayons commencent à frapper à la verticale — a dû rougir son nez. Ses mains, qu'elle enfouit dans les poches de son jean, sont marquées par les travaux ménagers. Mais l'homme a eu le temps — elle a suivi son regard — de remarquer sa bague, au passage, et son alliance. Et puis il y a sa voix. Pour ceux qui ont l'oreille fine, une voix dit tout : l'origine, le milieu, parfois aussi les états d'âme, et même la santé.

Coquetterie? Suzanne a envie de faire savoir à cet étranger qu'elle est de belle humeur aujourd'hui, et capable d'apprécier la beauté des choses alentour.

— Vous voulez acheter un olivier?
— Peut-être.
— Il faut de la place...
— L'envie suffit. Ces arbres-là sont poussés,

ils ne grandiront plus indéfiniment, c'est moins risqué qu'un cèdre...

Suzanne se met à rire, saisie par un souvenir : dans le jardin de la Mémée, grand comme un mouchoir de poche, le cèdre, planté par l'arrière-grand-père, tenait si bien toute la place que si on ne l'avait pas rabattu chaque année, la maison, un petit pavillon, se serait retrouvée entre deux de ses branches, comme un nid d'oiseau.

– J'ai connu un cèdre mal élevé, dit-elle pour expliquer sa soudaine gaieté. Il voulait tout prendre, et il a tout pris.

– Les arbres sont comme les gens, il faut parfois les remettre à leur place.

C'est dit sur un ton de réflexion personnelle, presque un avertissement.

Puis il lui tend la main :

– Je me présente : Marcelin Fourier. Vous cherchez un arbre ou...

L'inconscient vous joue parfois de ces tours... Suzanne s'attendait, s'il avait achevé sa phrase, à ce qu'il dise : « ou un homme... ». Heureusement qu'on ne lit pas dans l'esprit d'autrui. Surtout celui des gens qu'on ne connaît pas.

– Je ferais mieux de me contenter de plantes et d'arbustes.

– Il faut les deux, et bien calculer son coup. Certains arbres nuisent à l'environnement. Le ficus, par exemple, ou le noyer, plus rien ne pousse autour, ou mal. D'autres essences favorisent la croissance des fleurs qui aiment l'ombre, comme les hortensias...

Ils se sont remis à marcher, attirés par un boqueteau composé d'arbres aux teintes rares, des rouges violacés accolés à des jaunes d'or.

— Ce doivent être des érables, allons voir, dit Marcelin.

Il se tait, puis reprend :

— Il est où, votre jardin, si cela n'est pas indiscret ? Je pourrais vous donner un conseil, je m'y connais un peu...

Suzanne cite le nom de la ville, et même celui de la rue. Marcelin s'exclame, amusé :

— Eh bien, c'est là que j'habite ! En fait, j'ai une maison dans les environs, plusieurs hectares de terrain. Je suis éleveur : des vaches, des moutons, des chevaux aussi. Et j'ai une vieille tante qui possède une maison dans votre rue.

A comparer les numéros, Suzanne s'aperçoit qu'elle a repéré la vieille dame, laquelle habite à deux pas de chez elle. Tous les soirs, elle sort sur le trottoir pour rabattre ses lourds volets de bois plein, avant de s'enfermer pour la nuit avec son chien, un vieux ratier pas plus ingambe qu'elle, qui la suit pas à pas.

Il leur est même arrivé d'échanger quelques mots. C'est curieux : connaître de vue la tante de cet homme le lui rend presque familier ! Moins étranger, en tout cas.

Marcelin tend soudain le bras pour désigner, au fond du parc, l'harmonieux bosquet de feuillus et de résineux mélangés. Est-ce dû à l'éclat du soleil ? Suzanne voit surtout la grosse alliance d'or qui brille à son doigt.

6

Le téléphone se met à sonner, Suzanne est saisie d'un bref effroi. Depuis qu'elle est ici, c'est la première fois que l'appareil retentit. D'ailleurs, elle ne sait pas exactement où il est branché et son premier mouvement est de laisser faire. A Paris, depuis la mort de Philippe, elle ne décrochait plus, le répondeur s'en chargeait.

C'est lorsqu'il était à l'hôpital qu'elle a contracté cette terreur du téléphone, lequel ne lui apportait que des nouvelles de plus en plus désolantes. Ou ses appels à lui, navrés : « Où es-tu ? Pourquoi n'es-tu pas passée aujourd'hui ? – Mais, Philippe, je te quitte, tu dormais, je suis rentrée pour m'occuper de ce que tu m'as demandé, tu sais bien, tes papiers... – Reviens. »

Qu'il eût autant besoin d'elle la touchait, bien sûr. En même temps, comme un friselis sur un lac, annonciateur d'orage, une brusque et légère colère la secouait, l'incontrôlable protestation de son être que ce mourant voulait absorber, lier au sien, vampiriser. Pour se redonner du sang neuf, le pauvre. Ou, s'il n'y parvenait pas, l'entraîner dans la mort avec lui.

Oui, les derniers temps, Suzanne en avait plus qu'assez des coups de téléphone de Philippe et elle s'était lâchement sentie soulagée quand, au dernier degré de sa faiblesse, il n'avait plus été en état de s'en servir. C'est alors qu'elle avait cessé de décrocher.

Serait-ce le remords de son attitude d'alors, mélange de compassion et d'horreur, qui la rend si sauvage aujourd'hui ? Suzanne est en deuil, certes, mais il y a pire : elle est fâchée contre elle-même. Son élan vers les fleurs, les meubles, les oiseaux, le ciel, n'est qu'une timide approche pour recommencer à s'aimer.

– Je me demandais si vous étiez là.

Au bout du fil, la voix de Marcelin est belle, peut-être un peu haute, avec une nuance d'affolement. Cette impression, elle l'oubliera pour la retrouver plus tard. C'est que tout a un sens chez les humains, même si on ne l'interprète pas sur-le-champ.

– La maison est grande. J'ai dû courir...

– Vous étiez dans le jardin ?

– Pas vraiment.

Elle ne va pas lui avouer qu'elle a dû tournoyer pour enfin découvrir l'appareil !

– J'ai pensé à votre azalée. Vous l'avez planté ?

– Oui, comme vous m'avez dit : dans de la terre de bruyère...

– C'est bien, mais il va falloir beaucoup

l'arroser. Il y a du vent, ces jours-ci, et le vent dessèche plus encore que le soleil. Il faut attendre le soir, ou alors très tôt le matin, vous ne serez pas levée...

— Mais si !
— Une Parisienne...
— Vous, vous avez des préjugés plein la tête ! Que croyez-vous donc ? Qu'en ville nous vivons dans des draps de soie en faisant la grasse matinée ?
— Je suis un paysan, moi, et quand je sors sur mon seuil, le matin, je ne vois personne, sauf les bêtes... Les autres dorment.
— Eh bien...

Elle a failli lui lâcher : « Venez prendre le café avec moi, un de ces matins, moi je ne dors pas... » Puis elle se retient. Il prendrait cela pour une avance – de Parisienne... –, alors que c'est seulement un besoin de compagnie. De parole. Même si cela lui a plu, au début, elle commence à en avoir assez d'aller s'asseoir toute seule sur le banc de pierre, à l'aube, sa tasse de café à la main.

Et c'est lui qui s'invite :

— Ce soir, il faut que je fasse un tour chez ma tante, elle m'a demandé de venir voir sa télévision qui fonctionne mal, à ce qu'elle prétend... Est-ce que je peux passer chez vous, si vous êtes là ?

Où pourrait-elle être ?

Une fois, Marcelin venu et reparti, Suzanne a le sentiment que la maison n'est plus la même. A peine entré, sans lui serrer la main ni s'approcher d'elle, l'homme a fait le tour de l'habitat, en connaisseur. Appréciant la solidité des poutres, l'épaisseur des murs, décelant une probabilité de fuite, dans le couloir, du fait d'une tache de salpêtre, cherchant sa provenance, repérant au dernier étage dans une chambre de domestique, comme il dit, un point d'eau qui ne sert plus et dont les tuyaux doivent fuser...

– Je vais faire venir un plombier...

– Inutile! Il suffit de fermer l'alimentation, mais le robinet d'arrivée est rouillé, je reviendrai vous arranger ça avec un outil. Vous n'en avez pas, j'imagine?

– Je n'en ai pas vu dans la maison...

Il n'y avait rien ou presque, dans cette maison, juste un balai, et c'est ce qui lui avait plu : se retrouver dans l'essentiel, comme si elle réapprenait à vivre. Ou venait de débarquer sur une île.

Sans lui en demander la permission, voyant la porte-fenêtre ouverte, Marcelin est sorti le premier dans le jardin où elle le suit, pour le découvrir accroupi devant l'azalée, à tâter la terre.

– L'humidité me paraît suffisante. Mi-ombre, mi-lumière, ça va. Vos géraniums, en revanche, sont sous un auvent. S'il pleut, ils n'en bénéficieront pas. Ni de la rosée : il y a des matins où elle vaut une averse.

Il tire les pots un à un de sous l'auvent, lève les yeux pour considérer la vigne vierge.

– Alors là, danger, si elle envahit les toits et la gouttière, en avant les dégâts!

— C'est trop haut pour que je la coupe moi-même, j'ai bien essayé de la tirer par le bas...
— Mauvaise technique.

Il se dirige vers l'appentis, tente de manœuvrer la porte.

— Elle est verrouillée ! lui crie Suzanne.
— Mais non, seulement coincée, voyez donc !

C'est sans y appliquer de force, en remettant seulement le panneau sur ses gonds qu'il a fait jouer la petite porte faite de planches, puis il agite ses deux bras devant son visage, sans doute pour écarter des toiles d'araignée.

— Venez voir, il y a des trésors là-dedans ! Et d'abord une échelle...

Il y a aussi une bêche, une pioche, une vieille tondeuse mécanique, et une jolie table ronde en fer forgé, un peu rouillée mais parfaitement utilisable. Marcelin la prend à pleins bras pour la sortir sur le terre-plein. Dégage aussi deux chaises et un fauteuil, qu'il installe autour.

— Un coup de peinture, et ce sera comme neuf !

Soudain, il cesse de s'activer, repousse une mèche de ses cheveux plats, la dévisage.

Suzanne sent passer quelque chose entre eux, qui doit être du désir. Elle n'en est pas sûre.

— Vous ne m'offririez pas un verre d'eau ?
— Si, bien entendu, excusez-moi... J'avais préparé du thé.
— Je préfère de l'eau, dit Marcelin. Et puis, il va falloir que j'y aille.

Il a l'air pressé, soudain. Il ne s'assoit pas pour boire son verre d'eau.

7

— A votre place, je la prendrais en bleu. On va vers les beaux jours.

C'est la troisième fois que Suzanne essaie la même robe, tantôt en bleu, tantôt en noir, puis à nouveau en bleu, sans parvenir à se décider.

— Avec votre silhouette, lui dit Rosa, la patronne de la boutique de mode où elle a fini par retourner, vous pouvez vous le permettre.

C'est vrai qu'elle n'a pas repris les cinq kilos perdus pendant la maladie de Philippe, et elle n'y tient pas. Seulement, sa garde-robe ne convient plus, d'abord parce qu'elle fait deux tailles en moins, mais aussi parce qu'on ne s'habille pas de la même façon quand on est ronde ou ultra-mince. Jusqu'ici, elle s'est contentée de s'acheter un jean, taille 36, et de porter les vieux chandails, les polos et les chemises un peu usées que Vincent avait laissés à la maison, devenus trop petits pour lui. Pour ce qui est des affaires de Philippe, elle avait tout donné après l'avoir fait nettoyer et même désinfecter.

C'est ce qu'il y a d'affreux après une maladie

comme celle-là, on efface les traces. Suzanne avait soigneusement lavé puis jeté à la poubelle ses affaires de toilette, tout en sachant et en se répétant que le virus cessait d'agir au contact de l'air ambiant. Mais sait-on jamais ? On a tous été trop douloureusement pris à l'improviste par cette maladie, et on n'arrêtera jamais de se dire « sait-on jamais ? ».

Cela lui fait penser qu'elle a pris enfin rendez-vous dans un laboratoire pour cette prise de sang qu'elle a systématiquement refusée à Paris, quelles qu'aient été les insistances de Mercier.

– Enfin, Suzanne, par prudence... Pour vous-même, pour être tout à fait rassurée ! Bien que je ne craigne rien, depuis le temps, il n'y a qu'à vous voir. Toutefois, il arrive au virus de demeurer inactif pendant des années avant de provoquer la maladie. Autant le savoir...

– Qu'est-ce que cela changerait ?

– D'abord, il y a des traitements préventifs, et puis, quand on est positif, eh bien, on est contagieux. C'est un danger pour autrui.

Elle lui avait jeté un regard haineux, accompagné d'une phrase qu'elle regrettait désormais :

– Vous avez l'intention de coucher avec moi ?

Maurice s'était contenté de hocher la tête, l'air résigné :

– Comme vous voudrez...

De toutes façons, il ne pouvait en être autrement, et Suzanne était partie quelques jours plus tard, sans le revoir ni le recontacter, lui et son virus ! Car, dans l'esprit de Suzanne, c'était devenu « son » virus. Mercier n'était-il pas responsable de l'opération de Philippe ? Et, par voie de conséquence, de tout ce qui s'en était ensuivi ? Trop facile de se cacher, comme les sommités politiques et médicales, derrière l'excuse puérile : « Je ne savais pas ! » Quand on est médecin, on doit savoir, assumer la responsabilité de ses actes et de ses ordonnances.

Suzanne pivote encore une fois devant la glace.

— Bon, je vais suivre vos conseils, je la prends en bleu.

— Vous faites un bon choix, avec vos cheveux roux, c'est ravissant.

— N'exagérons pas, je ne suis pas rousse, un reflet seulement.

Elle est également allée chez le coiffeur, se faire refaire une permanente et un rinçage, dans ce ton cuivré que Philippe n'aimait point trop :

— Tu es châtain, comme la majorité des Françaises, pourquoi vouloir te transformer en Irlandaise ?

— Mais ça n'a rien à voir avec la nationalité, Philippe, c'est pour la gaieté ! En vieillissant, toutes les femmes cherchent à devenir plus claires...

— Alors garde tes cheveux blancs !

Il n'aimait guère la voir trop coquette, c'était certain. Et Suzanne, pour lui complaire, se pliait à ses exigences. C'est bien la première fois qu'elle s'achète une robe qui s'arrête au-dessus du genou... Le jour où elle avait voulu essayer une minijupe, au Prisunic des Champs-Élysées, un samedi après le cinéma, Philippe souhaitant s'acheter des piles, il avait laissé tomber avec un regard froid : « Tu es folle. »

Et Suzanne s'était convaincue que les jupes courtes n'étaient pas pour elle. Ne pouvaient plus l'être.

– Vous avez de si jolies jambes, lui dit Rosa. Vous pourriez vous habiller plus court.

Elle-même, la cinquantaine, très brune, les cheveux coiffés en chignon, les jambes si minces qu'elles en paraissent osseuses, s'habille à mi-cuisse. Un bout de jupette sous une jaquette longue, très épaulée. Et cela lui va : c'est même tout à fait séduisant, ce contraste entre la féminité des jambes nues et luisantes, dans des collants de prix, et la veste de gabardine marine, qui ressemble à un veston d'homme. Les boucles d'oreilles, énormes, renforcent l'ambiguïté.

Rosa supporte l'examen avec un large sourire.

– Vous aussi, vous devriez mettre des boucles d'oreilles, il y en a de si belles aujourd'hui : on ne cesse de sortir de nouveaux modèles. Vous avez vu la boutique, dans la rue piétonnière ? Ils ont tous les bijoux des couturiers parisiens. Christian Lacroix fait des merveilles, ces temps-ci, et plutôt moins cher que les autres...

Deux femmes parlant mode, même si elles se connaissent à peine, communiquent dans

une sorte de dialecte, et Suzanne sent croître sa sympathie pour cette personne directe, bonne commerçante, mais pas avide. Voyant qu'elle joue avec une écharpe de soie dont l'un des tons rappelle le bleu de la robe, Rosa lui dit :
– Prenez-la, je vous fais un prix pour le tout.
– Merci, dit Suzanne en sortant son chéquier.

Il faut dire qu'elle a eu de bonnes nouvelles touchant ses finances. Non pour l'indemnisation liée à la mort de Philippe, mais pour son magasin de porcelaine qu'elle avait mis en vente.

– Vous êtes sûre, lui avait dit le notaire, un vieil ami de la famille de Philippe, que vous n'allez pas désirer vous remettre au travail, maintenant que vous êtes seule ?

Suzanne avait dit non. Philippe disparu, elle ne se voyait pas enfermée toute la sainte journée derrière cette vitrine de la rue de Paradis, si charmante fût-elle, bavardant avec des clients de passage. Elle avait besoin de silence, de réclusion, de repos, d'oubli... Dans un autre cadre. Celui qu'elle trouvait ici.

Cela avait pris quelques mois, puis la boutique, dont Philippe avait eu l'intelligence de lui faire acheter les murs, s'était vendue. Bien, lui apportant une sécurité financière suffisante pour vivre sans retravailler, si elle faisait attention, ne dépensant pas plus que les revenus de son petit capital. C'est tout ce qu'elle possédait en dehors de l'appartement de Paris.

Son premier achat, depuis la bonne nouvelle, c'est cette robe de lin bleue au décolleté en pointe, jupe plate, manches mi-longues, ceinturée de cuir blanc. Sur le chemin du retour, elle s'offre une paire de sandales blanches à semelles un peu épaisses, à la fois élégantes et pratiques pour avancer sur les pavés qui ornent encore les rues du vieux quartier, dont la sienne.

Une fois chez elle, Suzanne monte dans la chambre du premier où elle sait se trouver une armoire à glace. Son jean rapidement ôté, elle enfile la robe bleue, les sandales, puis se contemple sous toutes les faces.

Elle fait encore jeune et... un tout petit peu province. A Paris, elle n'aurait pas porté cette teinte-là, elle aurait pris la robe en noir. Mais cela ne lui déplaît pas, ça lui donne un air de douceur, d'abandon, même, qu'elle ne se connaissait pas.

Elle a l'air d'une femme qui a le temps.

8

Il arrive de plus en plus souvent à Suzanne de songer à Marcelin. A propos de simples détails, imaginant ce qu'il lui dirait, ce qu'il penserait... De la robe bleue, bien sûr, mais aussi des aménagements qu'elle a pratiqués dans la maison pour la rendre plus gaie – alors que c'est son austérité qui lui avait plu –, déplaçant des meubles, retirant des tentures fanées.

Suzanne pense aussi à lui dans le jardin. Les plantes sont vivantes, ce qu'elles manifestent par leur croissance comme par leurs maladies, et elle-même manque d'expérience. Philippe, au moment des vacances, préférait l'hôtel ou alors des maisons louées de manière à pouvoir, chaque année, changer d'endroit. En dehors de l'arrosage, elle n'avait à s'occuper de rien.

Doit-elle ou non acheter un pulvérisateur ? Et comment faut-il procéder pour « droguer », comme on dit, sans pour autant nuire ? (C'était également sa hantise quand elle administrait ses médicaments à Philippe.) Suzanne songe à cet homme du crû à qui ces pratiques sont familières et qu'il sait rendre simples. Elle ne l'a vu que deux fois, il a trouvé le moyen de la rassurer et même – comment s'y est-il pris ? – de lui redonner un peu de ce qu'elle a perdu : confiance en elle. En matière de jardinage, elle se sent inexpérimentée, c'est sûr, mais capable de s'y mettre. Si on lui indique.

Jour après jour, c'est une quantité croissante de questions que Suzanne envisage de poser à Marcelin. Peut-être pourrait-elle le faire par téléphone ? Un vieil annuaire traîne dans la maison, elle finit par s'en emparer, recherche le nom de la commune près de laquelle il lui a dit que se trouvait sa propriété. Effectivement, il existe un Fourier, sur un lieu-dit, avec un numéro qu'elle déchiffre, retient, ne compose pas. Sur qui risquerait-elle de tomber ?

Et puis, sa demande de conseils, pourtant sincère, apparaîtrait comme un faux prétexte, elle aurait l'air de lui courir après. Certes, elle est étrangère à la région, mais si elle est parvenue à dénicher son numéro de téléphone qu'il ne lui a pas donné, elle devrait être tout aussi capable de se renseigner sur un insecticide ou la façon de tailler des rosiers.

C'est ce que Suzanne se dit en arpentant le rayon « horticulture » d'une des grandes surfaces de la petite ville. Il y a tellement de produits, engrais, désherbants, suppresseurs de ci et de ça, que c'en est décourageant. Sans compter un énorme choix d'outils, tuteurs, palisses, liens, échelles, brouettes, et même tenues de travail, bottes, gants, chapeaux...

Soudain elle l'aperçoit.

Juste en face d'elle, Marcelin Fourier paraît absorbé par l'examen d'une rangée de boîtes de vernis empilées sur des étagères en hauteur. Suzanne reçoit un choc, suivi d'un élan : elle le trouve plus droit, mieux bâti que dans son souvenir. Elle va se diriger vers lui quand, soudain, leurs regards se croisent et voilà que celui de l'homme glisse, comme s'il ne l'avait pas vue. Ou pas reconnue.

Un instant, Suzanne se demande s'il n'a pas été trompé par sa nouvelle teinte de cheveux. Un changement de coiffure suffit à transformer une femme, d'autant plus que cet homme la connaît à peine.

– Marcelin! Viens voir, je préfère celui-ci!

Une voix féminine, sans caractère particulier, un peu perchée peut-être, légèrement autoritaire, ou alors ayant l'habitude de dire les choses pour se faire entendre et non pour séduire, s'élève près de Marcelin, qui se penche dans sa direction. Suzanne fait le tour des étagères. Exprès ou non, Marcelin lui tourne le dos, et Suzanne découvre, près de lui, une petite femme brune, le regard vif et le geste déterminé. Son épouse, de toute évidence.

Le problème de ce couple, à l'instant présent, est celui du choix d'une couleur de vernis protecteur.

C'est sans réaction particulière que Suzanne remonte dans sa voiture, rentre à la maison, se prépare du thé, puis va s'asseoir sur l'une des chaises de fer que Marcelin a judicieusement installées à l'endroit du jardin à l'abri du vent.

Elle le savait bien, qu'il était marié. Et même père de famille.

Ce que c'est que d'être seule. On rêve.

Demain, elle va téléphoner à Vincent. Pour ce soir, avec le décalage horaire, elle risquerait de le réveiller.

9

– J'espère que vous ne m'en voulez pas trop ? Mais il valait mieux. Vous comprenez, je ne lui avais pas dit que je vous connaissais, et je ne sais pas comment elle vous aurait reçue !

C'est la troisième fois que Marcelin lui fait des excuses depuis qu'il est là, et Suzanne commence à se demander ce que cela signifie. Qu'il n'ait pas voulu la présenter à sa femme, l'autre jour, il n'y a pas de quoi en faire une histoire. Au moins, il a eu la franchise de lui avouer qu'il l'avait aperçue, bien vue, même, et que cette robe claire lui allait parfaitement. C'est l'essentiel.

D'ailleurs, si elle est tout à fait sincère avec elle-même, Suzanne ne se voit pas échangeant des propos de pure forme avec cette personne au regard jaune et un peu fixe, comme les poules. Pourquoi se le dissimuler, Annie – ainsi Marcelin l'a-t-il nommée – ne lui a pas plu.

Monté sur l'échelle, Marcelin débarrasse adroitement le toit et les gouttières des branches de la vigne devenues envahissantes.

Ce sont des brassées de feuilles et de branches qui tombent aux pieds de Suzanne, et le poème de Verlaine lui revient en mémoire : *Voici des fleurs, des fruits, des feuilles et des branches...*

Ce qui touche au travail du jardin incite naturellement à la poésie, le cadre est beau, les senteurs exquises, les bruits doux et rythmés, comme en ce moment.

Marcelin interrompt le mouvement de son sécateur et se penche vers Suzanne du haut de l'échelle.

— Vous vous demandez pourquoi je vous dis ça ?

Sans plus la regarder, il s'est remis à cisailler :

— C'est qu'Annie est terriblement jalouse... Une maladie : elle veut tout savoir de ce que je fais. Il faut que je rende compte de mes déplacements, de qui j'ai vu, de ce qu'on s'est dit. Je reconnais que ce ne doit pas toujours être drôle, de rester seule, des heures durant, dans cette maison éloignée de tout. Maintenant que les enfants sont à Bordeaux, à l'université, ils ne viennent qu'en fin de semaine. C'est après le départ du dernier qu'Annie a commencé à déprimer, à faire une fixation sur moi !

— Je vois, lâche Suzanne.

Cela ne la regarde pas ; pourtant, ce que lui dit Marcelin lui fait plaisir. Ce doit être la façon dont il lui parle en confiance, comme s'il la croyait incapable de le trahir.

C'est vrai, Suzanne le sait, qu'elle est une personne sûre. Il n'a rien à craindre, elle ne se servira pas de ses propos contre lui. Pourquoi le ferait-elle, d'ailleurs ? Dans quel but ? Et auprès de qui, puisqu'ils n'ont pas de relations communes ?

Marcelin descend de l'échelle dans l'intention de la déplacer, et Suzanne, par sécurité, s'approche pour la maintenir. Une fois au sol, il a un petit rire, à la voir si près de lui. D'un mouvement vif, il la prend dans ses bras, la serre contre sa large poitrine, l'embrasse sur la bouche avec élan, comme on plante un bécot, la lâche, change son échelle de place, y remonte.

Suzanne est demeurée figée. Marcelin a repris sa tâche et ne dit plus rien.

La première chose qui lui vient à l'esprit, c'est qu'il doit la croire facile. N'a-t-elle pas accepté sur-le-champ l'offre de l'inconnu qu'il était pour elle de venir la conseiller pour son jardin ? Puis, aujourd'hui, de lui couper sa vigne ? Quand Marcelin lui a téléphoné, elle a d'ailleurs remarqué une note un peu trop familière – maintenant, cela lui revient – dans la façon dont il lui a dit : « C'est moi », et non pas « C'est Marcelin Fourier. » Et lorsqu'il lui a proposé de venir sur-le-champ, parce qu'il se trouvait dans les parages avec un petit moment devant lui, c'est sans façon qu'elle a dit « oui ».

Est-ce cela qui l'a surprise, qu'elle n'ait pas fait de manières, comme en font sans doute les femmes d'ici ? Eh bien, elle, Suzanne n'en a pas envie. C'est la mort de Philippe qui l'a ainsi simplifiée. Plus rien ne lui paraît avoir de véritable importance, encore moins ce que les gens pensent d'elle. Seulement, Marcelin n'est pas au courant de la mort de Philippe.

– Il va falloir que je repasse avec mon camion, pour emporter toutes ces branches. Les éboueurs ne les prendront pas. Ils refusent les déchets végétaux s'ils ne sont pas dans des sacs-poubelles.

Il a repris la conversation comme s'il n'y avait pas eu entre eux ce baiser. Il y est, pourtant.

Soudain, après un silence, il fait sa demande :

– Êtes-vous là, demain, après quatre heures ?

– Oui, répond aussitôt Suzanne.

A croire que c'est tout ce qu'elle sait dire, oui !

Marcelin s'en va sans avoir cherché à la toucher, lissant ses cheveux plats de ses doigts écartés pour en faire tomber les minuscules fleurs de la vigne qui s'y sont accrochées. Il en a aussi plein les épaules et il y a quelque chose de romantique dans cet homme fort, un peu lourd, couronné d'un semis végétal.

Dès que Marcelin est parti, Suzanne se laisse tomber sur le canapé. Elle ne pense pas, ne désire rien. Mais elle a tous ses sens en éveil.

Les yeux fermés, elle prend plaisir à humer la senteur végétale des branches coupées qui pénètre dans la maison et vient jusqu'à elle. Une grisante odeur de campagne, comme celle du foin dans son enfance. C'est Marcelin qui l'a laissée derrière lui.

10

Les épaules un peu remontées, l'homme a pénétré dans la maison comme s'il s'y faufilait. Sans un mot, il la prend dans ses bras. Puis il demeure comme ça, à la serrer, sans rien dire, sans la lâcher.

Suzanne non plus ne bouge pas. Il lui semble que son corps reprend force contre ce corps masculin dont elle sent battre le cœur. Un corps d'homme en bonne santé.

Sans qu'elle l'ait décidé, elle pose sa main à hauteur de sa taille, rencontre, au-dessus de la ceinture, quelques bourrelets confortables, remonte le dos, tâte les muscles.

– Chérie, souffle-t-il.

Le mot la surprend. « Chéri », pour Suzanne, est un vocable de tendresse, elle ne s'en est servi que pour Philippe et Vincent. Cet homme et elle n'en sont pas à la tendresse. Mais peut-être le mot ne signifie-t-il pas la même chose pour Marcelin. Encore un dépaysement! Au fond, cela lui plaît, de ne pas trop savoir ce que veut cet homme, ce qu'il pense, ce qu'il va dire. Ou faire.

Il desserre un peu son étreinte, effleure de la main la fermeture Éclair de sa robe. Cela signifie : « Ôte-moi ça ! »

Là non plus, Suzanne ne proteste pas, mais, au lieu de se libérer de ses vêtements, c'est la chemise de l'homme qu'elle entreprend de déboutonner en même temps qu'elle éprouve un certain manque : il n'y a pas eu vraiment de paroles entre eux. Or, quand on cherche à se rapprocher physiquement de quelqu'un, à surmonter la peur qu'on en a, les mots sont là pour aider, non ?

– Vous êtes sûr que c'est bien ça que vous voulez ? chuchote-t-elle en appliquant sa paume sur la poitrine chaude et un peu velue qu'elle vient de dénuder.

– Depuis que je t'ai vue, j'ai envie de te violer, gronde Marcelin, dents serrées.

Il doit être du genre à trouver les discours inutiles, en la circonstance, et c'est avec des petits grognements qu'il la tire, la pousse, la porte presque vers le canapé pour s'y abîmer avec elle et sur elle, se redressant un instant pour ouvrir prestement son pantalon. Suzanne en profite pour remonter sa jupe, faire glisser son slip.

Surprise de découvrir son propre désir déjà accordé à celui de l'homme. Leurs corps, aussi : elle l'aurait cru trop grand, trop lourd pour elle, et puis non. Même si elle ne le savait pas, c'est bien cet homme-ci qu'il lui fallait, et de cette façon-là. Franche. Immédiate.

C'est lorsqu'il s'écarte, satisfait d'elle, et elle de lui, que Suzanne prend conscience de la vigueur avec laquelle elle le retient par la taille. Et c'est lui, pour se relever, qui détache doucement ses bras l'un après l'autre. Elle l'embrasse au passage, dans le cou, sur les épaules, ce qu'elle rencontre de sa peau, écrasant en même temps son nez contre la chair pour s'imprégner de l'odeur de la sueur, tandis qu'il se remet debout, s'étire, cherche des yeux sa chemise.

— Ça t'a plu ?

Tiens, c'est son tour de vouloir des mots !

— Bien sûr, dit Suzanne, et toi ?

Il ne comprendrait pas qu'elle continue à le vouvoyer, comme elle en aurait envie cependant, pour maintenir entre eux cette distance qui permet de mieux savourer la volupté.

— Je n'aurais pas cru que cela marcherait si bien, nous deux.

Là encore, Suzanne est surprise. « Marcher » lui paraît un mot bien commun, vulgaire même, pour ce qui vient de se passer. Le rapprochement n'était pas seulement sexuel, du moins pour elle, il l'a atteinte au plus vif.

Elle a envie de l'en remercier, mais il ne comprendrait pas. Ne peut-elle lui confier qu'il y a longtemps, bien longtemps qu'elle n'a pas fait l'amour ? Puis elle se rappelle que Marcelin ne sait pas que Philippe est mort, d'une maladie innommable. Il vaut mieux ne pas le révéler. Surtout maintenant. Il aurait peur comme tout le monde, comme tous les autres. Le test, en ce qui la concerne, est pourtant négatif, elle a reçu les résultats il y a quelques jours, mais elle ne se voit pas les étalant devant son amant. Car Marcelin est son amant.

Et il lui fait confiance, il n'a même pas envisagé de se protéger contre elle. Elle non plus, à propos. Ils sont fous, tous les deux, pour des adultes...

– Pourtant, j'avais l'idée...

Il s'est complètement rhabillé, Suzanne est demeurée comme il l'a laissée, défaite, le ventre à l'air : heureuse d'être regardée. Il poursuivait donc ses réflexions tandis qu'elle-même était aux siennes.

– Laquelle?

– ... que nous étions faits l'un pour l'autre.

Là aussi, l'expression est ordinaire. Qui plus est, ce provincial va un peu vite en besogne! Bah, quelle importance... Maintenant qu'elle a commencé à se risquer, elle n'a plus qu'à continuer.

– Allez, je m'en vais.

Sans rien vouloir prendre, ni une boisson, ni un verre d'eau? Mais Marcelin refuse tout, il ne peut s'attarder. Il n'en dit pas plus long, mais Suzanne comprend, à son ton, qu'il s'inquiète d'avoir à répondre aux questions à son retour à la maison. Son alibi ne devait pas comporter plus que cette demi-heure. C'est bien court, mais cela leur a suffi pour aller loin ensemble. Sans qu'il y ait vraiment eu de paroles. Et Suzanne, à nouveau, ressent cette absence de mots.

Elle se soulève du canapé pour l'accompagner jusqu'à la porte, tente de dire quelque chose afin de revenir sur ce qui a eu lieu, lui

donner un sens, mais elle ne voit pas quoi. Marcelin avance les lèvres, dépose un baiser superficiel et rapide sur sa bouche.
– Je te téléphone bientôt.
– Quand tu voudras.
Il s'en va, non sans avoir glissé un regard dans la rue, comme s'il craignait qu'on le voie sortir de chez elle.
Une fois seule, Suzanne se retrouve désemparée, au point de douter de ce qui vient de se passer.
Pour s'en convaincre, elle revit en pensée toute la scène. C'est alors qu'elle se met à le désirer, pliée en deux par la violence de son brutal besoin de lui.

11

Nue devant la glace de l'armoire, elle se détaille, contente d'être encore svelte, bien calée sur ses hanches qu'elle a appris, en faisant de la danse, à ne pas cambrer. Ses jambes aussi sont en bonne forme, le mollet galbé, le genou droit. « La rectitude, lui répétait sa mère, il n'y a que cela qui compte, l'âge venu, crois-moi. Alors, surveille-toi. »

Encore faut-il ne pas souffrir du dos ni des articulations ; mais, de ce côté-là, tout va bien.

Et puis le corps, mieux préservé des intempéries, vieillit moins vite que le visage. Chez la Mémée comme chez beaucoup de femmes de la campagne, c'était frappant : son vieux visage s'était tellement ridé d'être sans cesse exposé à l'air qu'on eût dit qu'il restait de la poussière incrustée au creux de ses plis. Pourtant, en chemise, elle exhibait un corps blanc et ferme de jeune fille.

Par-dessus son épaule, Suzanne se contemple de dos ; les fesses sont un peu affaissées, il faudrait qu'elle reprenne la gymnastique.

De toute façon, ce n'est pas ce qu'elle a l'intention de lui montrer !

Car c'est avec le regard de cet homme qu'elle se contemple. Se demandant ce qu'il lui a trouvé, si c'est vrai qu'elle est toujours « offrable ». Les jeunes disent « baisable ».

Sans doute, puisqu'il l'a baisée. Mais a-t-il pris la peine de la regarder ? Elle était là, disponible ; en mâle un peu fruste qu'il est, il a dû le sentir et en a profité ! Maintenant que c'est fait, qu'il a eu ce qu'il voulait, le reverra-t-elle ?

Après tout, elle aussi en a profité.

De plus, Marcelin n'est pas un homme pour elle – à supposer qu'elle soit en quête d'un homme. Il a sa vie, ses intérêts, des préoccupations différentes des siennes. Même leur langage diverge : attablés à converser, qui sait s'ils se comprendraient ?

Ce qui les a rapprochés, c'est qu'ils n'ont eu ensemble que des activités physiques : s'occuper du jardin, faire l'amour. Et elle s'est appliquée à s'adapter à lui, ce qui fait qu'il n'a pas dû percevoir à quel point elle est d'une autre espèce. Plus complexe. Plus intellectuelle. Une citadine. Avec une façon distante de se regarder et de regarder l'autre, une courtoisie aussi. Ce n'est pas qu'elle attendait grand-chose, sûrement pas de fleurs, ni un mot, mais tout de même, il aurait pu passer un coup de fil depuis trois jours !

Or, pas un signe de vie.

Évidemment, elle est sortie faire des courses, mais pas longtemps, et Marcelin connaît ses heures : il a bien su la trouver pour lui donner rendez-vous ; s'il ne se manifeste pas, c'est qu'il n'y tient pas.

Ce petit discours, Suzanne a commencé à se le tenir la veille. Revoyant en pensée ce qui s'est passé entre eux pendant cette demi-heure. Chaque mot, chaque geste s'en est imprimé dans sa mémoire et il suffit qu'elle s'allonge sur son lit, ferme les yeux, pour tout ressentir à nouveau. Dans un grand trouble.

Il ne faut pas qu'elle se leurre : elle l'attend.

En quoi elle a tort. C'est à lui de la désirer, non le contraire. Ne se rend-il pas compte de la chance qu'il a ? Les femmes comme elle ne courent pas les rues. Mais peut-être a-t-il si peu l'habitude de se trouver une autre que la sienne qu'il ne se rend pas compte ?

Une brusque colère secoue Suzanne : elle ne va pas jouer les statues plantées devant le téléphone, n'osant pas s'en écarter, ni rien entreprendre !... Elle a toujours été une personne active, en mouvement, elle ne va pas se faire piéger par un homme sous prétexte qu'il ne la prend pas pour ce qu'elle est !

C'est sa faute, aussi, elle n'a pas assez soigné son « image » : lui a-t-elle raconté qu'elle avait créé une entreprise à Paris ? Que son magasin était en pleine expansion, et qu'elle n'y avait renoncé qu'à la demande de Philippe ? Non, puisqu'elle ne lui a pas parlé de Philippe.

Marcelin a dû la prendre pour l'une de ces oisives qui vivent de leurs rentes en regardant le temps passer. Quand elle le reverra, il faudra qu'elle mette les choses au point... Mais le reverra-t-elle ?

A l'idée qu'ils ont peut-être vécu ensemble tout ce qui leur était imparti, le monde soudain s'assombrit et Suzanne sent monter la peur : si elle ne se secoue pas, elle risque de retomber dans sa dépression, or elle ne veut plus de cette douleur. Dans un effort de volonté, elle s'arrache au lit sur lequel elle s'était étendue.

Que c'est bête, cette histoire ! Au moment où elle commençait à reprendre goût aux petites choses de la vie, à elle-même... Mais ne le doit-elle pas à Marcelin ? Cela fait une quinzaine de jours qu'elle le connaît et elle a pris le pli de rapporter à cet homme ce qu'elle entreprend, dans l'idée de le lui raconter. De l'étonner, aussi, par ses progrès, la façon dont elle tient compte de ses avis.

C'est pour cette raison, lorsqu'il l'a prise dans ses bras, qu'elle n'a pas du tout résisté : à son insu, elle était prête.

Ayant accepté d'avance les règles d'une aventure clandestine, le fait que leurs rencontres ne pourraient être qu'occasionnelles. Suzanne s'y était préparée, trouvant même que cela correspondait à ses besoins : recevoir un homme de temps en temps, juste pour faire l'amour. Mais encore faudrait-il que quelque chose ait lieu.

Quelque chose plutôt que rien !

C'est le danger de ce genre d'aventures où personne ne doit rien à personne : tout peut s'arrêter d'un instant à l'autre. Vous laissant dans le vide.

Il avait pourtant dit : « Je te téléphone. »

12

Les deux femmes sont installées face à la baie vitrée qui donne sur le parc, devant une table ronde nappée de blanc et joliment fleurie. Elles ont déjà bu un peu de vin et attendent leur commande : des huîtres de Marennes, puis des pavés de saumon grillé aux petits légumes. Elles verront après si elles ont encore faim ou seulement envie de grignoter quelques friandises pour prolonger le plus longtemps possible ce moment de plaisir.

C'est Suzanne qui a proposé à Rosa Collard d'être son invitée au restaurant. Comme elle sort pour la première fois depuis qu'elle est ici, elle a demandé à la marchande de mode de lui indiquer un bon établissement.

– J'en connais plusieurs, mais...
– Quoi ?
– Ils sont chers !
– Je ne suis encore allée nulle part depuis mon arrivée, j'aimerais que ce soit la fête... J'ai aussi envie de connaître les ressources de la ville : indiquez-moi l'établissement que vous préférez.

Situé un peu à l'écart, *Le Logis*, qui fait aussi hôtel, est une oasis de fraîcheur. Service silencieux, tables suffisamment distantes pour préserver l'intimité, étirement du temps.

On ne se presse pas, en cuisine : lorsque des clients viennent jusqu'ici déjeuner face au petit lac et à ses cygnes, ce n'est pas pour être bousculés.

Il fait délicieux derière la verrière abritée du jour par un vaste store extérieur, et les deux femmes se sont vite senties proches. Rosa aussi est solitaire, et puis il y a leur façon rapide de juger autrui. Suzanne, comme Rosa, a été commerçante, ce qui exerce l'œil : la plupart des personnes qui entrent dans un magasin pour faire un achat ne se croient pas en représentation ; c'est leur vrai caractère qui ressort. Une bonne commerçante est forcément psychologue.

– Vous trouvez qu'ici l'état d'esprit n'est pas le même qu'à Paris ?

– C'est plutôt le comportement : rien n'est dit en face, on se contente de vous le faire sentir...

– Comment ?

– Quand une personne qui se considère comme une « dame », par exemple la femme d'une notabilité, vous rencontre au marché, elle ne vous salue pas la première. Si vous le faites, elle prend pour vous répondre un ton protecteur... Et puis, vous n'êtes pas invitée.

– Où ça ?

– Aux réceptions privées, et aussi à certaines réceptions officielles.

— Mais vous, Rosa, vous êtes une citoyenne comme une autre !

— Mieux qu'une autre ! J'aide à l'agrément de la ville, à son commerce, je paie des impôts locaux très élevés, mais je ne fais pas partie de l'élite...

— Il y en donc une ?

— Certaines vieilles familles se prennent pour telle... Et puis il y a le personnel administratif, le maire, le sous-préfet, le commissaire principal, etc.

— Cela vous fait souffrir ?

— L'isolement, oui... Sinon, cette comédie me fait plutôt rire ! L'ostracisme, de nos jours, est tellement démodé ! Nous sommes tous pareils, non ? Mêmes soucis, mêmes aspirations !

— Il y a quand même des gens plus riches que d'autres...

— Ce n'est pas une question d'argent, rétorque Rosa, plutôt une question de prétention. En province, les femmes surtout se forgent une image d'elles-mêmes à laquelle elles tiennent par-dessus tout. Un médecin sera beaucoup plus simple que Madame son épouse ou celle du notaire...

— A quoi ça sert, leurs airs supérieurs ?

— A renforcer leur ego, j'imagine. Bien sûr, il y en a qui ont dépassé ce stade, généralement des femmes qui ont souffert, qui ont perdu un être cher ou ont elles-mêmes été très malades.

— Quand j'étais rue de Paradis, j'avais affaire à une clientèle de passage dont je ne connaissais pas les antécédents ni la situation, et c'est vrai qu'il y avait des personnes odieuses qui tentaient de me prendre en tort : pour une assiette qui avait un défaut, prétendaient-elles, ou alors je m'étais trompée dans un compte, ou contredite en leur fournissant un renseignement ! On eût cru que leur raison d'entrer dans mon magasin, c'était de me démontrer que j'avais commis une faute !

– Elles se vengent !

– Mais de quoi ? dit Suzanne en reversant du vin.

Un médoc 86.

– Toujours la même chose, dit Rosa. Leur mari les trompe. Ou alors c'est leur amant !

– Il y a beaucoup d'affaires de cœur, par ici ? demande Suzanne qui songe à Marcelin. (A-t-elle cessé d'y penser ?)

– Des affaires de fesses, vous voulez dire ! On a du temps, en province ! Les parcours sont moins longs, les heures de travail aussi, les mêmes gens se rencontrent sans cesse, il faut bien s'occuper...

– Cela se sait ?

– L'un des grands plaisirs, chez nous, c'est de surveiller !

– Mais quoi ?

– Alors là, ma chère, tout ! Les allées et venues, d'abord. Les gens ont des habitudes d'horaire, de trajet, et si quelqu'un vient à en changer, immédiatement on se pose des questions, on interroge insidieusement les voisins qui, eux aussi, ont remarqué la modification. De fil en aiguille, on arrive à savoir où il va, et, forcément, pour retrouver qui !

– L'amour?
– La plupart du temps...
– Ça avance à quoi de le découvrir?
– A rien, bien sûr, sinon à faire jaser, ce qui occupe. Et, parfois, si elle a été trop désagréable, à prévenir anonymement l'épouse! C'est comme cela qu'on se venge d'un dédain : en tentant d'humilier celle qui a fait la fière...
– C'est humiliant d'être trompée?
– Ça le devient si vous savez qu'autrui se moque de vous!

Quand Suzanne a appris – ou plutôt subodoré – que Philippe avait des rendez-vous clandestins, s'est-elle sentie humiliée? Pas vraiment. Surprise, oui, et curieuse. Avec qui couchait-il?...

Mais elle ne se sentait pas menacée, elle n'avait pas le sentiment que son mari la quitterait : la preuve en étant le mal qu'il se donnait pour lui cacher sa liaison! Ses airs à la fois semi-coupables et semi-triomphants... Au fond, Philippe aurait aimé lui raconter qu'il avait fait une conquête.

A un certain âge, lorsqu'on a vécu des dizaines d'années avec la même personne, on n'est plus sûr de pouvoir encore séduire. Surtout les hommes. Et Sylvie Mesclain avait le mérite d'être beaucoup plus jeune que Philippe, ce qui le flattait. Car Suzanne avait fini par deviner qu'il devait s'agir de cette personne engagée depuis deux ans dans l'entreprise. Sylvie téléphonait rarement à la maison, toujours sous un prétexte de travail extrêmement solide, mais Philippe, pour aller répondre, prenait un air de componction affectée qui ne trompait pas sa femme. Ils étaient trop complices depuis trop d'années!

Elle avait eu envie de le lui faire remarquer, puis elle s'était demandé à quoi cela les conduirait. C'était par paresse, peut-être aussi par dignité, qu'elle avait préféré ne pas déclencher un drame. Cela lui retirait quoi, en fait, la tromperie de Philippe? Depuis un moment déjà, ils faisaient lit à part, n'ayant l'un pour l'autre qu'une immense tendresse, plus guère de désir. A tel point que Suzanne s'était cru frigide. « C'est l'âge », s'était-elle dit. Et puis, là, l'autre jour, avec Marcelin...

– Cet homme qui vient d'arriver, chuchote Rosa en se penchant vers elle, n'est pas avec son épouse. D'ailleurs, il a fait mine de ne pas me reconnaître, mais il est tranquille. Il sait que je suis trop bonne commerçante pour dire quoi que ce soit à sa femme, une grosse cliente...

L'homme en question, cadre supérieur d'une petite entreprise, précise Rosa, doit avoir dans les cinquante ans, et la jeune femme qui l'accompagne, minijupe, queue de cheval, a l'allure un peu intimidée de la secrétaire qui sort pour la première fois avec son patron. Lequel parcourt avec autorité le menu avant de commander à voix très haute les plats les plus chers. Après le départ du maître d'hôtel, il jette un regard autour de lui, puis enveloppe de sa main celle de sa compagne, posée sur la table. Que de désir dans ce simple geste! Cela ne veut pas dire qu'il l'aime, bien sûr, mais qu'il a envie d'elle et que cela lui fait du bien. A elle aussi, peut-être, distinguée par un monsieur à ses yeux considérable.

Quel mal y a-t-il à cela ?

Suzanne n'arrive pas à se sentir choquée, scandalisée. Peut-être parce qu'elle a été trop malheureuse, ces derniers temps, trop loin de l'agrément de vivre ? Alors, voir que la vie continue, que les plaisirs ordinaires se perpétuent, cette pérennité la réconforte. Pour elle aussi, la vie, dans ce qu'elle a de meilleur, risque de reprendre ; en tout cas, elle s'aperçoit qu'elle en a envie.

— A quoi occupez-vous vos journées ? lui demande Rosa quand elles en sont au dessert, une crème brûlée accompagnée de « pétales » de poires et de pommes caramélisés.

— Eh bien...

Suzanne ne sait que répondre.

— Je suis indiscrète, sans doute, dit Rosa. Mais cela paraît étrange de voir une belle femme comme vous venir s'enterrer toute seule dans notre petite ville ! Sans doute avez-vous une raison...

Ce n'est pas formulé comme une question, toutefois c'en est une.

— C'est vrai, dit Suzanne, j'avais besoin de me retrouver moi-même. Vous comprenez, je viens de divorcer !

Pourquoi a-t-elle menti ?

Il fait trop beau, le déjeuner a été trop bon, et elle se sent presque délivrée de son angoisse. Ce qui fait qu'elle n'a pas eu envie de prononcer le mot « mort », qui jetterait une ombre sur ce moment heureux. Et puis, qu'est-ce que cela peut faire...?

— Ah, répond Rosa, je sais, je suis passée par là : c'est une période difficile. On veut se séparer, on a mille bonnes raisons de le faire, et puis le jour où ça devient effectif, le jugement prononcé, on se retrouve toute bête face au vide. Vous savez ce qui m'a tirée de là?

— Non, dit Suzanne qui s'apprête à ce que sa compagne dise : « un autre homme ».

Mais Rosa est d'un tempérament plus vigoureux qu'elle ne l'avait imaginé.

— Le travail. Vous devriez essayer, vous aussi, il n'y a rien de tel que le travail pour chasser les idées noires...

— Mais personne n'engagerait une femme de mon âge. Et puis, pour faire quoi?

— J'ai peut-être une idée.

« Si je m'attendais à ça! » se dit Suzanne tout en prêtant l'oreille à la proposition de Rosa.

13

Cinq jours sans un appel, sans le moindre signe, cela ne peut avoir qu'un seul sens en amour : c'est fini. Suzanne conclut qu'elle ferait aussi bien de tirer un trait sur leur aventure.

« Alors que ça n'a même pas commencé, regrette-t-elle. Qu'est-ce qu'on s'est dit ? Rien... On ne se connaît pour ainsi dire pas... Pourtant, il m'intéressait, cet homme-là, je suis sûre que nous avions des choses à apprendre l'un de l'autre... On aurait pu être amis s'il ne tenait pas à continuer sur ce plan-là... Il n'avait qu'à me le dire ! »

En fait, Suzanne souffre, comme toute femme qui s'est donnée à un homme sans que celui-ci ait l'air d'y accorder de l'importance. La supposition lui laisse un goût amer : « Croit-il que je me comporte ainsi avec tous ceux qui entrent chez moi ? Le plombier ? Le facteur ? Quelqu'un qui se trompe de porte ? »

Elle essaie de le détester, de le mépriser

même, se répétant qu'il n'est qu'un lourdaud de province.

Soudain, il est là!

Sans s'être annoncé, sans avoir téléphoné. Cela aussi, c'est la province, ce que Suzanne ne sait pas encore : on passe voir s'il y a quelqu'un. L'habitude vient de la paysannerie où les fermes n'avaient pas le téléphone, ce qui fait qu'on devait y aller, cognant d'un doigt à la porte tout en lançant le cri habituel : « Il y a quelqu'un? » Pas déçu s'il n'y a personne : on a tenté sa chance! Au coup de sonnette, Suzanne est allée ouvrir. Ce doit être Rosa, se dit-elle, qui lui apporte les documents dont elle lui a parlé, pour leur projet. Non, c'est Marcelin. Il la dévisage comme s'il la possédait par les yeux, d'un regard quémandeur, un peu triste aussi.

– Je peux entrer?

– Bien sûr.

Tout en acquiesçant, Suzanne reste sur le seuil, à barrer le passage. Il doit faire un pas en avant pour qu'elle s'écarte. Tandis qu'il s'avance vers le salon, elle le détaille : même de dos, cet homme occupe l'espace comme personne.

Parvenu au centre de la pièce, Marcelin se retourne pour lui faire face, l'air soucieux.

– Pardon.

Si elle s'attendait!

– Pardon de quoi?

– De t'avoir laissée sans nouvelles...

Il sait donc qu'il l'a offensée? Toute sa colère s'apaise.

— Mais je n'attendais rien! ment-elle, en s'asseyant jambes haut croisées, sur la bergère, et en jouant l'indifférence.

En réalité, elle jubile : il a été malheureux, cela se voit à son visage, au ton de sa voix. Mais si elle veut garder la maîtrise de la situation, il ne faut pas qu'il se doute à quel point lui aussi lui a manqué.

— Je n'ai pas pu faire autrement... C'est Annie! Elle n'a pas cessé de me surveiller, ces derniers jours... Alors j'ai fait attention, je ne voulais pas qu'elle soupçonne... Parce que...

Il s'approche, lui tend les mains pour la mettre debout, la prend dans ses bras.

— Je veux continuer à te voir, j'ai besoin de toi... Pour cela, il faut que je sois prudent. Tu comprends?

C'est dit avec une telle sincérité que Suzanne est désarmée.

Marcelin la serre dans ses bras, l'embrasse à foison.

— Que c'est bon, murmure-t-il dans son cou. Tu sais, j'ai pensé à toi tout le temps...

Il dit ce qu'il ressent comme ça lui vient, se forçant, c'est évident, pour franchir le barrage de la parole. D'habitude, chez les gens plus rompus aux jeux de l'amour, on dissimule soigneusement ses cartes pour ne les abattre que si le partenaire en fait autant, chacun conservant par-devers soi quelque atout... Pas Marcelin!

C'est la confiance avec laquelle il se livre qui fait que Suzanne ne résiste pas quand il l'entraîne vers le canapé. Au dernier moment, toutefois, elle le saisit par la main :

– Viens, on sera mieux dans ma chambre, le lit est grand.

Il fait oui de la tête et ne la lâche pas pour monter à l'étage. A mi-chemin, dans l'escalier, il s'arrête, l'enlace, commence à la caresser. Suzanne en fait autant, dans l'impatience d'être à lui.

Elle ne sait plus comment ils ont fini par monter, pour s'abattre ensemble sur la couche, se confondre.

Quand elle revient à elle, Suzanne se sent comme elle est rarement : sans pensée. Pour une fois, elle n'a pas envie de mots, sauf pour le souligner :

– On n'a rien à se dire...

A peine l'a-t-elle fait remarquer qu'elle a peur qu'il le prenne mal. Mais Marcelin est plus fin qu'elle ne croit :

– C'est qu'on s'entend sur tout, dit-il en l'embrassant sur l'épaule.

Puis il se redresse, et Suzanne comprend qu'il s'apprête à s'en aller.

– J'aime ton odeur, murmure-t-il en flairant le bout de ses doigts ; je voudrais la garder sur moi, mais je ne dois pas. Où puis-je me laver ?

– Dans la baignoire, dit Suzanne, c'est par là.

Elle reste étendue à écouter ce bruit qu'elle n'avait plus perçu depuis longtemps, d'un homme qui se passe à l'eau.

– Je t'appelle, lui lance Marcelin, sur le

seuil, le cheveu humide et lissé, l'air rajeuni, heureux.

Suzanne se contente d'opiner. Le silence, lui semble-t-il, confirme leur complicité. Et puis elle est tranquille, elle sait maintenant qu'il a besoin d'elle, autant qu'elle de lui.

14

– Ce qui m'arrangerait, dit Rosa, c'est que vous vous rendiez de temps en temps à Paris, visiter les fabricants. Vous m'avez bien dit que vous aviez toujours votre appartement ?
– Je ne suis ici que pour un temps.
– Assez long, j'espère !
– Je ne sais..., hasarde Suzanne en examinant à nouveau les documents et objets que lui a apportés Rosa.
Des dessins représentant des bijoux fantaisie, et aussi quelques pièces, clips, colliers, joliment montés. Également des écharpes en soie aux tons chatoyants, avec des ceintures ornées. Rajouter un rayon « accessoires » à sa boutique de mode, c'est une idée que la commerçante nourrissait depuis longtemps.
Jusque-là, manquant de personnel, Rosa Collard n'avait su comment la réaliser. Quand elle monte elle-même à Paris pour aller dans le Sentier, chez les grossistes, choisir et commander les modèles qu'elle vendra durant la saison suivante, elle ne reste que la journée,

rarement la nuit : coucher à l'hôtel est cher, et puis elle s'inquiète pour son commerce.

Si Suzanne accepte de travailler avec elle, son rôle consistera à aller à Paris faire les achats chez les fabricants qui fournissent le monde entier en bijoux griffés Saint-Laurent, Dior, Lacroix, Nina Ricci, Chanel. Tous les grands couturiers, maintenant, inondent le marché de ce qu'on appelait autrefois de la bimbeloterie, et qui est devenu en couture l'indispensable *must*. Une toilette sans chaînes, sans bracelets, sans boucles d'oreilles, sans boutons-bijoux ni ceinture de prix, paraît inachevée.

– J'ai tout de suite vu que vous aviez le sens de l'élégance, lui dit Rosa. Dès que vous êtes entrée dans la boutique. Vous vous en souvenez?

– Moi aussi, j'ai apprécié votre goût, presque tous vos modèles me convenaient...

– Vous faites bien de dire « presque »! Je suis contrainte de vendre des choses que je ne porterais pas, mais cela correspond à une certaine partie de ma clientèle. En province, on n'a pas le même genre qu'à Paris... Il faut y penser!

– Heureusement, acquiesce Suzanne, cela crée de la variété! Et puis, le cadre l'exige : il y a plus de lumière ici, plus d'espace. Cela donne envie de s'habiller de façon plus voyante...

– On voit que vous avez le sens de la clientèle, Rosa. Vous saurez choisir ce qui convient pour ici. A la fois classique et coloré...

Elles pourraient discuter indéfiniment : le chiffon et ce qui en dépend est une matière si fluide qu'elle échappe aux catégories, à la classification, et tout ce qu'on en dit appelle aussitôt son contraire. C'est ce qu'on appelle la mode, ce perpétuel besoin d'être toujours ailleurs, autre, de changer d'âme plus encore que de corps.

Les deux femmes se sont assises au jardin, sur les chaises de fer forgé fraîchement repeintes que Suzanne ne peut utiliser sans songer à Marcelin, à la façon décidée dont il s'en est emparé pour les sortir de l'appentis. C'est alors qu'elle a dû avoir envie de lui pour la première fois, souhaitant inconsciemment qu'il l'empoigne à pleins bras, elle aussi.

A moins que ce n'ait commencé chez le pépiniériste, à cause, au contraire, de la délicatesse avec laquelle cet homme de la campagne a saisi une branchette d'olivier pour lui en signaler la découpe.

Aimerait-il ces bijoux, eux aussi finement ciselés, dont certains reproduisent des motifs végétaux ? Mais Marcelin a-t-il jamais considéré un accessoire de toilette ? La dernière fois qu'il lui a rendu visite, Suzanne avait pris soin de mettre un de ces porte-jarretelles qu'on fait aujourd'hui, tout à fait affriolant, et d'y attacher des bas noirs à revers de dentelle. Comme son amant n'émettait aucune remarque, elle a fini par lui demander : « Cela te plaît ? C'est pour toi que j'ai acheté ça... » Alors, il a eu une réponse qu'elle n'attendait pas : « Je n'ai pas besoin de ce déguisement pour te désirer. Tu me plais telle que tu es. »

C'était vrai.

Suzanne a remisé les accessoires neufs au fond d'un tiroir. Il n'y a pas de jeu érotique entre eux, juste de l'élan. De la difficulté, aussi. Marcelin ne peut jamais lui dire à l'avance quand il va pouvoir venir. Il arrive qu'il la surprenne en sonnant à sa porte. Parfois, elle n'est pas là, et Suzanne s'en désole quand elle apprend qu'elle l'a raté :

— Mais pourquoi ne m'as-tu pas téléphoné?

— Quand je suis à la maison, Annie surveille tout ce que je fais, qui j'appelle.

— Va téléphoner d'une cabine!

Il a ri :

— On voit bien que tu ne connais pas la campagne! Il y aurait aussitôt quelqu'un pour venir dire : « Il est en dérangement votre téléphone, que vous allez à la cabine? Vous auriez dû appeler de chez nous... » Tu vois la tête d'Annie!

Non, Suzanne n'arrive pas à imaginer la tête d'Annie. Cela lui paraît si étrange, une femme collée à un homme au point de ne pas lui laisser faire un pas sans lui demander où il va, d'où il vient. Elle, avec Philippe... Mais peut-on comparer? Eux vivaient en ville. Croulant chacun sous les obligations, les rendez-vous, voyant tellement de gens chaque jour qu'il n'était pas question, le soir, de tout raconter. Parfois, c'était des semaines plus tard que Suzanne informait Philippe qu'elle avait eu des nouvelles de quelqu'un qu'ils connaissaient, ou même que la personne était passée la voir, rue de Paradis. Ou c'est lui qui disait avoir déjeuné avec tel ou tel, une femme aussi bien, et Suzanne ne pensait même pas à lui demander si c'était en tête à tête.

D'autres mœurs. Une autre forme d'amour, peut-être.

– Est-ce qu'elle t'aime ?

– Je pense que oui.

– Alors, pourquoi ne te laisse-t-elle pas tranquille ?

– Elle s'ennuie. Peut-être aussi a-t-elle peur que je la quitte.

– Tu la quitterais ?

– Je n'y ai pas pensé.

Suzanne n'est pas allée plus loin dans les questions, tout de suite arrêtée par son expression soucieuse, douloureuse même. Marcelin, en fait, ne se permet pas de penser jusque-là. Suzanne, de son côté, ne s'y hasarde qu'avec difficulté... C'est qu'elle s'imagine mal vivant avec Marcelin – car Suzanne, d'ordinaire, n'hésite pas à faire courir sa pensée.

Ainsi, dès qu'elle avait su son mal, elle avait tout de suite envisagé la mort inéluctable de Philippe.

Marcelin à Paris ? Qu'y ferait-il, sinon déprimer ?... Quant à elle, Suzanne, elle voulait bien vivre un certain temps en province, mais à la campagne, « au cul des vaches », comme disait sa mère, née parisienne, jamais !

Le tour d'horizon ainsi fait, il ne reste qu'à se concentrer sur ce qui existe entre eux : leur « affaire ». Car d'être ignoré d'autrui, leur lien ne mérite pas le nom de liaison.

– Il faut commencer par du strass, dit Rosa, cela plaît toujours, et des perles.

– Aujourd'hui, on en crée de toutes les couleurs : des jaunes, des mauves...

– Je suis pour la vraie couleur perle, ou alors légèrement grise. Notre rôle, c'est de faire « couture ».

Rosa, devine Suzanne, se délecte du mot. Comme tous ceux qui ont choisi un des métiers de la mode, cette femme adore évoluer dans le domaine de la toilette et de l'apparence. Ça la classe, la sort de l'ordinaire du commerce. De celui de la vie, aussi. S'exalter, en compagnie d'une autre femme, sur la qualité d'un tissu, la beauté d'une coupe, partager l'image qu'une cliente cherche à donner d'elle-même, est une forme de poésie. Presque de l'art. Du rêve, en tout cas.

Suzanne se souvient d'avoir éprouvé la même chose, rue de Paradis, avec certaines clientes qui venaient chercher un surtout de table pour une occasion particulière, ou seulement pour renouveler, embellir leur intérieur. On peut manger n'importe où, sur la table en Formica de la cuisine ou une toile cirée, comme elle fait maintenant, cela ne change rien à la qualité des plats. Mais de la porcelaine ultra-fine, une verrerie de cristal gravé, de beaux couverts d'argent ou dans ces métaux nouveaux qui ne noircissent pas, avec du linge brodé, des chandeliers, des milieux de table en glace garnis de coupes fleuries, quelle beauté, quel bonheur ! La vie, en quelque sorte, change de niveau : on sort du besoin pour entrer dans un univers où on a le sentiment de disposer de l'ordre du monde du seul fait de maîtriser celui des couleurs et des formes...

C'est curieux que Marcelin ne comprenne pas cela. Mais est-ce nécessaire ?

Il y a deux jours, par une belle fin d'après-midi, ils étaient étroitement enlacés sur son lit, la fenêtre grande ouverte sur la branche fleurie de la glycine qui dispensait le plus léger, le plus exquis des parfums, et un peu de salive coulait de leurs deux bouches accolées.

Ce mélange d'humeurs, au lieu de la dégoûter – ç'aurait pu – lui causait un sentiment de bonheur, d'apaisement.

Soudain, une image lui est alors revenue : celle de ces crachats parfois sanguinolents, ou verdâtres, que Philippe expectorait sans arrêt, les derniers temps, dans une cuvette qu'on ne se donnait même plus la peine de vider.

C'était pénible. Horrible, même. Toutefois, on ne peut pas passer son temps à s'horrifier quand on s'occupe d'un grand malade, d'ailleurs l'envie vous en passe, un calme s'établit, qu'on prend pour du sang-froid ou du métier chez le personnel soignant, et qui n'est que du désespoir.

Oui, le désespoir de voir le corps humain – au surplus, un corps aimé – se décomposer sous vos yeux, fige quelque chose à l'intérieur de soi. On ne s'indigne même plus, on n'en a plus la force.

Seulement, on ne jouit plus de rien.

Suzanne s'était mise à lécher les lèvres à demi entrouvertes de Marcelin comme une femelle animale, béate d'avoir accouché, torche ses petits de la langue. Puis elle s'était courbée pour parcourir aussi sa poitrine, son ventre, plus bas encore, baisant des morceaux de son corps à elle au passage.

– Qu'est-ce que tu fais ? a fini par lui demander Marcelin. Tu nous laves ?

– Je t'aime, a-t-elle murmuré en posant la joue sur sa cuisse.

C'était la première fois qu'elle le lui disait.

15

— Une femme comme vous, ma chère...
— Eh bien, quoi?

Ils sont assis pour déjeuner à la terrasse de ce qui est sans doute le plus beau club privé de Paris, au cœur élégant de la capitale. Un jardin à la française se déploie sous leurs yeux, sans qu'on puisse en deviner la limite, habilement dissimulée par un rideau d'arbres et d'arbrisseaux. Les frondaisons des jardins latéraux achèvent de donner le sentiment qu'on se trouve dans un îlot de verdure délivré des voitures, de la pollution, de tous les tracas de la métropole.

C'est Mercier qui a voulu l'inviter ici, à son « club », comme il dit d'un air nonchalant. La dernière fois, cela va faire un an, deux peut-être, Philippe était avec eux. Dès qu'ils s'étaient retrouvés sur le trottoir de la rue du faubourg Saint-Honoré, Philippe avait ricané (en fait, tout le temps du repas, Suzanne s'était doutée qu'il le ferait) :

— Ce Mercier, il a toujours été d'un snob! Déjà, à Henri-IV, il fallait que tout le monde sache qu'il était né à Neuilly, et que c'était par protection spéciale qu'il faisait ses études dans le Ve... Un cas !

— Mais un très grand médecin !

— C'est vrai.

Philippe, facilement jaloux, méprisant la vanité chez autrui, était toujours équitable dès qu'il s'agissait de ce qu'il prisait le plus au monde : la compétence. Et le travail.

— Tu crois que c'est parce que Mercier travaille trop qu'il perd toutes ses femmes ? Il en est à sa troisième, cette année, non ?

— C'est son snobisme, là aussi, qui lui joue des tours ! Il se prend des petites dindes sous prétexte qu'elles ont un nom.

— Et de l'argent ?

— Pas forcément. Comme professeur, il en gagne bien assez. Non, c'est l'aura mondaine qui l'attire comme un aimant. Sa mère, née dans l'aristocratie, s'est, semble-t-il, déclassée en épousant son père. Un mariage d'amour. Comme elle est morte jeune, accidentellement, Maurice n'a jamais fréquenté sa famille maternelle, qui, ne voulant pas recevoir son père, a exclu le fils du même coup. Depuis, ce pauvre garçon n'a cessé de ramer pour recouvrer ce qu'il considère comme son rang...

— Mais cela n'existe plus, le rang !

— C'est ce que tu crois ! Essaie donc de demander ton admission à ce club !

— Et Mercier, comment a-t-il fait ?

— Son grand-oncle maternel en était le vice-président. Je crois qu'il a laissé entrer Mercier pour jouer un tour à son frère et surtout à sa belle-sœur, qu'il n'aimait pas.

— Drôle de monde...

— Le *monde*, simplement. Mais comme ces gens-là vivent sous une loupe grossissante, on en saisit mieux les mécanismes...

Suzanne est contente d'avoir songé à prendre ses lunettes noires, il est trois heures de l'après-midi et la lumière est éblouissante. Ce serait même insupportable sans la zone d'ombre que créent les parasols bleu et blanc, surmontés d'un petit dôme qui accentue leur efficacité. On est bien. Presque comme à la plage. Si c'est cela, le luxe, profiter à loisir de la nature et de l'été, alors va pour le luxe !

— Enfin, Suzanne, vous êtes faite pour vivre ici, pas à la campagne !

— D'abord, ce n'est pas la campagne, c'est la province !

— Et alors, c'est encore pire !

Suzanne éclate de rire :

— Cher Maurice, vous avez des préjugés du dix-neuvième siècle qui, en plus, contredisent vos vrais goûts ! Qu'est-ce que nous sommes venus chercher ici, grâce à vous ? Le calme, l'ordre et, d'une certaine façon, la volupté... Eh bien, c'est exactement ce dont on jouit tous les jours en province. Sans avoir à payer d'une façon que je présume extravagante ! Venez dans mon jardin, vous y serez aussi bien, mieux peut-être... Il y a en prime le bruit des cloches de la cathédrale pour rythmer les heures, des oiseaux de toutes sortes, pas seulement des moineaux comme ici, et la nuit est aussi belle que le jour !

Mercier mouline du bras, comme s'il écartait une mouche imaginaire, et Suzanne lui trouve soudain quelque chose d'un peu épais, dans le corps et le visage, comme à Marcelin. Toutefois, chez ce « paysan » de Marcelin, si elle peut l'appeler ainsi, la lourdeur des chairs s'assortit d'une finesse aiguë qu'elle ne perçoit pas chez le citadin. Cela tient peut-être, chez le premier, à l'habitude de regarder sans cesse au loin, de se servir de toute sa peau pour sentir le temps qu'il fait ou fera. Sans compter celle que l'on prend inconsciemment, à la campagne, d'écouter les bruits, qui tous renseignent. « Tiens, disait la Mémée, c'est le Fernand qui scie son bois. Il l'a trop laissé sécher, ça lui fera pas d'usage ! » Ou alors c'était l'orage qui s'annonçait, et « va me rentrer le linge ». Une voisine, d'après ses appels, avait encore perdu son dindon et lui courait après. Les martinets, criant bas, annonçaient la pluie, ou alors une buse devait planer alentour, vu que tous les poulets s'étaient tus brusquement...

Vivre dans la nature exerce perpétuellement les sens. Ce qui peut préparer à l'amour. Comment Mercier fait-il l'amour ? « Je suis folle, se dit Suzanne, ce doit être Marcelin qui me manque... »

Cela fait près d'une semaine qu'elle est rentrée à Paris. Suzanne a calculé qu'il lui fallait ce temps-là pour visiter les fabricants de bijouterie fantaisie, logés pour beaucoup dans les Xe et XIe arrondissements, discuter avec eux, prendre des accords en leur expliquant qu'il s'agissait d'un essai, qu'il leur fallait donc baisser leurs prix. Pour commencer... Mais que de merveilles ! Perles en vrac, de toutes teintes et de toutes dimensions, brillant comme des vers luisants dans la pénombre des ateliers, émaux et strass enchâssés dans des formes de métal artistiquement chantournées, artisans continuant leur travail à la flamme tout en lui parlant... Cavernes d'Ali Baba dont elle ressort éblouie d'avoir manié, contemplé ces matières qui, de ne pas être précieuses, sont offertes avec d'autant plus d'abondance et de générosité... Des perles, des émaux transparents tombés des boîtes traînent sur le sol et jusque dans la cour, incrustés entre deux pavés.

Une fois chez elle, entre quatre murs, Suzanne se sent enfermée et songe à son jardin. Comme elle s'inquiétait de ne pouvoir procéder à l'arrosage, par ce temps sec, Marcelin s'était proposé de le faire à sa place, et elle lui avait laissé sa clé. Ajoutant : « Si tu as envie de me téléphoner, quand tu seras chez moi, n'hésite pas ! »

Il l'avait fait, mais comme c'était dans la journée, il ne l'avait pas trouvée chez elle. Alors il lui avait laissé sur son répondeur des messages qui l'avaient stupéfaite. Cet homme si réservé ne l'avait plus été du tout face à l'enregistreur :

« *Monsieur le Répondeur, bonjour ! A l'appareil, c'est Marcelin Fourier. Est-ce que vous auriez la gentillesse de dire à Suzanne que je l'aime ! Dites-le-lui gentiment, avec tendresse et amour. Je la rappellerai plus tard. Je l'embrasse très très fort. Au revoir.* »

Plus tard :

« Je ne sais que faire pour te joindre... Je vais quand même te laisser un message pour te dire que je t'aime toujours très très fort. Je pense à toi sans arrêt. Je t'embrasse partout. »

Émue, étonnée, Suzanne s'était repassé à plusieurs reprises ce qui était une déclaration de désir et même d'amour, par machine interposée, si intense qu'elle n'avait pas voulu l'effacer.

Était-ce de savoir que ses messages resteraient sans réponse qui avait rendu son amant si hardi ?

Ce qui la frustrait, c'était de ne pas pouvoir lui faire savoir qu'il lui manquait aussi, mais Marcelin l'avait prévenue : il ne fallait même pas lui écrire.

Suzanne s'est mise à sourire en buvant à petits coups son café.

– Vous avez peut-être raison de prolonger votre exil, lui dit Mercier qui l'observe. Je vous trouve mieux...

– C'est vrai, je me sens bien.

– Un peu maigre, peut-être...

– Maigre ou mince ?

– Mince.

– Je préfère !

– On ne mange donc pas dans votre sacré pays ?

– Écoutez, Maurice, je ne suis pas chez des sauvages ! On mange admirablement, au contraire, ce qui fait qu'on se contente de moins. Toutefois, je dois reconnaître que vous m'avez traitée avec somptuosité, aujourd'hui...

— C'était une joie, ma chère. Je voulais d'ailleurs vous dire...

Il pose sa main sur la sienne, rapproche son visage, la fixe; puis secoue la tête : il ne sait comment s'exprimer. Suzanne pose son autre main sur celle de Maurice :

— Philippe vous manque. Je devrais dire : « à moi aussi ». Seulement, pour moi, ce n'est pas la même chose. C'est bizarre, mais j'ai l'impression qu'il ne m'a pas quittée... Trente ans de mariage...

— Vous êtes une femme fidèle, Suzanne.

S'il savait!

— Fidèle à l'amour, oui.

Là, elle est dans la vérité.

— Il y a des moments où je me demande..., reprend-il en retirant sa main d'entre les siennes.

— Quoi?

— Si je sais ce que c'est, l'amour!

— Mais bien sûr, cher Maurice, personne ne vit ne serait-ce qu'une minute sans amour. Vous le vivez autrement, c'est tout. Dans votre dévouement à vos malades, votre abnégation...

— Vous me croyez si dévoué que ça?

— Je vous ai vu agir avec Philippe.

— Philippe était mon ami...

— Et alors? Quand vous l'examiniez en tant que malade, il n'était plus votre ami, il devenait un cas — je vous ai observé — et j'en ai conclu que vous étiez pareil avec tous les autres. Totalement concentré, attentif au moindre symptôme. A l'écoute de ses plaintes, même non formulées. Vous donnant tout entier.

— C'est peut-être vrai, murmure Mercier.
Il soupire.

— Cela m'a fait du bien de vous voir, Suzanne... Seulement...

— Je sais, on vous attend, et vous êtes même en retard ! C'est aussi votre privilège...

— Si l'on peut dire ! C'est dur, vous savez, de se sentir responsable de la vie et de la mort des gens.

— Mais vous ne l'êtes pas, Maurice : chacun de nous est lui-même responsable de sa vie et de sa mort, vous êtes seulement un guide, un accompagnateur. Voyez-le comme ça, et vous le supporterez mieux...

Jamais elle ne lui avouera à quel point elle lui en a voulu et lui en veut encore d'avoir conduit Philippe à cette opération qui a provoqué sa disparition. Pauvre homme, il faut bien qu'il vive, lui aussi, et ce n'est sûrement pas facile. Malgré ce pouvoir que traduit l'empressement des valets à tirer leurs chaises et à courir chercher la voiture de « Monsieur le Professeur », rangée là dans la cour.

— Je vous raccompagne ?

Suzanne secoue la tête :

— Je préfère aller à pied. En fait, j'ai des courses à faire.

Elle le regarde démarrer. Mercier n'a pas franchi la voûte qu'il a déjà son téléphone de voiture en main : il doit être affreusement en retard, et sa secrétaire sur les dents.

C'était bien, ce déjeuner. Il lui semble quand même s'être un peu ennuyée. La preuve, le bonheur qu'elle éprouve à se retrouver seule, libre de flâner à sa guise dans ce qui est peut-être le plus beau quartier de Paris, tout illuminé par l'été en marche.

16

Que Vincent soit installé sur l'un des deux transat de toile bayadère – achetés dès qu'elle a appris sa venue – lui paraît dans l'ordre des choses. Ce qui ne l'est pas, se dit Suzanne, c'est son absence : son fils devrait toujours être auprès d'elle, comme il l'a été pendant vingt ans. Sinon, sans qu'elle veuille l'admettre, elle éprouve un manque.

En lui parlant, ou plutôt en l'écoutant, Suzanne scrute son visage et ne parvient pas à se formuler en quoi il a changé.

Le regard, peut-être, plus direct.

Quand on connaît un être aussi intimement que celui qu'on a porté neuf mois dans son ventre, et tout autant sur son sein, dans ses bras, on n'est pas bon juge de son apparence. Il est toujours votre petit, sans âge et perpétuellement dans le besoin.

– Maman, arrête de me proposer à boire ! Si j'ai encore soif, je te le dirai. Ou plutôt je me servirai moi-même...

– Mais tu ne sais pas où sont les choses, ici !

– Tu ne me crois pas capable de dénicher

une bière dans le frigidaire ? J'ai bien fait mon chemin jusqu'au Japon, et le Japon est une île de taille plutôt réduite, pas commode de tomber dessus du premier coup !

Il la taquine. Il l'a toujours fait. C'est une forme de politesse entre eux, et aussi la façon qu'a choisie Vincent, depuis qu'il est tout petit, pour la mettre progressivement à distance, se démêler d'elle sans la froisser ni lui opposer : « Ce sont mes affaires, ça ne te regarde pas ! » A ses questions, il a toujours répondu par une plaisanterie, un jeu de mots. Le temps qu'elle saisisse, il est déjà loin... En train de se débrouiller seul. Plutôt bien.

Il n'avait pas trois ans qu'il lui échappait déjà, sur la plage, dans les jardins publics, et Suzanne le retrouvait au milieu d'une cour d'admirateurs. « Ce qu'il est gentil, votre fils ! lui disait-on. Toujours de bonne humeur, pas timide. En voilà un qui n'a pas froid aux yeux ! »

Suzanne aurait parié l'inverse : que c'est par terreur, au contraire, que Vincent se jetait d'emblée sur tout le monde. Pour charmer, désarmer avant qu'on ait eu le temps de lui porter un mauvais coup. Sans vraie confiance dans l'espèce humaine.

Suzanne voudrait lui donner foi en lui-même, elle n'y est jamais parvenue. On ne fait pas ce qu'on veut avec un enfant. L'amour n'y suffit pas. Il faut un accord des tempéraments, une acceptation réciproque. Ils étaient trop proches, aussi, dans leur sensibilité suraiguë, leur perpétuel besoin de bonheur, leur haine de ce qui ne l'est pas.

Ainsi, ils n'ont jamais parlé ensemble de la maladie de Philippe. C'est Mercier qui en a informé le garçon, lequel est d'ailleurs son filleul. Ce jour-là, Vincent était rentré à la maison sans expression particulière. Après un bref « B'jour M'man », assorti d'un baiser sec sur le front, il est allé droit à son père, assis derrière son bureau, et s'est installé en face de lui.

– Tu as besoin de moi ? lui a-t-il demandé.

Philippe a tout de suite compris :

– Oui, mon garçon. Occupe-toi de ta mère... Ah, et aussi de toi. Ton examen, c'est pour quand ?

– Dans trois mois.

– Bon, je compte sur toi pour le réussir. Cela m'arrangera.

– Entendu, a répondu Vincent.

Puis il s'est levé, a embrassé son père, ce qu'il faisait rarement, et il est rentré dans sa chambre.

Travailler ? Suzanne n'en savait rien. Le rapport de Vincent avec l'étude lui échappait. On eût dit qu'il n'ouvrait jamais un livre – préférant pianoter sur son ordinateur, tantôt des nuits entières, tantôt seulement cinq minutes. N'empêche qu'il réussissait.

Six mois avant sa mort, Philippe, amaigri mais pas encore effrayant, a exigé, ou plutôt lui a demandé – on n'exige rien de Vincent, ce n'est pas le genre de relations qu'on peut instituer avec lui – d'accepter la bourse que Mercier lui avait obtenue pour un an d'études dans une université américaine.

Il était revenu les derniers jours. Muet et

bouleversé. « Cette nuit, c'est moi qui reste », a-t-il dit un soir à Suzanne. Philippe était mort vers les trois heures du matin, seul avec son fils. Suzanne n'a jamais pu savoir comment cela s'est passé. Si l'agonisant a eu une dernière parole ou s'est éteint dans son sommeil, à bout de forces, de souffle, de tout.

C'est demeuré un secret entre son fils et lui.

Le lendemain de l'enterrement, Vincent est reparti finir son stage à Stanford. Au moment où il allait rentrer en France, son nouveau diplôme en poche, des Japonais sont venus recruter à l'université pour leurs entreprises, et Vincent, bilingue et européen, s'est trouvé avoir le profil recherché. Le temps de venir embrasser Suzanne, mettre en ordre des problèmes de service militaire, et il était parti pour Tōkyō.

– Tu es content?
– De quoi?
– Je ne sais pas, moi, de la vie que tu mènes là-bas, de tes amis, de ton travail, de ton logement!
– Imagine le contraire et tu y seras!
– Le contraire de quoi? demande Suzanne.

Bien qu'habituée aux raccourcis de Vincent, cette fois elle s'y perd!

– De la façon dont tu vis. Tu dois bien avoir deux cents mètres carrés habitables dans cette maison?
– Je n'ai pas calculé...
– On ne calcule que lorsqu'on est à l'étroit. Eh bien moi, je dois en disposer de vingt! Et c'est déjà un luxe! La plupart des gens qui tra-

vaillent à Tōkyō habitent à l'extérieur et passent leur temps dans les trains, qui sont plutôt rapides, mais bourrés. Côté population aussi, c'est le contraire : quand je suis sorti, ce matin, pour acheter le journal et les croissants, je n'ai pratiquement rencontré personne. Un brouillard enveloppait le fleuve, les oiseaux chantaient, une solitude divine... A Tōkyō, à n'importe quelle heure du jour et de la nuit, il y a foule dans les rues et les magasins sont ouverts.

– Au moins, tu n'es pas seul!
– Si. On se sourit, mais on ne se parle pas.
– Tout de même, tu dois connaître du monde, depuis le temps que tu es là-bas?
– Ceux avec qui je travaille, mais ils ne m'invitent pas dans leur famille, ni le week-end. Ils sont encore plus racistes que nous...
– Tu exagères!
– Ce n'est pas par mauvais sentiments, je crois que cela les gêne de recevoir chez eux des personnes dont ils ne connaissent pas les mœurs ni les habitudes. Ils ont peur de gaffer, d'être mal jugés par les Blancs... Nous avons une sacrée réputation de bêcheurs, surtout nous autres Français! Ils croient qu'on critique tout...
– C'est un peu vrai, non?
– Mais ce n'est pas pour trouver que c'est mal, c'est pour comparer... En fait, moi, j'aime la différence! Tu comprends ça?

Suzanne sourit, puis se penche pour cueillir un brin d'herbe. Si elle comprend! La différence, n'est-ce pas ce qu'elle va chercher chez Marcelin ? Elle a envie d'en parler à Vincent, de lui dire : « Tu sais, je ne suis pas au Japon, mais je vis aussi quelque chose de tout à fait dépaysant, avec quelqu'un qui me fait éprouver des sentiments que je ne connaissais pas... »

Du fait qu'elle est sa mère, Vincent serait choqué. Les confidences sexuelles n'ont jamais été de mise entre eux. Pourtant, tout à l'heure, il a fini par lui avouer qu'il avait une aventure avec une jeune Japonaise, ce qui n'avait pas été commode, car les jeunes filles, là-bas, ne sont pas aussi libres avec les garçons que les filles d'ici. Mais Yoko a fait des études aux États-Unis et se prépare à devenir interprète internationale.

— Elle est jolie ? demande Suzanne, secrètement rebutée par les yeux bridés, le teint jaune.

Vincent a dû percevoir son recul, il a ri avant de lui accorder un peu plus de détails que d'habitude :

— Ce que j'aime, chez les Jaunes, c'est qu'elles n'ont pas du tout de poils. Yoko a un corps parfaitement lisse, un corps d'enfant. Et si menu...

Suzanne a eu envie de demander : « Et pour l'odeur ? » Yoko n'a peut-être pas d'odeur, une petite poupée d'ivoire ? Où est la sensualité, alors, l'impression de toucher à quelque chose d'interdit, la chair dans son poids, ses exhalaisons, son trop-plein, comme elle l'éprouve avec Marcelin ?

Mais elle n'a pas osé poser la question, non

pour ménager Vincent, mais parce qu'elle a craint de se laisser malgré elle entraîner aux aveux.

Vincent se doute-t-il quand même de quelque chose ? Il lui a parlé de sa bonne mine. Et lorsqu'elle se détourne, Suzanne sent qu'il la regarde plus longuement qu'à l'ordinaire. Pour savoir où elle en est avec son deuil ? Ou parce que le fils perçoit chez sa mère un changement qu'il ne sait à quoi attribuer ?

Pour répondre à la question qu'il n'a pas posée, Suzanne lui parle de son nouveau travail, qui la conduit trois fois par mois à Paris, du plaisir qu'elle y prend. « C'est une bonne diversion ! »

— Quand j'étais petit, j'adorais ta boutique de la rue de Paradis...

Il ne le lui avait jamais dit.

— Et moi, je tremblais chaque fois que tu y venais ! Il fallait que tu touches à tout !

— Ai-je jamais cassé quelque chose ?

— Non, c'est vrai.

Vincent n'est pas du genre à casser ; où qu'il soit, il se déplace comme un danseur. Et même une ombre, quand il ne veut pas qu'on l'attrape ou qu'on le voie.

— Veux-tu m'accompagner ? J'aimerais te présenter à mon amie Rosa Collard. Et puis, tu verras ce que j'ai ramené de Paris, et tu pourras choisir un bijou pour Yoko. Est-ce que les Japonaises aiment autre chose que les perles ?

— Maman, qu'est-ce que tu crois ? Que nous en sommes encore à *Madame Butterfly*...? Il n'y a pas plus averti de la mode française que les Japonais.

– Pour la copier?
– Pour la comprendre...
– Alors ça, ils peuvent toujours s'y mettre! Notre couture, c'est parfaitement incompréhensible – comme notre cuisine!
– Et comme toi! a-t-il dit bizarrement, en l'aidant à s'extraire de son transat, puis en l'embrassant avec tendresse sur les deux joues.

Comme il le fait, quelques jours plus tard, quand elle le dépose à l'aéroport de Bordeaux.

17

– Cela s'étend jusqu'au boqueteau, englobe le petit bois de chêne, s'arrête à la haie et redescend jusqu'à la rivière.

Aujourd'hui, Marcelin lui fait visiter ses terres. Depuis le remembrement, les parcelles sont mieux constituées – ce qui ne s'est pas accompli sans cris ni grincements de dents; on y tenait au petit bout enclavé qui venait de l'arrière-grand-père, et aussi à la bande de terrain qui permettait d'avoir accès à la rivière sans faire le détour!

Maintenant que tout est regroupé, c'est sûrement plus facile à cultiver. Mais était-ce bien la peine ? Voilà qu'on parle d'imposer la jachère...! C'est devenu un dur métier d'être agriculteur. Ou plutôt, ça l'a toujours été : à la fois maître chez soi et soumis à la loi du prince, quel qu'il soit.

En lui indiquant du bras son royaume, Marcelin a cependant l'air d'un souverain. Qu'il est. Décidant à sa guise du destin d'un peuple d'animaux, d'arbres et de plantes.

Décrétant de brûler ou d'arroser selon les saisons, de tuer, supprimer ou laisser naître.

Quel autre métier accorde autant de pouvoir à un seul ? Et comporte autant de charges ? Marcelin a ri lorsqu'elle lui a parlé, il y a quelque temps, de l'accompagner à Paris :

– On n'y passerait qu'une nuit et un jour ! Le temps que je voie deux ou trois fabricants, que je te montre un peu la ville, et on revient !

– Qui s'occupera des bêtes pendant ce temps-là ?

– Mais tu as des ouvriers agricoles !

– Sans l'œil du maître, rien ne va. C'est l'époque où les vaches vèlent, tu imagines s'il y avait un accident ? Cela coûte... Personne ne comprendrait mon absence à un moment pareil, surtout pas Annie !

– Et quand il y aura le Salon agricole ?

– Je viens de m'équiper en tracteur et en faucheuse... Enfin, on verra.

Peut-être lui a-t-il laissé cet espoir pour qu'elle cesse de le tarabuster ? Au fil des jours, Suzanne s'aperçoit qu'elle ne peut faire aucun projet avec Marcelin, et cela lui pèse. Il y a des moments où elle ne sait pas de quoi lui parler, puisqu'il ne partage rien de sa vie, ne connaît pas Vincent, reparti si vite et qu'elle n'imaginait d'ailleurs pas comment lui présenter.

Si au moins Marcelin avait pu entrevoir son appartement, peut-être la comprendrait-il mieux ? Ici, dans la maison louée, elle n'est pas dans son cadre. Suzanne aimerait aussi que son amant la voie évoluer dans la capitale ; peut-être en tirerait-il une raison de mieux l'estimer. Il lui semble parfois qu'il ne la jauge pas à sa juste valeur.

De son côté à lui, c'est pareil : elle n'a jamais vu sa maison, elle a à peine entraperçu sa femme.

Soudain, Marcelin l'invite à venir se promener sur ses terres. Comme Suzanne semble surprise, il s'explique :

– Annie est partie pour quelques jours à Bordeaux : notre fille Aimée est malade et elle est allée la soigner...

– Pas grave, j'espère ?

– Une grippe. Mais la petite est seule dans son studio d'étudiante, personne pour lui faire ses courses et sa cuisine, ce qui fait que sa mère y va.

Elle sent qu'il a failli dire : profitons-en. Et qu'il s'est retenu par délicatesse. C'est pourtant ce qu'ils font. Dans une allégresse que chacun cherche à dissimuler, mais qui éclate chez Marcelin, le matin où il vient la chercher en voiture : « Je t'attendrai sur le quai, au coin de la place, pour qu'on ne nous voie pas trop ensemble. »

Quand il lui ouvre la portière, en se penchant sans descendre, ses yeux brillent.

Quelques kilomètres, sept ou huit, et c'est la pleine campagne. La « banlieue » – si on peut appeler ainsi cette zone où pullulent dans le désordre grandes surfaces, hangars, usines, entrepôts – ne dure que deux kilomètres à peine. Tout de suite après commencent les terres cultivées. La propriété de Marcelin est située au plus creux d'un vallon où les constructions forment une sorte de village reclos sur lui-même, à moitié dissimulé par de grands arbres. On dirait un tableau, surtout en ce moment où le triangle jaune vif d'un champ de colza ensorcèle le regard.

Marcelin arrête la voiture dans une courbe d'où l'on distingue bien la ferme et ses bâtiments :

– Notre habitation, c'est la façade recouverte de vigne vierge, à côté l'ancienne étable dont je me sers comme hangar. J'ai fait construire une stabulation en longueur, derrière la haie d'aubépine. Ça n'est pas beau, parpaing et Placoplâtre, mais c'est pratique pour nourrir, abreuver et nettoyer. Là, c'est la bonne saison, les bêtes restent dehors nuit et jour.

Des chiens aboient. Ils ont dû sentir la présence lointaine de leur maître.

– Je ne t'emmène pas jusque-là, il faudrait que je te présente aux domestiques. Ils risqueraient de parler. Viens, nous allons faire le tour par le bois.

Il lui a recommandé de prendre des chaussures de marche et Suzanne a mis ses baskets, son jean et un T-shirt. Derrière cet homme au pas assuré, elle a envie de caracoler, comme autrefois, dans les chemins creux du Morvan, quand elle allait rendre visite aux cultivateurs qui la connaissaient depuis toujours. Ramasser des baies, des châtaignes. Ou simplement parcourir les champs, en restant bien sur leur lisière fleurie de marguerites sauvages, de coquelicots et de bleuets.

En campagne, se promener est une activité sérieuse dont on peut se glorifier, ou presque : « Tout à l'heure, je me suis rendu jusqu'à la rivière, il faisait joliment frais sous les sapins. » Ou alors on a grimpé sur la colline, on y a vu plein de champignons, des faux. Aperçu le chamois, qui s'est enfui (comme s'il risquait de faire autrement!). Rencontré un inconnu qui devait quérir du bois mort. Dès qu'il a vu quelqu'un, il a décampé!... Ces événements se discutent autour d'un verre d'eau, d'une tarte aux fruits, d'une crêpe, de ce qu'on vous offre au retour.

La campagne change sans cesse d'aspect et même d'humeur. Elle a ses morts, aussi, ses mutations. Ce qui permet d'en donner des nouvelles, de corroborer un fait en le rapportant à d'autres qui datent du fond des âges. Tout campagnard devient archéologue, préhistorien, déchiffreur de signes, pisteur de traces, collectionneur de fossiles.

Surtout, la terre est un infini sujet de conversation pour ceux qui l'aiment. Peut-on imaginer d'en faire autant en ville, après un tour du quartier où l'événement ne peut surgir que d'un trouble de l'ordre public : altercation, chantier, accident de la circulation? Dans la nature, c'est la vie qui commande.

Marcelin brise des rameaux sur leur passage, écarte des ronces, décapite des fougères du bout de la branche morte dont il s'est fait un bâton. Suzanne a le sentiment que tout en avançant, l'homme inspecte. Soudain il s'arrête, se tourne vers elle, la prend par l'épaule :

– Tu entends ?

Elle le questionne du regard.

– La source ! Je suis content, cela faisait un an qu'elle ne coulait plus, asséchée. Ce doit être les orages. Allons voir.

Se retenant aux troncs des jeunes arbres, Suzanne dévale à sa suite une pente de plus en plus déclive, jusqu'au fond du vallon où, parmi des joncs, des prêles, des touffes de menthe, sourd un mince filet. Quelle fraîcheur ! Quelques libellules bleutées s'envolent à leur approche. Marcelin s'accroupit, examine le petit amas de pierres d'où surgit la source.

– Tu ne trouves pas que c'est beau, la naissance de l'eau ?

– Tout ce qui naît me paraît magnifique, dit Suzanne.

Elle a envie de dire : « Comme le désir. » Ce n'est pas la peine. Marcelin s'approche d'elle, la prend dans ses bras, l'embrasse, la caresse à travers son jean. Il la veut ici même, et Suzanne le soupçonne de l'avoir entraînée dans ce lieu, à l'abri des regards, exprès pour ça. Il avait envie de lui faire l'amour sur ce qui est son domaine. C'est comme un symbole. Une alliance. Elle se plaît à le croire.

Il crie, elle moins. C'est qu'elle ne se sent pas tout à fait à son aise, couchée sur son jean, ni en sécurité ; en plus, une fourmi ou quelque autre insecte lui pique les cuisses. Les hommes sont moins délicats, en cet instant-là, que les femmes. Moins exposés aussi, n'étant pas en contact direct avec le sol et ce qui s'y meut ! Mais ce qui réjouit Suzanne, son plaisir, c'est que Marcelin, par désir d'elle, ait bravé le danger – fût-il minime – d'être surpris.

Soudain, elle pense à Annie avec une sorte de satisfaction vengeresse. Après tout, c'est à cause d'elle qu'ils sont obligés de se dissimuler dans les fourrés ! Si l'épouse le savait, elle n'apprécierait sûrement pas que son mari emmène une autre femme sur leur domaine aux fins de la culbuter !

Eh bien, c'est fait.

18

Il est sept heures du soir quand Suzanne entend sonner à sa porte. Elle n'attend personne, mais c'est la coutume en province, elle le sait, de débarquer sans s'annoncer. Au début, Suzanne jugeait le procédé incorrect : et si on était occupé, en petite tenue, en compagnie de quelqu'un qu'on ne tenait pas à faire connaître ? En somme, l'intrus se moque bien de vous déranger...

A la longue, Suzanne s'est aperçue que débarquer à l'improviste est au contraire une façon délicate de ne pas donner trop de solennité à une visite, puisque vous gardez toute liberté de l'accepter ou de la refuser.

Dans la grande ville, si l'on prend rendez-vous avant de se rendre chez autrui, c'est moins pour éviter de gêner que pour ne pas risquer de se déplacer pour rien.

— C'est moi, dit Marcelin avec un large sourire, je suis venu voir si tu m'acceptes à dîner...

Elle se rappelle aussitôt qu'Annie a reculé son retour de Bordeaux, ce qui explique cette arrivée impromptue, mais elle n'en dit rien.

– Bien sûr! Seulement, tu aurais mieux fait de me prévenir, je n'ai rien à manger...

– J'ai tout apporté, c'est dans la voiture.

Un vrai pique-nique composé de produits de sa ferme : poulet, œufs, salade, pommes de terre nouvelles, tomates, pommes conservées en chais. Et deux bouteilles d'un petit vin qu'il se procure chez l'éleveur.

– Laisse-moi faire, lui dit-il quand Suzanne cherche à lui prendre le poulet des mains. Ouvre plutôt le vin, il a besoin d'être aéré, et assieds-toi. Mais, d'abord, donne-moi une sauteuse, et de l'huile.

Marcelin fait partie de ces hommes qui, en cuisine, se montrent rapides, adroits, efficaces. Suzanne, qui le regarde s'affairer, soupire d'aise. Pour avoir mangé une fois avec lui au restaurant, elle sait que Marcelin est exigeant, et elle n'avait nulle envie d'encourir ses critiques. Elle préfère qu'il ait l'entière responsabilité de leur dîner. D'autant qu'il y prend plaisir, découpant prestement l'échalote, hachant menu le persil, surveillant le friselis de l'eau des pommes de terre, qui ne doit pas bouillir.

Tous les hommes ont leur part de féminité qu'ils libèrent dans certains métiers de précision comme la mécanique, la chirurgie, ou alors dans l'art. Marcelin, c'est dans la cuisine qu'il « s'éclate », comme on dit, en sus du jardinage où il étonne Suzanne en procédant à certaines opérations qu'elle ne connaissait jusque-là que de nom – marcottage, greffe, taille...

Philippe, lui, dessinait, réussissant de remarquables aquarelles lorsqu'ils étaient au bord de la mer, couchers de soleil, barques noyées dans la brume : « Mes travaux de jeune fille », disait-il.

Suzanne a appuyé sa tête sur sa main : il lui semble qu'elle vit depuis longtemps avec cet homme qu'elle contemple de dos, un torchon sur l'épaule, remuant doucement une cuillère en bois dans une minuscule casserole où il prépare elle ne sait quelle sauce au basilic pour accompagner la volaille.

— Sers le vin, dit Marcelin sans se retourner, j'arrive. Évidemment, les fourneaux de fonte d'autrefois, pour conserver une sauce au chaud, c'est mieux que le gaz. J'en ai un, à la ferme.

Il dit « la ferme » alors que sa maison est en tout plus moderne que celle d'ici.

— Ça ne fait rien, je vais préparer un bain-marie, ma sauce s'y maintiendra tiède jusqu'à ce qu'on mange.

Il vient s'asseoir en face d'elle. Il sue un peu du visage. Suzanne le trouve beau. Elle a le sentiment, elle ne sait pourquoi, qu'il est à elle. C'est son regard, aussi. Cet homme a les yeux larges, confiants. Difficile d'imaginer qu'il puisse mentir. Cela doit bien arriver, pourtant. Ne serait-ce qu'en ce moment vis-à-vis de sa femme...

— J'ai tout rassemblé moi-même et j'ai laissé entendre que c'était pour la tante. En fait, je vais te dire : j'ai fait deux emballages, et j'en ai déposé un à la tante avant de sonner chez toi... Comme ça, si on me demande...

Oui, il ment ! Et il calcule aussi. Mais peut-il faire autrement ?

Marcelin saisit son verre, mâche un peu la première gorgée en claquant de la langue : « C'est du 88, j'avais peur qu'il ne soit pas assez fait, mais il y est... » – puis il étend la main vers elle à travers la table :

– Ce que je me sens bien avec toi, tu ne peux pas savoir. J'ai l'impression...

Il cherche un peu.

– ... d'être libre.

Comment font les épouses, se demande Suzanne, pour donner à leurs maris le sentiment qu'ils sont plus que liés, enchaînés ? Est-ce à cause de tout ce qu'un couple a en commun : les enfants, les soucis d'argent, un avenir prévu d'avance jusqu'à la mort ?

Philippe pensait-il la même chose ? Est-ce pour cela qu'il a eu besoin de Sylvie, et disait-il à sa maîtresse, quand il arrivait à soustraire une soirée à sa vie conjugale – à coups de mensonges, lui aussi : « Tu ne peux pas savoir comme je me sens libre avec toi » ?

N'empêche que lorsque la mort a été là, il n'y a plus eu de Sylvie ; seulement elle, sa femme.

– Moi aussi, dit-elle à Marcelin, je me sens bien avec toi. Et même plus que ça !

– Quoi donc ?

– Heureuse.

– Viens ici.

Elle se lève, s'approche de lui ; il la prend sur ses genoux.

– Je m'aperçois de quelque chose de terrible.

– Quoi donc ?
– Je ne vais plus pouvoir me passer de toi.

Elle veut le croire, en a besoin. Et puis, c'est peut-être vrai. Tous les deux s'entendent à merveille. Jamais elle n'a rien à lui reprocher. Il est attentif, délicat. Ce qu'il ne lui donne pas – son temps –, c'est parce qu'il ne peut le faire sans détruire l'organisation de sa vie, se renier lui-même. D'ailleurs, le désire-t-elle ? Ne sont-ils pas mieux ainsi, libres l'un de l'autre sur le plan social, et tellement proches dans l'intimité ?

Ils ont mangé presque sans un mot, leurs chaises placées côte à côte, se tenant par une main quand ils n'ont pas besoin des deux !

Cette nuit-là, Marcelin est demeuré avec elle, dans le grand lit, pour ne partir qu'à l'aube.

– Si l'on s'étonne, je dirai que je me suis levé dans la nuit en ayant entendu une vache au pré, qui appelait... Cela m'arrive, tu sais.

Mais non, Marcelin ne ment pas. Il préserve leur amour.

19

— Allô! Ici c'est Sylvie Mesclain. Pardonnez-moi de vous déranger, madame, mais j'ai appris que vous êtes à Paris pour quelques jours et j'aimerais vous voir, est-ce possible?
— C'est à quel sujet? Nous pourrions peut-être parler par téléphone, dit Suzanne pour tenter d'esquiver l'entrevue.
Non qu'elle la redoute, mais elle la juge inutile.
— L'affaire est délicate, je préfère vous rencontrer. Je me rendrai où vous voudrez...
Avec ennui, Suzanne finit par lui donner rendez-vous chez elle, à cinq heures. Qu'est-ce que cette femme peut avoir à lui dire, ou plutôt à lui demander? Un objet en souvenir de Philippe? Ou veut-elle qu'elle lui rende ses lettres? S'il y en a eu, Philippe n'avait pas dû les conserver, car elle n'en a découvert aucune...
Les confrontations épouse/maîtresse n'ont jamais eu sa faveur. Il y a des choses qu'il vaut mieux laisser dans l'ombre. Jusque-là, ses relations avec Sylvie Mesclain se bornaient à des

saluts réciproques. Était-elle à l'enterrement de Philippe? Suzanne ne s'en souvient pas.

Ni qu'elle était une aussi jolie femme, blonde, élancée, les yeux bleus bordés de cils noirs. Est-ce parce qu'elle a minci? Qu'elle s'est maquillée? Ou simplement, que, pour la première fois, Suzanne, juste agacée, regarde sans acrimonie celle qui fut sa rivale?

— Merci de m'avoir accordé ce rendez-vous.

Suzanne ne répond pas, mais fait un geste du bras pour lui indiquer le salon, un fauteuil. Puis s'assoit face à la visiteuse. Attend.

— Voilà, je voulais savoir... Est-ce bien vrai ce que l'on dit...?

— Quoi?

— Que Philippe... Que M. Delcourt est mort de... du...

— ... du sida? Le bruit s'en est répandu, en effet.

— Ce n'est pas vrai?

— N'est-ce pas plutôt morbide, cette curiosité? En quoi cela peut-il vous intéresser?

— C'est que M. Delcourt et moi...

Non, Suzanne ne l'aidera pas. Que cela serve au moins à ça, d'être la légitime : à dominer l'autre. Même à retardement.

— Eh bien, lui et moi avons eu des relations...

Sylvie s'arrête :

— Pardon, Madame, mais je croyais que vous saviez... Philippe m'avait dit...

Suzanne pense à Marcelin. L'autre jour, après la nuit passée ensemble, il lui a dit : « Je crois qu'Annie se doute, pour nous deux, elle n'est pas comme d'habitude. C'est que, moi non plus ; elle doit se rendre compte que je suis ailleurs. C'est vrai, je pense à toi sans arrêt... »

Les hommes laissent facilement entendre à leur nouvelle conquête que leur femme est au courant de l'aventure – et que cela se passe le mieux du monde. Mais, si la liaison se prolonge, ils sont obligés de reconnaître qu'en réalité, leur épouse ignorait tout et prend les choses au plus mal ! (Prétexte à rompre, éventuellement...)

Philippe ne lui avait rien dit à propos de Sylvie. Mais il savait que Suzanne savait, et qu'elle ne lui demandait qu'une chose : y mettre des formes. Ce qu'il fit. Elle n'a pas à lui en vouloir ; à cette femme non plus, après tout.

— Écoutez, mademoiselle, c'est vrai, je savais. Ou plutôt je me doutais que vous étiez la maîtresse de mon mari. Maintenant, j'en suis sûre, puisque vous venez de me le proclamer en face. Pouvez-vous me dire dans quel but ?

Voilà Sylvie qui crispe soudain ses mains, et aussi son visage, comme si elle allait pleurer.

— Parce que j'ai peur !
— De quoi ?
— Je vais me marier, je veux avoir des enfants et je me suis dit... Enfin, si Philippe a eu le sida, peut-être que je suis contaminée ?

C'est donc ça !
— Vous n'avez pas fait d'examen ?
— Si, le test est négatif. Mais j'ai cru

comprendre que cela pouvait durer des années avant de se déclarer...

– Séropositif, on l'est presque tout de suite. C'est la maladie qui, elle, met parfois six ans, dix ans avant de se déclencher.

Ton suppliant, plein d'espoir :
– Vous êtes sûre ?
– Non, mais presque. Sûr, personne ne l'est.
– Et... Et vous ?
– Je suis dans le même cas que vous. Le test est négatif.

Silence. Quelque chose les unit en silence, un étrange lien du sang.

– Et puis, je vais vous dire, ajoute Suzanne, cela faisait pas mal de temps que nous ne faisions plus l'amour ensemble.

Sous-entendu : puisqu'il vous avait, j'étais donc à l'abri.

On se venge avec les moyens qu'on a, même mesquins.

– Mais... quand l'a-t-il...
– ... attrapé ? Je peux vous dire la date exacte : le 27 avril d'il y a trois ans. Il a été contaminé par la transfusion qu'on lui a faite le jour de son opération...

– Ah !

La jeune femme se tait. Suzanne devine qu'elle calcule : la dernière fois qu'elle a fait l'amour avec Philippe, était-ce après ou avant l'opération ? Et combien de temps faut-il pour qu'un contaminé devienne contagieux...? Affreuses ruminations.

« Tout ça pour un homme qui n'était même pas le sien, se dit Suzanne. J'espère qu'elle l'aimait un peu. Sinon, est-ce que ça vaut la peine de risquer ainsi sa vie ? »

Mais comment Sylvie se serait-elle doutée qu'il y avait danger à coucher avec un monsieur si bien ? En plus, un patron, comme celui que Suzanne a vu l'autre jour au restaurant, en compagnie de sa secrétaire.

Sylvie n'était pas la secrétaire de Philippe, n'empêche qu'il avait un certain pouvoir sur sa carrière et son avancement. Tout compte, dans l'attirance entre homme et femme.

Et elle, avec Marcelin, qu'est-ce qui a bien pu la faire succomber si vite ?

Son amant a eu une phrase bizarre à ce propos. Dans le but de lui faire une sorte de compliment, et même de le flatter, Suzanne lui avait déclaré, après leur nuit ensemble :

— Tu as drôlement bien su t'y prendre, pour faire ma conquête ! Quel séducteur tu es...
— Reconnais que tu ne m'as pas beaucoup résisté ! Et même pas du tout ! a répliqué Marcelin avec un drôle de sourire.

Suzanne l'a mal pris. Était-ce une façon déguisée de lui reprocher d'être facile, alors qu'elle lui avait seulement épargné ces tergiversations qu'elle juge ridicules, indignes d'elle ? Ou voulait-il leur accorder à tous deux part égale dans le désir ? Vexée, elle a préféré ne pas approfondir, mais s'est dit qu'elle allait faire attention : sur certains plans, Marcelin et elle ne sont pas semblables.

En province – autres traditions, autres mœurs –, on est encore macho.

Sylvie s'est levée.

— Merci.

— De quoi, je ne vous ai pas rassurée, que je sache ?

— De m'avoir reçue et dit ce que vous saviez. Après tout, vous pouviez vous taire...

C'est vrai.

— Sylvie, permettez que je vous appelle Sylvie, désormais, nous sommes tous à égalité dans le drame. La vie a changé de sens, l'amour aussi.

— En tout cas, je peux vous dire que si, à l'avenir, quelqu'un sera fidèle, c'est moi ! Mon mari et mes enfants, il n'y a plus que ça qui comptera. Je ne veux plus d'angoisse, j'ai compris...

— C'est bien, dit Suzanne, qui n'a guère envie de discuter.

Mais, à part soi, elle se demande s'il peut y avoir la moindre sécurité sur le plan amoureux : peut-on jamais répondre de l'autre ? Annie, par exemple, doit penser, comme Sylvie, que du moment qu'elle-même est fidèle, elle n'a rien à craindre. Et voilà qu'une autre femme — peut-être impure... — vient à son insu de se glisser dans son couple.

Quant à elle, Suzanne, qu'est-ce qui lui permet de penser que Marcelin ne la trompe pas ? Quand on a commencé avec l'une... D'ailleurs, ce n'est sûrement pas la première fois que Marcelin se paie une aventure, il est bien trop déluré pour n'avoir connu qu'une femme dans sa vie !

Mais c'est en vain que Suzanne tente de se mettre en garde, fait appel à sa lucidité, elle n'a plus qu'une envie : rentrer pour revoir Marcelin.

Dans le train, c'est avec un plaisir grandissant qu'elle voit s'arrondir les collines, apparaître les premières vignes, blondir la lumière, jusqu'à ce que le paysage devienne celui que son amour lui fait considérer comme sien.

20

A son retour, Suzanne trouve une accumulation de courrier dans la boîte aux lettres, dont une simple enveloppe jaune, genre papier recyclé, qui n'a pas été timbrée et qu'on a dû porter. Comme l'écriture ne lui est pas connue, Suzanne commence par la déposer avec le reste sur la table de la cuisine.

C'est après avoir fait le tour du jardin, constaté les progrès de la floraison, ses besoins – fleurs fanées à couper, vigne-vierge envahissante, urgence d'arroser l'azalée dont les feuilles piquent du nez vers le sol, gazon à tondre –, qu'elle se décide à ouvrir ses lettres. Des factures, un compte rendu de son avocat sur l'avancement des démarches d'indemnisation, des publicités, journaux, magazines, puis la lettre jaune.

« *Mon amour* », lit-elle. Suzanne sursaute : est-ce vraiment à elle que la missive s'adresse ? Personne, depuis si longtemps, ne l'a appelée « mon amour »... Philippe lui disait « ma chérie ». Ou alors « Suzon », « Suzou »...

Puis l'évidence la submerge : la lettre est de Marcelin !

« *Ces quelques mots pour te dire tout mon amour. Ils te trouveront à ton arrivée. Je ne te l'ai pas envoyée à Paris, parce que je n'étais pas sûr que tu puisses la recevoir avant ton départ.*

J'attends avec impatience le moment de te serrer dans mes bras, de sentir ta peau, de pouvoir te prendre et de te sentir prendre du plaisir. L'amour avec toi est naturel, sans problème, que de regrets de ne t'avoir connue plus tôt !

J'espère pouvoir me libérer mercredi, en fin d'après-midi, je n'espère qu'en cet instant. Il me semble qu'il y a une éternité qu'on ne s'est vu.

Aime-moi, chérie, tout est tellement compliqué pour t'aimer.

Je t'embrasse très fort, et ce week-end sans toi sera très long. A bientôt dans tes bras, dans ton corps, avec tout mon amour. Je t'aime. Marcelin Fourier. »

Suzanne reste figée sur sa chaise, la lettre étalée devant elle. Ne se décidant pas à la relire. Elle ne sait pourquoi, mais c'est comme un coup. En fait, elle ne se souvient pas d'avoir jamais reçu une lettre aussi nue. C'est le mot : les choses ne sont pas suggérées, elles sont exposées. Et Suzanne, qui se croyait plutôt libre de parole et d'esprit, découvre que c'est Marcelin qui l'est. Du moins lorsqu'il écrit, car il lui a peu parlé jusqu'ici. Elle s'aperçoit aussi que cet homme est encore plus avancé dans leur liaison qu'elle ne l'imaginait.

Est-ce ce qui lui fait peur ? Elle tremble un peu. Se lève pour se verser un verre de vin, le boit d'un trait. Il y a, dans cette lettre, des mots qui... eh bien, qui la choquent ! Non qu'ils soient trop érotiques, mais parce qu'ils sont d'une autre époque : « prendre », par exemple ! Les femmes comme elles, quand elles font l'amour, ne se considèrent pas comme « prises ».

Marcelin juge-t-il qu'elle lui appartient parce qu'ils vont au lit ensemble ? Pourtant, n'est-ce pas ce qu'elle désirait, tout le temps qu'elle était à Paris : se retrouver dans ses bras ? Elle devrait être contente, ravie même, puisque lui aussi la désire. Et il n'y va pas par quatre chemins pour le lui déclarer. Est-elle plus hypocrite ?

Comment se serait-elle exprimée si elle avait pu lui écrire ? (Son amant lui a bien demandé de n'en rien faire.) Ce qui est sûr, c'est que ce n'aurait pas été aussi direct.

Troublée, Suzanne ne peut s'empêcher d'admirer le courage de cet homme : il y va franco, sans crainte de se compromettre, signant de son nom entier.

Oui, c'est une belle lettre. Suzanne la replie soigneusement, la remet dans l'enveloppe, monte la ranger dans le tiroir de sa commode. Elle va la laisser reposer avant de la relire. Les gens sont surprenants. Elle aussi.

Plus tard dans la soirée, elle se comprend un peu mieux : jusque-là, elle avait le sentiment de jouer, dans cette aventure, afin de se remettre en forme, de s'aider à sortir du deuil... Et voici que le jeu se révèle terriblement sérieux. Du moins pour son partenaire.

Est-elle à la hauteur de la passion de Marcelin ? A vrai dire, Marcelin n'étant pas libre, elle se croyait à l'abri des excès. Ce qui la déconcerte le plus, c'est que cela s'est fait si vite, du moins chez cet homme. Combien de fois se sont-ils vus : pas plus d'une dizaine ? Et il en est à l'appeler « mon amour » ! Suzanne qui, d'ordinaire, n'hésite pas à monter au front, a l'impression, dans cette affaire, de se sentir lâche.

Superficielle.

Incapable de passion.

Une Parisienne, quoi !

21

Après avoir lu et relu *la Nouvelle République*, *le Courrier de l'Ouest*, *le Petit Berri*, replié les journaux, entamé son deuxième quart d'eau minérale, le coude posé sur la table de la salle de l'hôtel du Centre, Suzanne attend.

L'agaçant, chez Marcelin, c'est son incapacité à utiliser le téléphone. Il invoque chaque fois ce qu'il considère comme une excuse imparable : le numéro était occupé, quelqu'un se servait de l'appareil, surtout – son argument le plus fréquent – Annie ne l'a pas quitté d'une semelle.

C'est pourtant lui qui a proposé cette escapade – de quelques heures – dans les environs de Châtellerault, où il devait se rendre pour deux jours chez son fils et sa belle-fille en compagnie de sa femme.

– J'ai des amis éleveurs dans la région. Pendant qu'Annie restera avec sa belle-fille et les jumeaux, je dirai que je vais les voir. J'y passerai rapidement et je viendrai te rejoindre.

Il lui avait donné rendez-vous dans cet hôtel

du Centre, à Pussigny, où il lui avait recommandé de prendre une chambre – à toutes fins utiles. Pour justifier la chambre et aussi pour le plaisir, Suzanne est arrivée la veille en voiture, contente de découvrir, au fil des routes départementales, cette frange du Poitou et de la Vendée en bordure de la Vienne.

Le dîner à l'hôtel du Centre en valait la peine : aucun touriste, des commis voyageurs, quelques personnes du cru, des habitués, et les plats régionaux, omelette, rillettes, pintade aux raisins. Tôt le lendemain, elle a fait à pied le tour des lieux, s'émerveillant d'entrevoir, derrière une haie ou une grille rouillée, la façade d'une maison ancienne, un sentier herbu conduisant au bord de la rivière, une petite place de terre battue. Il faudra qu'elle y amène Marcelin, pour lui faire admirer tout ce qui la ravit, comme ce chemin de halage découvert par hasard.

L'idée de pouvoir montrer quelque chose à cet homme – d'habitude, c'est lui l'initiateur – accroît son impatience, et Suzanne suppute l'heure probable de son arrivée. « Pour déjeuner », a-t-il dit. Ajoutant : « Mais ne m'attends pas, si tu as faim... »

A-t-on faim lorsqu'on espère son amant ? A quatorze heures, il n'est toujours pas là, et Suzanne n'a bu que de l'eau, l'estomac de plus en plus contracté.

Marcelin a-t-il eu un empêchement de dernière minute ? Pire, un accident de voiture ? Ces petites routes sinueuses, elle l'a constaté la veille, sont très dangereuses, surtout si on est pressé. Ou est-il demeuré à bavarder avec ses amis cultivateurs ?

Que faire pour en avoir le cœur net ? Suzanne a beau retourner toutes les possibilités dans sa tête, aucune n'est praticable – elle ne connaît pas le nom de ses relations de Dangé –, or il n'y a rien qu'elle déteste plus qu'être réduite à l'impuissance !

D'autant qu'on commence à se poser des questions, dans l'hôtel, sur cette Parisienne – d'après sa plaque d'immatriculation – assise depuis si longtemps à seulement boire de l'eau : est-elle malade ? attend-elle quelqu'un pour consulter si souvent sa montre ? Tout est vite louche dans ces coins peu fréquentés où l'on s'occupe à observer la vie d'autrui.

Si elle ne craignait pas de rater un coup de fil, il y a longtemps que Suzanne serait allée marcher pour se détendre les nerfs. C'est risquer de manquer Marcelin, ou son appel... Autant montrer encore de la patience, lui accorder un délai de grâce.

Il est plus de quinze heures trente quand elle se décide à partir, monte dans la chambre au gros édredon rouge quérir son sac de voyage, abandonnant dans le verre à dents les deux roses qu'elle a cueillies la veille au soir, par-dessus le mur d'un jardin, pour embaumer ce qui devait être un lieu d'amour. Elle paie sans laisser un mot ni à l'intention de Marcelin, tant pis pour lui, ni pour satisfaire la curiosité de la patronne.

C'est même les coups d'œil trop aigus de

cette femme entre deux âges qui ont achevé de l'irriter : « Elle doit se dire que j'attends un homme – ce qui est vrai –, qu'il m'a posé un lapin – vrai aussi – et que c'est bien normal, parce que je ne suis plus toute jeune et qu'il est sûrement plus jeune que moi – là c'est faux ! Marcelin n'est pas plus jeune que moi, il est marié ! »

Ce que Suzanne ne se demande pas en roulant doucement, comme si elle espérait encore voir son quatre-quatre apparaître à un carrefour ou à un autre, c'est si cet homme l'aime.

Elle pense seulement que Marcelin est incapable de faire face à une situation qu'il n'a pas prévue. Pourtant, c'est lui qui a eu l'idée de cet après-midi hors les murs, qui leur aurait permis de flâner bras dessus bras dessous, sans avoir à se dissimuler. A près de deux cents kilomètres de leur résidence, personne ne les connaît. Un peu de liberté amoureuse, voilà ce qu'il lui avait promis.

Eh bien, c'est raté.

22

– Voyons, Suzanne, c'est de la jalousie!
– Quelle chose ridicule!
– Peut-être...

C'est par besoin de compagnie et non pour le travail que Suzanne est allée rendre visite à Rosa Collard, dans sa boutique du Cours central.

Il n'est pas question qu'elle lui parle de Marcelin ni lui confie sa vaine attente à Pussigny. Elle aimerait pourtant faire part à quelqu'un de sa déception.

D'autant plus intense qu'elle n'a reçu aucun signe depuis lors, sauf un petit bout de papier glissé dans sa boîte aux lettres, non cacheté, non signé, sur lequel elle a lu : « *C'est un calvaire...* »

Qu'est-ce qui est un calvaire? Ce qu'il vit loin d'elle? Ou le fait d'avoir été empêché de la retrouver à l'hôtel du Centre?

Rien n'est pire, en amour, que les suppositions, et Suzanne, assise près du comptoir avec Rosa, ne peut s'empêcher d'aborder indirectement le sujet qui la tracasse. Qui sait si la marchande de mode n'est pas, elle aussi, en train de se confesser sous couvert de considérations sur les mœurs de province ?

— Ici, dès qu'une femme vit seule, toutes les autres se mettent à la redouter et à la tenir à l'écart, comme si elle était une furie déchaînée n'ayant qu'une seule idée en tête : leur voler leur mari !

— Ce n'est pas parce qu'une femme est seule qu'elle couche avec tout le monde !

— Bien sûr que non, mais les autres femmes l'imaginent...

— C'est probablement ce qu'elles feraient à notre place ! Et que croient-elles ? Qu'elles ont toutes épousé Adonis ? Elles ne les voient donc pas, leurs hommes ? La plupart sont bedonnants, dégarnis, transpirants, assez peu affriolants...

— L'important, pour ces femmes, c'est le fait d'en avoir ou pas !

— D'avoir quoi ?

— Eh bien, un homme !

— Mais on vit très bien sans homme ! s'exclame Suzanne qui, au moment même où elle énonce sa vérité, s'aperçoit qu'elle n'en croit rien.

— A qui le dites-vous ! C'est depuis que je suis divorcée que j'ai commencé à travailler à ma guise, renchérit Rosa. A gagner enfin de l'argent, le dépenser comme je voulais, voyager... Pas vous ?

Suzanne se mord les lèvres. En vérité, elle n'a jamais souhaité être séparée de Philippe, car elle n'a jamais eu, avec lui, le sentiment d'être brimée. Bien sûr, elle a dû s'adapter : les êtres humains, surtout de sexe différent, n'ont pas le même rythme, les mêmes désirs, ni le même regard sur les choses... Mais c'est cela qui rend la vie plus riche, ce frottement perpétuel du quotidien conjugal.

Philippe lui manque.

Marcelin aussi lui manque.

Mais Marcelin ne lui manquerait pas, si seulement cette « salope » – il n'y a pas d'autre mot – n'était pas suspendue à lui comme une tique, une sangsue ! Comment ne comprend-elle pas que Suzanne ne cherche pas à lui prendre son mari ? Elle veut seulement jouir de ce qui, chez cet homme, lui appartient. A elle et à elle seule.

Elle se souvient d'une réplique d'Othello que commence à torturer la jalousie : « *Ô malédiction du mariage, que nous puissions appeler nôtres ces délicates créatures et non pas leurs appétits...* »

Sur le plan des appétits, les hommes sont encore plus avides que leurs compagnes, lesquelles ont la formidable soupape de la maternité pour se défouler... Que s'imagine donc cette femme, qu'elle peut empêcher un homme dans l'ultime force de l'âge d'en désirer une autre, sous prétexte qu'il est son mari ? Eh bien, elle se trompe ! Le désir se moque des interdits, il ne sert à rien de s'interposer.

Autant vouloir contrer la source qui jaillit au creux du vallon.

C'est là que Suzanne vient l'attendre, le jour suivant. Non que Marcelin lui ait donné rendez-vous, au contraire, elle n'a aucune nouvelle de lui depuis le bref message parlant de *calvaire*. Mais elle a repéré le moyen d'entrer dans le bois et de se glisser jusqu'au ruisseau sans se trouver dans le champ de vision de la ferme.

Dès qu'elle a pénétré dans le périmètre humide qui cerne la source, Suzanne est surprise par le calme. Aucun bruit, sauf le chuchotement de l'eau, le bruissement de quelques insectes, aucun chant d'oiseau, aucun chemin non plus; le sol, spongieux, ne garde pas trace des pas. C'est comme un monde d'avant l'humanité.

Après être demeurée immobile un moment, adossée au tronc d'un tremble, Suzanne avise, juste au-dessus de la source, une éminence plus sèche, s'y accroupit, presque apaisée.

C'est ainsi que Marcelin la découvre sans qu'elle l'ait entendu arriver.

– Tu ressembles à ces statues qu'on place sur le bord des bassins, une ondine, ou alors Amphitrite...

Elle ne le savait pas si calé en mythologie!

– Comment as-tu su que j'étais là?

– J'ai aperçu ta voiture, sur la route, et j'ai tout de suite compris que tu devais être à la source.

Elle se lève, un même besoin de s'étreindre les pousse l'un vers l'autre.

– Je t'ai attendu..., souffle-t-elle, sa tempe contre sa joue.

— Je sais, dit-il en l'embrassant dans le cou, sur les cheveux. Moi aussi!

Elle rit et se recule pour le dévisager :

— Tu as du toupet! Je t'ai fait attendre, moi? Où? Quand?

— Je t'attends tout le temps. Mais je n'ai pas pu faire autrement. Annie a appris, je ne sais comment, que je fréquentais « une femme », comme on dit chez nous, et elle s'est mise à me surveiller nuit et jour. Partout où je vais, elle exige de m'accompagner. Elle a voulu venir avec moi à Dangé sans plus s'occuper de ses petits-enfants...

— Comment peux-tu supporter ça?

Cela va tellement mal à un homme de sa carrure, de se laisser traquer pas à pas, que Suzanne ne peut comprendre.

— Elle est malheureuse. Elle a peur...

— Mais pourquoi? s'écrie Suzanne, à la fois irritée et flattée de représenter une menace.

— C'est la première fois qu'une femme qui n'est pas elle compte autant pour moi.

Il n'aime pas s'expliquer, mais s'y efforce :

— Nous vivons si proches depuis si longtemps, Annie et moi, que je ne parviens pas à lui cacher quelque chose...

Soudain, il rassemble son courage :

— Il faut qu'on arrête.

Au moment le plus chaud de leur relation!

— Comprends-moi : jusqu'à ce que je l'aie calmée et que tout soit rentré dans l'ordre. En ce moment, la vie à la maison est un enfer...

Suzanne a envie de lui demander comment il compte s'y prendre pour la faire tenir tranquille : en couchant avec elle ? Si elle était plus jeune, irait-il jusqu'à lui faire un enfant ? Ainsi se conduisent les hommes nantis d'une « poison ». C'est le mot qui lui monte aux lèvres...

– Quelle poison ! » murmure-t-elle.

– Annie ne peut pas vivre seule ! Elle n'est pas comme toi.

Ainsi, il l'a dit !

Rosa, qui a plus d'expérience, l'avait prévenue : « Quand vous avez une aventure avec un homme qui n'est pas libre, il finit toujours par vous déclarer : " Toi, tu es forte, tu peux vivre seule. Pas ma femme ! " A partir de ce moment-là, vous pouvez être certaine qu'il va vous quitter sur la pointe des pieds. Pour retourner à cette pauvre femme qui lui fait l'honneur, l'immense cadeau de ne pas pouvoir vivre sans lui ! Cela les flatte incroyablement d'être à ce point nécessaires ! J'en suis même venue à penser que c'est leur fibre maternelle qui se trouve alors sollicitée, et qu'ils adorent ça ! Les voilà enceints d'un enfant ! A leur tour ! »

– Il faut que je remonte, dit Marcelin en l'embrassant brusquement sur le front. J'étais parti pour aller voir une barrière défaillante... Ça ne devait pas me prendre plus de cinq minutes... Je ne peux plus tarder, ça paraîtrait suspect... A bientôt, chérie, je t'appelle...

Il s'éloigne, puis, au moment d'attaquer la pente, se retourne : « Pardonne-moi... »

Lance un dernier baiser du bout des doigts.

Suzanne se laisse tomber sur le sol, jambes

coupées. Elle aurait dû dire à Marcelin que Philippe était mort d'une maladie affreuse, et qu'elle aussi, comme Annie, a terriblement besoin de lui.

23

Suzanne s'est laissée entraîner par Rosa jusqu'à Talmont. Traîner, plutôt, car d'elle-même elle ne bougerait pas, ne sortant que pour les courses indispensables, et seulement après le passage du facteur. Lorsqu'il a un paquet un peu gros à délivrer, le préposé prévient qu'il est là en sonnant; Suzanne se précipite alors, lâchant tout, pleine d'espoir!

Mais les jours passent et Marcelin n'a plus écrit. Quand le téléphone retentit, ce n'est jamais lui. Et, dans la peur de rater un appel, Suzanne, si elle va en ville, prend l'habitude de laisser l'appareil décroché. Autrement, Marcelin risquerait de se décourager, l'imaginant à Paris. Là-bas, au moins, il y a le répondeur. Elle se souvient de ses messages enflammés dont les mots continuent de la brûler.

Une escalade de mots, l'amour? Après le premier « je t'aime », on en veut toujours plus, toujours plus haut, plus fort... Pour les caresses, c'est plutôt la répétition qu'on recherche. Marcelin le lui avait dit: « Avec toi, je serais prêt à faire l'amour tous les jours, et même plusieurs fois par jour... »

Leurs rencontres étaient si écourtées, les laissant tout deux sur leur faim. Que se serait-il passé s'ils avaient vécu ensemble ? Suzanne tente de se le représenter, et sa songerie l'absorbe.

– A quoi pensez-vous, Suzanne ? Des soucis ?

Les deux femmes sont assises dans la salle basse d'un petit restaurant du promontoire. Aller manger ensemble, c'est la distraction des femmes seules. « Vous verrez, lui avait dit Rosa, c'est très bon. Après, je vous ferai visiter les lieux. A Talmont, on domine l'estuaire de la Gironde... Savez-vous qu'on y trouvait des esturgeons, autrefois ? Ils produisaient une sorte de caviar, la pollution les a détruits, mais on tente d'en réimplanter... »

Suzanne n'écoute que d'une oreille : c'est avec Marcelin qu'elle rêve de visiter la région. C'est son pays, il y est né, le connaît comme sa poche. Bien sûr, il faut le presser de questions, cela ne lui vient pas naturellement de donner des informations sur ce qui, pour lui, va de soi : la beauté de cette nature semi-maritime, l'histoire de son sol, de son agriculture, le lent avancement de l'industrialisation, les bienfaits et méfaits de la décentralisation, laquelle a donné tous pouvoirs aux élus locaux. Devenus de petits princes sans contrôle, beaucoup succombent à la tentation de l'absolutisme. Le pouvoir est un métier, lui a exposé Marcelin – c'est étonnant comme elle se souvient du peu qu'il lui a dit, sans doute parce que le moindre de ses mots, elle l'a senti, est nourri d'expérience – et le retrait trop soudain de l'autorité centrale conduit aux abus. Vivre libre est un apprentissage.

Ce qu'elle constate pour son propre compte ! Du temps où elle était avec Philippe, son problème consistait à organiser leur vie commune, fixer puis atteindre leurs objectifs, à commencer par l'avenir de Vincent. C'était l'un de leur sujet de conversation favori : ils soupesaient tous les paramètres, l'état de la société, l'évolution des mœurs, sans oublier la singularité du caractère de leur fils, à la fois sociable et renfermé. Et puis Vincent avait fait son chemin sans tenir compte de leurs souhaits et choisi une voie qui les avait surpris. Mais leur dialogue n'avait pas été inutile : en tentant de réfléchir à leur fils, à son adaptation à la société moderne, c'était de leur couple qu'ils parlaient sans vouloir le reconnaître.

« Pour ce qui est de nous, suggéraient-ils, le problème est réglé depuis longtemps, pas de soucis à se faire, nous sommes de la vieille génération, celle des sages ! » En fait, ils se remettaient subrepticement en question, et en commentant la rapidité de la mise en ménage des jeunes, souvent suivie d'une séparation encore plus foudroyante, c'est de leur propre mariage qu'ils parlaient.

Eux aussi pouvaient divorcer. Et Sylvie, sans que son nom fût prononcé, était entre eux à ces moments-là. Mais Suzanne entendait parfaitement ce que Philippe ne lui disait pas : « Sois patiente, cela me passera, nous vieillirons ensemble... »

Ce qui fait qu'en dépit du pincement de la jalousie – mais peut-être n'était-elle jalouse que de son plaisir à lui, souhaitant elle aussi rencontrer un autre homme, vivre à nouveau dans le désir? –, Suzanne était tranquille. Comme si elle avait le sentiment qu'elle ne risquait rien.

Et puis Philippe était mort.

Cette possibilité, ni l'un ni l'autre ne l'avait envisagée du temps de leur bonheur.

Et c'est sans y être préparée – comme les élus locaux – que Suzanne s'était retrouvée maîtresse de son destin.

– Mon mari est mort.
– Quoi? Mais quand? Que s'est-il passé?

L'aveu lui a échappé et Rosa la regarde, déconcertée, presque affolée.

Suzanne pose la main sur la sienne.

– Je ne vous avais pas dit la vérité, Rosa, je ne suis pas divorcée, je suis veuve... Philippe était mort quand je suis venue m'installer ici...

– Mais pourquoi ne l'avez-vous pas dit?
– Pour ne pas vous attrister...

C'est en l'énonçant qu'elle prend conscience de ce que son propos a d'invraisemblable; tant pis, elle ne donnera pas plus d'éclaircissements, elle n'a aucune envie de parler du sida. Maintenant qu'elle connaît mieux l'état d'esprit des gens d'ici, elle sait qu'elle aurait beau expliquer qu'il s'est agi d'un accident médical, cela rejaillirait sur elle et la rendrait suspecte. Qui sait même si Rosa voudrait continuer de l'employer ? Et comme la province est un lieu reclos sur lui-même, la rumeur pourrait parvenir jusqu'à Marcelin !

L'idée soudain l'amuse ! Elle l'imagine se précipitant chez le médecin pour un test, et y entraînant Annie sans trop savoir comment justifier ce besoin subit d'examens du sang ! Elle se souvient de cette histoire – ou était-ce un film ? – intitulé *La Ronde*, où tout le monde se passe la vérole, comme on appelait alors la syphilis, des dames du monde aux prostituées, des jeunes gens aux vieillards, des femmes mariées aux don juans. L'amour est une danse à la fois merveilleuse et macabre. Le plaisir y frôle la mort dans un risque constant.

– Je suis venue ici pour oublier, Rosa, et si j'avais parlé de mon deuil, qui a été brutal, vous m'auriez tous regardée autrement. Avec commisération, peut-être... C'est ça que je ne voulais pas. Il fallait que je recommence ma vie.

– Je comprends, dit Rosa.

Elle émiette son pain sur la nappe. A la table voisine, on a dû boire un peu trop, le chahut devient infernal et Rosa doit crier pour se faire entendre :

– Et cela va mieux ?

– Grâce à vous, entre autres.

– Qu'est-ce que j'ai fait ?

– L'essentiel, vous m'avez donné du travail.

C'est plus vrai encore que Rosa ne l'imagine : sans ses déplacements à Paris, les préoccupations des commandes et du courrier, Suzanne ne sait pas comment elle aurait tenu ces derniers temps.

– Justement, lui dit Rosa, je n'osais pas vous le demander...

– Quoi donc ?

– Il faut que je parte quelques jours, voir ma mère qui est malade, du côté d'Avignon. Accepteriez-vous de me remplacer à la boutique ?

– Avec plaisir, répond Suzanne. Cela me rappellera le bon vieux temps du Paradis !

Elle n'entend les mots qu'après : c'est vrai qu'il y a eu une époque où, pour elle, c'était le paradis... Philippe était en bonne santé et Suzanne ne se posait pas le problème de l'amour, puisqu'il était vécu quotidiennement.

Pourtant...

C'est difficile à comprendre, pense-t-elle en s'accoudant avec Rosa au large rempart de pierre permettant d'admirer la baie jusqu'à Royan, mais il lui semble aujourd'hui qu'elle est plus avancée qu'alors.

La frustration de son désir d'amour pour Marcelin l'entraîne plus loin en elle-même. Un cheminement qu'elle n'avait pas eu l'occasion de faire jusque-là : mariée si jeune, elle n'avait jamais été confrontée à la solitude, ni à la détresse, et au besoin de puiser dans ses propres forces pour la surmonter. Sans autre recours qu'elle-même.

Et maintenant, cet amour...

Aimer quelqu'un, même absent, Suzanne en prend conscience tandis que s'élève un vent tiède en provenance du large, c'est être dans l'amour.

Une rafale fait voler leurs cheveux, emporte leurs foulards.

— C'est la marée qui monte, dit Rosa. Venez, on va visiter l'église.

Seul le vieux petit cimetière, qui l'enserre, offre une sérénité champêtre. Quant à l'église, son histoire et celle de sa patronne, sainte Radegonde, sont féroces. Ce n'est que persécutions, incendies, destructions, massacres dont font état fresques et sculptures.

En considérant les angles d'un chapiteau représentant des monstres dont la gueule dévore les pattes arrière d'un animal, Suzanne est prise d'un frisson : il n'y a pas de douceur dans l'art religieux. Tout y est supplice, martyre, renoncement. A l'image de ce qui attend le cœur humain ?

En allumant un cierge au fond d'une absidiole, Suzanne fait un vœu à sainte Radegonde, fille d'un roi de Thuringe, épouse de Clotaire, roi de Soissons, morte en odeur de sainteté, et qui, depuis bientôt dix siècles, contre l'assaut des hommes et des marées, maintient son sanctuaire : « Protégez mon amour. »

Au retour, une lettre de Marcelin l'attend.

24

La semi-obscurité de la salle de spectacle or et rouge convient à Suzanne, mais pas les éclats de voix, et, à plusieurs reprises, elle se surprend à penser : « Ah, s'ils pouvaient se taire ! »

Mais quand on est au théâtre, ce n'est pas pour prendre les acteurs pour des gêneurs ! Au contraire : si vous avez des soucis, les artistes sont là, le temps d'une représentation, pour vous les faire oublier. Reste qu'ils n'y parviennent pas toujours, et Suzanne se demande soudain si d'autres spectateurs sont comme elle, absorbés par leurs états d'âme, impatients que cesse ce qui n'est pour eux qu'un charivari...

En fait, elle n'aurait jamais dû accepter l'invitation de Mercier ! Et que lui dira-t-elle tout à l'heure, quand il lui demandera son avis ? Il est temps qu'elle se fasse une opinion sur la pièce : *Le Souper*, de Jean-Claude Brisville, qui jouit d'une si forte réputation. Quant aux acteurs, Claude Rich et Claude Brasseur, ils sont fameux.

Suzanne se contraint à écouter.

Joué par Rich, c'est Talleyrand qui parle et l'intelligence est à la fois dans le texte et dans la diction, superbe de finesse, de l'acteur. Toutefois, Suzanne n'est pas subjuguée : le pouvoir, ses affrontements, son cérémonial – quasi tauromachique – sont une affaire d'hommes. Les femmes ne sont vraiment requises que par l'amour... dont ces messieurs, sur scène, ne parlent guère !

Quand une femme aime, il n'y a que l'homme aimé qui compte, et tout ce qu'elle fait ou pense s'y rapporte.

Serait-elle avec Marcelin que Suzanne verrait la pièce autrement – une femme accompagnée change d'âme. Avec passion sans doute, se demandant à chaque réplique ce que ressent son amant, ce qu'ils vont pouvoir partager, ensuite, des émotions du spectacle.

Seulement, Marcelin n'est pas là. Suzanne n'a pas eu de nouvelles de lui depuis plusieurs jours, elle n'est pas sûre d'avoir l'occasion de lui dire : « J'ai été au théâtre – mentionnera-t-elle alors la présence de Mercier à ses côtés ? –, voilà ce que je t'en rapporte pour nous enrichir, toi et moi... »

« Je suis – tout le monde le sait – un concussionnaire, un prévaricateur, un débauché, un évêque apostat, renégat, schismatique... »

Ce sont les tout derniers mots qu'entend Suzanne, car d'autres envahissent à nouveau sa conscience, les mots d'amour de Marcelin !

Moins littéraires que ceux de Brisville, rédigés sans beaucoup de références à l'histoire ni à la culture, ils ont l'avantage de n'être que pour elle :

« *Mon amour,*
Tous ces longs jours sans pouvoir te parler. Nos amours sont contrariées. J'ai été souffrant, grippe intestinale d'après le médecin, cloîtré, sans téléphone ni courrier. Tu dois m'en vouloir. Mais le silence n'est pas l'oubli.
D'autres difficultés apparaissent. Je dois aller à Bordeaux pour affaires, et Annie veut m'accompagner. Quand nous reviendrons, je crois que tu seras à Paris.
J'ai l'impression que l'on se fuit, il n'en est rien. Je t'aime de tout mon cœur et garde des quelques moments intimes que j'ai passés avec toi la raison d'espérer en des jours plus faciles... Je te dépose cette lettre, ne t'ayant pas trouvée au téléphone et ne sachant où te joindre.
Je t'aime encore plus fort et espère te voir bientôt, et en d'autres circonstances. Aussitôt que je peux, je t'appelle au téléphone.
Je t'embrasse de tout mon corps, et attends avec impatience l'instant où je pourrai te serrer contre moi et te faire l'amour comme tu le fais si bien. Je t'aime. Marcelin. »

Depuis qu'elle l'a trouvée dans la boîte, cette lettre ne l'a pas quittée. Elle est là, dans le sac du soir que Suzanne ouvre subrepticement pour tâter le léger feuillet plié en quatre. C'est ce qu'elle possède de plus précieux à cet instant, ce témoignage d'amour fou.

De courage, aussi. La plupart des époux en situation irrégulière évitent d'écrire. Marcelin n'a pas de ces calculs : cet homme agit comme il avance, avec panache.

Des applaudissements éclatent : la pièce est donc finie! Suzanne fait claquer le fermoir de son sac, puis bat des mains à l'unisson. Elle a le sentiment coupable de l'élève qui, au moment de la sonnerie annonçant la récréation, s'aperçoit qu'il n'a pas écouté un traître mot de ce qu'a dit le maître. Comment fera-t-il pour répondre à l'interrogation orale? Vite, il lui faut se renseigner auprès d'un camarade plus consciencieux que lui.

Alors, sans laisser le temps à Mercier de la questionner, Suzanne s'empresse d'attaquer : « Que croyez-vous que Brisville a voulu faire passer comme message ? »

Qui résiste à l'occasion de donner longuement son avis après un spectacle où on a dû se taire pendant deux heures?

Maurice parle bien, avec charme et compétence. Doté de cette mémoire phénoménale qui l'a si bien servi au cours de son internat, puis conduit jusqu'à l'agrégation de médecine, il a retenu des pans entiers du dialogue. Se souvient d'une mimique, d'une attitude. En tire des interprétations. Intéressantes. Amusantes aussi.

Quand ils se retrouvent installés au restaurant, Suzanne a pu suffisamment « rattraper » pour discuter elle aussi du *Souper* sans que

Mercier soupçonne à quel point elle avait la tête ailleurs.

A se répéter encore et encore la lettre de Marcelin – qu'elle connaît par cœur –, en particulier cette phrase que son amant semble avoir inventé exprès pour elle : « *Je t'embrasse de tout mon corps.* »

Par la force du désir, ce provincial en arriverait-il à battre les meilleurs auteurs parisiens ? En tout cas, auprès d'elle, il les supplante...

Et c'est à lui que Suzanne boit, soulevant sa coupe de champagne pour secrètement murmurer : « A nos amours ! »

Mercier aussi lève sa coupe et la choque contre celle de sa compagne, si belle ce soir, dans son tailleur-pantalon de satin noir, les yeux brillants d'une excitation qui la soulève tout entière. Est-ce la qualité théâtrale de ce qu'ils viennent de voir qui l'anime ainsi ? Il ne l'avait jamais vue si rayonnante.

Suzanne, elle, ne se demande pas à qui son compagnon pense, son verre à la main, les yeux fixés sur les siens, ni à quoi il boit. Les fantasmes de Mercier lui sont complètement indifférents.

25

Entre le marchand et le client, il existe un antagonisme que les sourires de part et d'autre peuvent bien tenter de camoufler, ils ne l'aboliront jamais.

C'est à quoi songe Suzanne, installée depuis deux jours dans la boutique de Rosa Collard, à voir aller et venir le passage. « Le client se croit roi, se dit-elle, sous prétexte qu'il entre chez vous comme chez lui, sans obligation d'acheter, ni même de dire bonjour... Mais le marchand, telle l'araignée dans sa toile, se prépare à piéger l'attaquant qui se juge à tort le plus fort. En réalité, il est soupesé, disséqué jusqu'au portefeuille par un expert qui sait évaluer ses faiblesses, l'intensité de son désir... »

Depuis la veille, Suzanne a vu entrer une douzaine de personnes, toutes des femmes, attirées par les bijoux en vitrine et qu'elle a habilement détournées vers des articles vestimentaires beaucoup moins chers, minijupes, bustiers, hauts sans manches. Comme si elle jugeait au-dessus de leurs moyens cette joaillerie fantaisie de grand luxe. Sachant qu'elles y reviendront d'autant plus. Un désir de vêtement s'oublie, jamais une envie de bijoux. A peine l'a-t-on aperçu, ce petit point de lumière colorée susceptible d'embellir n'importe laquelle de vos tenues, que déjà il vous manque !

Ces réflexions, Suzanne se les fait pour user le temps qu'elle passe debout, les yeux sur la rue. Une commerçante en train de lire ou abandonnée au fond d'un siège repousse, sans s'en rendre compte, la cliente éventuelle qui ne se sent pas « attendue »...

Malgré son attention, Suzanne n'a pas vu venir une femme qui, sans s'être attardée à regarder les objets en vitrine, pénètre d'un coup, comme si elle avait prémédité sa visite. Sans doute une habituée qui connaît Rosa Collard et va la demander.

Mais, après s'être immobilisée, pour dévisager Suzanne de derrière ses lunettes noires, la femme se met à aller et venir dans le magasin.

– C'est combien ? dit-elle d'une voix haute et tendue, en désignant vaguement une robe à pois.

Puis, sans attendre la réponse, elle va quérir en vitrine un lourd collier – trois rangs de perles rosées – qu'elle étale devant elle, face à la glace en pied, son sac de cuir noir bien serré sous le bras.

A travers le miroir, Suzanne s'aperçoit que la femme, au lieu de contempler le bijou, la regarde, elle. Et, d'un seul coup, elle la reconnaît : c'est Annie !

Est-ce par hasard qu'elle est entrée dans la boutique le jour où Suzanne y remplace Rosa ? Non, sa nervosité la trahit : ce que cette femme est sciemment venue chercher, c'est l'affrontement !

Suzanne se raidit. Elle se sent la proie de cette personne en colère, sans possibilité de fuite. *Cornered*, comme disent les Anglais d'un animal acculé. Et son cœur bat à grands coups.

– Ce collier est ridicule ! lâche Annie Fourier. Beaucoup trop lourd ! En province, nous ne portons pas des choses comme ça, on ne se prend pas pour la reine d'Angleterre, ici...

L'attaque est manifestement dirigée contre la Parisienne ! Suzanne prend le parti de l'ignorer et sans alléguer – comme elle le ferait pour une autre cliente – qu'il s'agit là d'une parure du soir, elle propose autre chose. « Nous avons plus léger, juste un rang. Ou alors des chaînes dans ce genre... » Des émaux sertis, merveilles de délicatesse.

– Peuh, dit Annie en se détournant.

Elle pose, ou plutôt jette le collier rose sur une table et va examiner les vêtements suspendus en écartant rageusement les cintres.

– Je veux ça ! lance-t-elle soudain.
– Oui ? s'informe Suzanne d'un ton froid.
– J'essaie... Et ça aussi...

C'est dit si vite que Suzanne n'a pas eu le temps de distinguer le vêtement choisi. Comme elle ne veut pas donner à cette chipie le plaisir de la prendre en faute, elle ramasse une brassée de vêtements et va les déposer dans la cabine.

— C'est par ici, indique-t-elle.

Annie s'engouffre dans le petit habitacle fermé par un rideau et Suzanne, demeurée seule, en profite pour se considérer dans l'une des nombreuses glaces murales. La vue de sa propre image la réconforte, elle s'était soignée, pour ce jour de vente, maquillée, les cheveux bien lissés, dans un style « dame » qui n'est pas forcément le sien mais qui peut difficilement prêter à critique. Une « armure », en quelque sorte. Là-dessous, elle bout, et, pour tenter de s'apaiser, se met à penser très vite.

Elle n'a pas à se sentir en faute. Ce n'est pas elle qui a « couru » après Marcelin, c'est lui qui l'a surprise, conquise en venant vers elle le premier. Quant à ce qui s'est passé entre eux, cela ne regarde personne. Même pas son épouse.

Suzanne s'est forgée cette conviction depuis qu'elle réfléchit sur leur aventure. (Marcelin lui en laisse le temps !) Ce que cet homme lui a donné, c'est une partie de son être dont Annie n'a rien à faire. Sait-elle même que ce Marcelin-là existe ? Avec son destin, son devenir personnel, ses aspirations secrètes ?

— Mademoiselle ! s'écrie la voix de derrière le rideau.

Cela veut dire : vous, la vendeuse, venez voir.

— Oui, répond Suzanne sans empressement.

— C'est trop grand !

— Nous avons la taille en dessous, réplique Suzanne qui a choisi de dire « nous » pour moins s'engager.

— Alors, ça sera trop serré, et j'ai horreur de ça ! Mon mari aussi !

Annie Fourier tire le rideau, s'avance dans la pièce. Elle a enfilé l'ensemble bleu marine à pois blancs, qui ne lui va pas mal, un peu « gai », peut-être, pour son style légèrement grassouillet, mais cela la rajeunit et si elle était une cliente ordinaire, Suzanne l'encouragerait à le prendre.

— Mon mari n'aime pas que je sois boudinée ni habillée trop court, il dit que ça fait... Elle hésite un instant sur le mot, puis le crache, comme si elle l'appliquait à Suzanne : « pute » !

— Cela dépend du genre qu'on a, rétorque Suzanne qui se sent frémir de colère et ne peut s'empêcher d'ajouter : « Je ne crois pas que cela vous menace. »

N'est pas pute qui veut, et il est manifeste que cette femme, sans doute aimable en temps ordinaire, peut-être même généreuse, n'est pas spécialement douée sur ce plan-là.

Et elle, l'est-elle ?

Le dernier message qu'elle a reçu de Marcelin lui revient en tête et la déchire. Elle l'a trouvé sur son répondeur, à son récent voyage à Paris, laissé à une heure où il devait être certain de ne pas la trouver. (Pourquoi l'évite-t-il, ces derniers temps, comme s'il n'avait pas le courage de faire le point avec elle ?) Suzanne en a été si émue qu'elle n'a pu s'empêcher de l'enregistrer sur une cassette qu'elle a ramenée jusqu'ici. Ce matin encore, elle l'a écouté avant de partir à la boutique :

« *Sache que je t'aime profondément et que j'ai beaucoup de plaisir à être avec toi. Tu es la seule femme qui m'ait procuré autant de plaisir. Je voudrais que tu saches bien que je suis sincère avec toi et que, quoi qu'il arrive, quelles que soient les apparences, je t'aime passionnément.* »

« La seule femme qui m'ait procuré autant de plaisir... » N'est-ce pas reconnaître que son lien avec Annie n'est pas de cet ordre-là? Alors, pourquoi cette femme vient-elle lui chercher noise? Suzanne a envie de lui dire : « Ce n'est pas votre mari, comme vous dites, à qui j'ai affaire... C'est à un homme que vous, vous ignorez... Nous ne sommes pas en concurrence... Vous n'avez rien à craindre de moi... »

Mais l'autre ne comprendrait pas. Dans l'idée qu'elle se fait du mariage, un mari est un mari et personne d'autre que sa légitime propriétaire n'a le droit d'y toucher.

— Mon Dieu! soupire Suzanne.

L'exclamation lui a échappé. Prête à rentrer dans la cabine d'essayage, Annie la scrute avec une sorte d'étonnement. Se sait-elle reconnue? Était-ce son but, ou est-elle seulement venue se faire une idée de sa « rivale »? L'a-t-elle, maintenant, son idée?

La voilà qui reprend son antienne :

— Nous sortons beaucoup, mon mari et moi, et il me faut quelque chose pour un mariage. Ah, et aussi pour un baptême. Et puis il y a une réception à la sous-préfecture et...

Suzanne n'écoute plus. Elle se sent incapable de la conseiller. Cette scène est trop idiote. Il faudra qu'elle la raconte à Marcelin quand elle le verra – mais quand? –, qu'elle lui dise que sa propre épouse est venue lui demander, à elle, Suzanne, de l'aider à se faire belle. Pour lui...

Plutôt drôle, non? Alors, pourquoi a-t-elle tellement envie de pleurer?

26

Rentrée par le train du soir, Rosa téléphone aussitôt à Suzanne pour savoir comment se sont passés ses deux jours au magasin. Suzanne perçoit dans sa voix une note un peu défaillante et, au lieu de répondre, l'interroge :
– Et vous? C'était bien?
– Plus ou moins.
– Qu'est-ce qui n'allait pas, les affaires?
– Je dirais plutôt le plan personnel...
Là, c'est presque un sanglot.
– Voulez-vous que je vienne vous voir?
– Cela va vous déranger...
– J'arrive.
C'est la première fois que Suzanne pénètre dans l'habitation de Rosa Collard, située dans l'une des rues étroites du vieux quartier. La façade ne paie pas de mine, mais, derrière la porte vétuste, c'est un royaume. Carrelage ancien, meubles de bois sculpté, tapisseries fleuries, et surtout, entouré de murs, protégé, secret, le jardin. Ce qu'il est d'usage de nommer un jardin de curé, à cause de son exiguïté comme de son désordre végétal.

– Que vous êtes bien ici !

– Ma famille y a résidé depuis trois générations et, c'est vrai, le charme du passé console de tout.

– Vous avez besoin d'être consolée, Rosa ?

Debout derrière Suzanne dont le regard se promène sur les aperçus qu'offre la maison, Rosa se met doucement à pleurer. Suzanne se retourne, la prend dans ses bras.

– C'est si grave ?

Rosa se dégage pour aller prendre une serviette en papier sur le buffet, se mouche.

– Il va bien falloir que je m'y fasse... Il m'a dit que c'était fini, qu'il se mariait. Vous comprenez, je le voyais chaque fois que je montais à Paris – j'y suis passée après avoir vu ma mère. Sylvain est beaucoup plus jeune que moi et... Enfin, il m'a dit que j'aurais dû m'y attendre. Mais il m'avait tellement répété qu'entre nous c'était fantastique, que l'âge ne comptait pas, que j'avais fini par le croire. J'étais tranquille. Je me disais même : « Comme on n'habite pas la même ville, nous gardons tous deux notre liberté. C'est un gage de continuité... » Je me croyais intelligente ; je me trompais. Avec l'autre, m'a-t-il dit, ça a été le coup de foudre... Il ne s'est même pas excusé de me lâcher du jour au lendemain. J'ai même vu qu'il était déconcerté de me voir pleurer. Il s'attendait peut-être à ce que je devienne sa maman !

C'est vrai qu'elle a l'air d'une mère, les yeux battus, ses cheveux défaits teints en noir de jais, la poitrine généreuse, un peu croulante, déjà quelques veines gonflées aux jambes. Attirante, certes, mais que peut faire un homme jeune d'une femme d'un âge certain qui ne peut lui donner d'enfants ? Une initiatrice, une confidente, une amie – et puis un jour...

La vie est cruelle, se dit Suzanne. Surtout la vie des femmes. Elle aussi a envie de pleurer, de se confier. La prudence la retient : la province n'est pas Paris; si elle livre le nom de Marcelin, fût-ce en recommandant la discrétion, tout le monde le saura, c'est inévitable... Ce qui n'arrangera rien.

– Vous oublierez, Rosa. Après tout, vous ne viviez pas avec lui, c'est une chance !

– Je pensais à lui tout le temps, c'est ce qui me soutenait au long de la semaine : l'idée de notre rendez-vous.

C'est donc pour cela qu'elle avait si peu de temps à Paris pour les achats, et qu'il lui avait fallu engager Suzanne ?

– Vous êtes séduisante, encore jeune, vous allez rencontrer quelqu'un d'autre...

Elles se sont assises sur le banc de bois, abrité par le seringa. En face d'elles, un rosier grimpant mêle ses branches en fleurs aux tiges d'un jasmin.

Rosa se tourne vers Suzanne :

– Et vous, si je vous disais que vous allez rencontrer quelqu'un d'autre, alors que vous pleurez encore votre mari, cela vous ferait quoi ?

Suzanne ne sait que répondre. Elle pleure, oui, mais c'est pour Marcelin. Toutefois, c'est vrai qu'elle ne peut envisager de désirer personne d'autre. L'amour a ses cadenas. On peut se dire que cela passera, mais rien n'est moins sûr, et l'idée qu'on ne sera plus capable d'aimer ensuite, au lieu d'adoucir la peine, ne fait que l'aviver.

– Vous avez raison, Rosa. Il n'y a pas d'au-delà à un chagrin d'amour, il n'y a que le présent...

Qu'il serait bon d'oublier.

Rosa semble avoir suivi le cours de sa pensée :

– J'ai du champagne au frigidaire, je vais le chercher...

Elle ne demande pas l'accord de Suzanne, l'une comme l'autre savent que c'est tout ce qui leur reste à faire : fêter le malheur.

Rosa a mis la bouteille dans un seau en argent bosselé – tout, dans la maison, a le charme de ce qui a beaucoup servi. (Comme certaines femmes, mais elles ne se le disent pas.) Elle apporte aussi ces flûtes en verre taillé qu'on faisait autrefois.

Au troisième verre, Rosa entreprend de raconter à Suzanne comment elle a rencontré Sylvain. Si timide, inconscient de ses capacités, de son physique. « Je lui ai tout appris », conclut-elle.

Suzanne a le sentiment d'avoir déjà entendu cette histoire, de savoir comment elle se déroule, s'achève. Le jeune homme devenu homme a besoin de s'affirmer devant une autre, cela ne veut pas dire qu'il oubliera jamais sa « vieille » maîtresse. Il serait même heureux de s'en faire une amie. S'il n'y avait pas la chair... C'est elle qui souffre. En tout cas chez la femme. C'est perceptible chez Rosa : son corps crie et elle cherche à le faire taire avec de l'alcool. Elle a bu presque toute la bouteille à elle seule. A quoi va-t-elle pouvoir penser, dans sa boutique, en recevant la clientèle ?

– J'ai vu une drôle de personne, hier, dit Suzanne. Elle a essayé plein de modèles, pour finalement ne rien prendre. Elle a dit qu'elle repasserait.

– Ah oui, dit Rosa d'un air absent. Et elle s'appelle comment ?

– Fourier. Annie Fourier.

– La bégueule !

Vieillot, le mot n'est pas tout à fait adapté, pourtant il fait du bien à Suzanne car il est réducteur : Annie n'est peut-être pas une si redoutable rivale, après tout !

Sans se douter que chacun de ses mots atteint Suzanne, Rosa poursuit :

– C'est la femme d'un gros éleveur. Ils vivent les pieds dans la boue, j'imagine, et elle cherche à le faire oublier en étant plus prétentieuse que n'importe laquelle de ces dames... Lesquelles, d'ailleurs, ne la reçoivent pas. Ici, les éleveurs, même nantis, sont encore considérés comme des gens de la terre. A temps réguliers, la mère Fourier vient m'acheter des tas de vêtements qu'elle ne porte pas, faute d'occasions. Comme elle ne sait pas à quoi ils lui serviront, elle a forcément du mal à choisir...

– Peut-être veut-elle séduire son mari ? lance Suzanne.

– Ça m'étonnerait! Il n'a pas le genre à s'intéresser à l'élégance. D'ailleurs, on ne l'aperçoit jamais en ville. Seulement quand il se rend à la poste ou à la perception. Un type à la fois vif et lourd, qui conduit son quatre-quatre à toute allure, mais en respectant les piétons. Silencieux. Son épouse parle plus volontiers, mais c'est pour se vanter : « Nous avons fait ci, nous ferons ça... On va racheter une voiture... Mon mari veut que j'aie la mienne... »

Le portrait est juste, et Suzanne s'en amuserait si elle ne se sentait dévastée par le chagrin.

La nuit est peu à peu tombée, les plantes se sont mises à revivre et à exhaler leurs parfums. Douceur, tendresse de la nature... Mais pour qui, pour quoi, quand l'amour n'est pas au rendez-vous?

De retour chez elle, Suzanne installe sur sa chaîne hi-fi – merveille japonaise que lui a rapportée Vincent – un disque de Barbara : *Dis, quand reviendras-tu? Dis, au moins le sais-tu? Que tout le temps qui passe, ne se rattrape guère, que tout le temps perdu, ne se retrouve plus...*

Pour envenimer encore sa plaie?

27

— Chez nous, on ne fait pas lit à part. On partage jusqu'au bout les mêmes draps. Cela ne veut pas dire qu'on fasse pensées communes, au contraire...

Marcelin va et vient dans la pièce, à la fois plus nerveux et plus déterminé que Suzanne ne s'en souvenait.

— On en voit même qui continuent à dormir sur le matelas de leur conjoint agonisant. La promiscuité ne leur coûte pas. Il y a longtemps qu'ils rêvent à part. Les animaux aussi couchent bien flanc à flanc, c'est qu'il fait froid, l'hiver, dans nos vieilles maisons... Et puis, on ne réserve pas beaucoup de place au couchage...

— Alors, comment sait-on qu'on ne s'entend plus, si on reste tellement...

Suzanne a envie de dire « collés ». N'ose pas. Il réfléchit.

— Quand on s'assassine!

— Marcelin... Ne me dis pas que vous êtes de tels sauvages, toi y compris, je ne peux le croire! Il y a la parole, le langage pour communiquer! A quoi cela sert, les mots, sinon à dire sa vérité? Vous n'êtes pas des bêtes, même si vous en élevez...

— Tu ne sais pas ce que c'est que de vivre seul!

— Mais si, je vis seule, en ce moment!

— Je veux dire en campagne, dans une habitation isolée. Chaque geste, chaque mot porte et tout ce qu'on s'est dit au fil des temps s'accumule et empoisonne l'atmosphère... Même le silence! Le matin, sortir du même lit que quelqu'un qui ne vous adresse pas la parole, qui ne va pas desserrer les dents de la journée, comme si vous étiez quantité négligeable, pire, une ignominie, un salaud, c'est abominable!

— C'est ça que tu appelles le calvaire?

— Oui, c'est ça.

Il vient vers elle, s'agenouille à ses pieds, pose la tête sur ses genoux.

— Tandis qu'avec toi...

— Avec moi?

— J'ai l'impression d'être libre. Cela m'aide à supporter le reste...

Qu'entend-il par « le reste »? Annie?

Une colère la prend contre cette femme qu'elle connaît à peine! Pourquoi s'obstine-t-elle à faire souffrir son pauvre mari? Elle n'a qu'à s'occuper de ses enfants, de ses petits-enfants, elle en a suffisamment! Quant à cet homme qui lui a donné une famille, qu'elle le laisse tranquille... Vivre ce qu'il a encore à vivre. C'est si court, le temps du désir.

— Elle souffre, elle aussi, dit Marcelin, comme s'il avait suivi le cours de ses pensées.

C'est ce qui fait tant de bien à Suzanne, du mal aussi quand il n'est pas là : leur entente instantanée; leur amour en somme.

Elle ne songe pas à se dire que, de la même manière, il doit être proche de sa femme pour se sentir à ce point dérangé par ce qu'elle peut penser, éprouver.

Marcelin a débarqué sans prévenir, lâchant tout, sous le coup, lui a-t-il dit, d'une irrépressible nécessité. Et, à travers ce qu'il lui assène, crache même, aussitôt après qu'ils ont fait l'amour, Suzanne comprend que tout le temps où il l'a fuie, il n'a cessé de ruminer. Et que cela n'était pas bon.

Quand il parle de la solitude de sa femme, s'il la décrit si bien, c'est qu'elle est aussi la sienne. On doit être bien seul dans les chemins, par les champs, parmi les bêtes, à ne voir de toute la journée que les mêmes trois ou quatre personnes.

A midi, le soir, ils sont deux de part et d'autre de la table, à mastiquer de concert. Se connaissant dans toutes leurs habitudes, leurs manies alimentaires. Dégageant l'un pour l'autre des ondes parfois si délétères que les estomacs ne le supportent plus. C'est le malaise gastrique, plus tard l'ulcère...

Chez les paysans d'autrefois, cela pouvait aller jusqu'à la corde. C'est ainsi qu'on manifeste qu'on est à bout, en campagne, la grand-mère le lui a raconté en baissant la voix : on se pend à une poutre, généralement dans la grange, qui n'en manque pas, parfois au grenier. Autour de tout hameau, il y a une demeure devant laquelle on passe en hâtant le pas et même en se signant : la maison du pendu.

C'est rarement dit au féminin : ce sont les hommes qui n'en peuvent plus. Les femmes sont plus résistantes, mais, au lieu d'aider leur compagnon à vivre, elles le tuent à petit feu par leurs regards, leur silence, leur mépris, leur haine, leurs reproches devenus si lourds, si compacts – comme ce trou noir dont parlent les astrophysiciens – qu'ils finissent par traverser le corps de l'homme, l'anéantir...

Mais qu'attend Marcelin pour échapper à la sienne ?

Suzanne a beau le crier intérieurement, elle ne parvient pas à l'articuler. Marcelin est quelqu'un de trop orgueilleux. Même si Annie le fait souffrir, elle est à lui : *sa* femme, de même qu'il dit *mes* terres, *mon* tracteur, *mes* bêtes, *ma* source...

Il n'y a qu'elle, Suzanne, à ne pas faire partie de ce qu'il considère comme ses biens. Il a tort : elle n'a jamais été autant à un homme qu'à celui-là.

Elle ne cherche pas à se l'expliquer. Prise, elle aussi, par cette contagion du mutisme. Alors elle se suspend à son cou, niche son visage dans son épaule, sans mots, pour lui exprimer combien elle tient à lui, prête à vivre n'importe où, à accepter n'importe quelle forme d'existence pourvu qu'il ne la lâche pas. Ne sent-il pas à quel point elle lui fait confiance ?

Et lui ? A-t-il besoin d'elle ? Avec quelle violence il lui a fait l'amour, tout à l'heure ! Elle est du côté du meilleur de lui-même. C'est évident et cela va finir par s'imposer.

Mais Suzanne ne peut pas le lui dire. « Chez nous, on ne parle pas », lui a-t-il dit tout à l'heure. La Mémée aussi répétait la même chose, mais c'était dans le fond des temps, un autre âge.

A peine Marcelin est-il parti, aussi rapidement qu'il est venu – maintenant, c'est vers Annie qu'il court –, que Suzanne se laisse glisser sur le carrelage. Marcelin l'a sciée : « Ne m'écris pas, lui a-t-il recommandé avant de partir, ne m'appelle pas, je viendrai quand je pourrai, je ne sais pas quand, et n'y compte pas... » Sans avoir l'air de mettre en doute qu'elle soit disponible. Amoureuse. Et s'en suffise.

Sans brutalité apparente, avec douceur, son dernier baiser était même d'une extrême tendresse, comme la caresse de sa main sur la pointe de ses seins. Avant de refermer la porte, il a même eu un sourire. C'était le premier depuis son arrivée.

Voilà ce qu'il a fait de Suzanne, en un tournemain : une femme qui attend. Comme l'autre.

28

— Non, Suzanne, vous n'avez pas le droit de faire une chose pareille.

— Je ne vois vraiment pas pourquoi.

— Ce serait donner un mauvais exemple. Vous devez continuer l'action en justice. Philippe n'aurait pas compris.

— C'est à cause de lui, justement, que je désire me désister... Vous avez vu les questionnaires qu'ils demandent de remplir? Jusqu'à quand il a pu travailler... le dernier salaire qu'il a reçu, son montant... sans compter des détails médicaux proprement indécents.

— C'est Mercier qui s'en occupera, vous n'avez pas à le faire vous-même. Quant au reste, si vous me fournissez les documents, je puis répondre à votre place. Mais je ne suis absolument pas d'accord pour que vous renonciez à vos droits.

— Quels droits? Le prix du sang? Autrefois, quand on était décimé par une épidémie, on s'en prenait à Dieu, au destin, pas à l'État ni aux médecins.

— Dans ce cas précis, il y a eu faute caractérisée. Vous avez lu ce que disait un journal? Vendre du sang qu'on sait contaminé, c'est comme si un boulanger vendait du pain dans lequel il sait se trouver de l'arsenic...

— Ce n'est pas la même chose. Rien n'est jamais la même chose...

Elle-même, Suzanne, n'est plus la même. C'est ce dont elle n'arrive pas à convaincre Me Garand. Peut-être parce qu'elle ne le cherche pas vraiment. Il lui faudrait expliquer que ça la choque de recevoir de l'argent pour la mort de Philippe, du fait qu'elle en aime désormais un autre.

L'homme de loi ne comprendrait pas. « Je ne vois pas le rapport », lui dirait-il.

L'argent, dit-on, n'a pas d'odeur.

« C'est faux, se dit Suzanne. Cet argent-là pue la souffrance, comme celui que l'État a reçu pour la vente du sang contaminé... Il y a l'argent propre et l'argent qui ne l'est pas : celui qui rémunère les ventes d'armes, de drogue, les meurtres commandités... »

Pourquoi a-t-elle le sentiment que l'argent que lui verserait l'État en compensation de la mort de Philippe serait de l'argent sale?

— C'est à cause du contrat, dit-elle abruptement.

— Quel contrat?

— On demande de renoncer par contrat à toute poursuite ultérieure...

— Et alors, vous voudriez garder votre droit de poursuivre? Ce n'est pas logique!

— Signer, c'est reconnaître qu'on est satisfait de l'argent accordé... Qu'on se considère comme dédommagé. Payé. Content!

— Suzanne, vous cherchez la petite bête ! Personne n'est content, la plupart des gens sont désespérés et le resteront. Toutefois, quelqu'un a dit qu'on pleure plus commodément avec de l'argent que lorsqu'on en manque... C'est une affaire de confort. Comment vivez-vous en ce moment, de quoi ?
— Je me suis remise à travailler...
— Vraiment, et dans quoi ?
— Dans la bijouterie fantaisie...
M° Garand se met à sourire :
— Je vous reconnais bien là : l'élégance d'abord ! Je vais vous faire une proposition : vous continuez à vous occuper du luxe, et moi je plaide à votre place. Cela ne me gêne pas d'avoir les mains sales. C'est mon métier. En plus, dans notre affaire, je ne les ai pas : l'État est coupable. Il le sait et fait le gros dos... Nous obtiendrons ce à quoi nous avons droit, dussions-nous nous obstiner. Je dis « nous », parce que j'ai d'autres cas comme le vôtre... A ce propos, permettez-moi de vous dire que plus nous sommes nombreux, plus nous sommes forts. Si vous abandonnez, vous affaiblissez les autres...

« Tous les arguments lui sont bons, se dit Suzanne. Garand est parfait dans son rôle... Mais moi, quel est le mien ? »

C'est son aventure avec Marcelin qui la désoriente, l'affaiblit. On a beau prétendre qu'on se moque des interdits, de la morale, des mœurs établies, dès qu'on s'en exclut il faut puiser quotidiennement dans son énergie pour se persuader qu'on est néanmoins dans la bonne voie, celle du désir, de la vérité, de l'amour. On s'y épuise.

Hier, fatiguée, elle a voulu se coucher tôt, elle a pris un livre au hasard dans la bibliothèque, pensant qu'après quelques pages elle s'endormirait et que peu importait le texte. Mais sa lecture l'a maintenue en éveil tard dans la nuit : c'était *L'Amant de lady Chatterley*, le roman scandaleux de D.H. Lawrence. Suzanne ne l'avait pas relu depuis son adolescence et, à travers les phrases vibrantes, l'érotisme païen – on ne disait pas alors « écologique » – de l'auteur, elle retrouvait ses émotions de l'époque où, n'ayant pas encore connu l'amour, elle croyait en trouver chez Lawrence la représentation idéale. C'est bien ainsi qu'elle voulait vivre la passion amoureuse, se disait-elle, dans cette violence à la fois charnelle et spirituelle. L'union totale de l'homme et de la femme réalisée par le corps avant l'accord des âmes. L'une engendrant l'autre. Là était la joie, la vérité et l'amour. Le reste...

Il y avait ce passage – sur lequel elle était retombée avec le sentiment qu'il n'avait jamais cessé de résonner au fond d'elle depuis sa première lecture – où Melchior fait l'amour à lady Chatterley dans la forêt : « *Et alors recommença l'ineffable mouvement qui n'était pas vraiment un mouvement mais de purs, de profonds tourbillons de sensations qui tournoyaient et s'enfonçaient toujours plus avant à travers sa chair et sa conscience, jusqu'à ce qu'elle ne fût plus qu'un flot concentrique de sensations, étendue là, poussant des cris inarticulés et inconscients. Cette voix sortie des plus profondes ténèbres de la nuit : la vie !* » Et, plus loin, dans le même chapitre : « *Il s'écartait; mais, dans son cœur, elle sentait qu'elle ne pourrait supporter qu'il la laissât découverte. Il devrait désormais la couvrir pour toujours.* »

N'était-ce pas exactement ce qu'elle a ressenti avec Marcelin? Il faudra qu'elle lui envoie le livre... Mais Marcelin ne lit pas... Alors seulement le passage, photocopié... Mais il lui a demandé de ne pas lui écrire... Toutefois, si c'est un envoi anonyme, cela ne peut lui nuire... Mais comment peut-elle croire qu'un texte de cette intensité, tombé sous les yeux de qui que ce soit, puisse demeurer sans effet? Annie ouvre tout leur courrier, y répond, soi-disant pour soulager Marcelin de la paperasserie, elle tient aussi les comptes, en fait s'assure de lui également par l'« intendance ».

Tout à coup, Suzanne imagine son amant comme Gulliver cloué au sol par chacun de ses cheveux, de ses doigts, maintenu par le moindre de ses vêtements, lacets y compris. Annie dont Marcelin parle avec compassion, comme si elle était à ménager, à soutenir, le paralyse par mille petits liens établis pendant qu'il était en sommeil dans leur vie conjugale; maintenant qu'il cherche à s'en évader, il ne parvient pas à les arracher... Du moins sans se causer mille douleurs à lui-même... Pourtant, elle, Suzanne, aurait ce courage. Les hommes, eux, l'ont rarement...

— Alors, Suzanne, nous sommes d'accord ? Vous me laissez la liberté de me battre ?

Elle l'avait oublié, celui-là ! Il la regarde de ses yeux francs, avec une expression déterminée. Sur son terrain, Roland Garand va de l'avant, sans hésitation. C'est qu'il est diplômé pour... Mais, en cas de conflit amoureux, serait-il aussi net ?

Suzanne se reprend, elle ne va tout de même pas imaginer son avocat s'aventurant hors des chemins du Code et de la jurisprudence ! Il n'est pas son amant.

— Oui, puisque vous y tenez...

— Ce n'est pas seulement que j'y tiens, c'est que je le dois ! A moi, à vous, aux victimes et à leurs familles.

Et Marcelin, que lui doit-il, à elle ? Cela va faire quinze jours qu'il ne lui a pas donné de nouvelles et ça l'étonnerait qu'il se sente coupable ! Inutile d'en parler à son avocat... Dans ce conflit-là, elle est seule. Comme on l'est toujours quand on vit l'amour hors des sentiers battus, au mépris des contrats notariés. Que dit Lawrence à ce propos ?

Le soir, rouvrant le livre au hasard, elle tombe sur la réplique de Mrs Bolton à lady Chatterley : « *Quand je vois des femmes qui n'ont jamais été réchauffées de part en part par un homme, elles me paraissent de pauvres hiboux.* »

Suzanne se met à rire : pour son compte, rien à craindre, elle n'a rien d'un pauvre hibou ! Elle a bien été réchauffée – transpercée – de part en part. Et cela, nul, pas même l'homme qui l'a fait, ne saurait le lui retirer.

29

A mesure qu'elle s'éloigne de Paris, Suzanne éprouve le curieux sentiment de regagner de l'importance.

Déjà, avant sa rencontre avec Marcelin, quand elle revenait d'un séjour dans la capitale, fût-il bref, elle se croyait comme grandie, auréolée. Pour se remettre un peu à sa place, elle se remémorait ce que lui avait conté la Mémée.

Au début du siècle, en campagne, le garçon qui avait passé quelque temps à Paris, rentrant dans son village nanti d'une expérience mystérieuse, en acquérait à vie un fabuleux prestige. Auprès des filles, d'abord. Qu'elle ne fut donc pas la fierté de la Mémée d'avoir été élue pour épouse – à seize ans – par le « Parisien » ! Ainsi surnommait-on Gustave du seul fait qu'il avait passé quelques temps dans la capitale. Lui-même racontait qu'il y avait trouvé beaucoup de bruit, d'agitation, de mauvaises odeurs, et une foule compacte dans les rues ! En fait, ce que Gustave en avait rapporté de plus évident, c'était une façon de hausser le cou, le chapeau en arrière, et de marcher plus vite que les lourdauds qui n'avaient jamais quitté le village ni leurs sabots.

Avec le temps, la Mémée avait fini par subodorer que son Gustave n'avait jamais été plus loin que la banlieue et l'atelier de menuiserie où il avait fait un peu d'apprentissage. Ce qui lui avait permis d'être engagé chez Moulinet, quand celui-ci s'était cherché un ouvrier. Un « Parisien », vous pensez, ça attire la clientèle.

Suzanne, en net progrès sur la Mémée, prenait conscience qu'en réalité, c'est au village et en province qu'on jouit d'une identité forte, remplissant bien sa peau, son rôle, sa fonction – fût-ce celle de l'idiot ! – alors qu'en grande ville, on est perdu. Connaissant à peine ses voisins de palier. Laissé au sol si l'on trébuche sur le trottoir, ramassé par un Samu indifférent. Dans une mégapole, vous n'êtes qu'un numéro parmi des millions et il en faut, des accomplissements, pour sortir de cet anonymat terrifiant !

Ou bienfaisant, car on peut apprécier, parfois, d'être noyé dans la foule : quand on vit une aventure clandestine – la drogue, par exemple, l'homosexualité ou l'adultère ! Alors qu'en province, l'anonymat n'existe pas.

Dès le péage, Suzanne se sent redevenir quelqu'un qui compte. La preuve : on a remarqué son absence, elle a manqué, on le lui dit.

Toutefois, par désintérêt ou discrétion, on ne lui demande pas ce qu'elle a bien pu faire à Paris, et c'est elle qui prend l'initiative de raconter ses visites chez les fabricants en joaillerie. Comme pour se justifier d'être partie, et sans rien mentionner de son rendez-vous avec Garand.

Ça n'est pas du mensonge, mais, sans s'en bien rendre compte, elle se fabrique un personnage, comme tous ceux qui vivent là. Avec ce bémol qu'elle demeure la « Parisienne », quelqu'un qui n'est pas complètement intégré, ne le sera jamais, et qui peut, du coup, se permettre quelques déviances – ne serait-ce que dans sa façon de s'habiller – sans être mal jugée.

La pauvre, doit-on se dire, elle ne sait pas ce qu'il est convenable de faire! Mal éduquée, comme tous ceux qui viennent de la Ville... Avec quand même pour elle – contrairement à d'autres – qu'elle est aimable, souriante, ne cherche pas à faire de l'épate. A passer devant le monde à la poste ou dans les magasins.

Son association avec Rosa Collard a toutefois dû surprendre. Mais Suzanne a laissé entendre que c'était pour surmonter le passage à vide de son deuil. En effet, elle a fini par avouer que son mari était mort, sans fournir de précisions sur les causes du décès. Or, chacun sait que c'est dur, pour une femme, de se retrouver seule du jour au lendemain. Mieux vaut une occupation, quelle qu'elle soit.

En somme, les morceaux du puzzle se mettent peu à peu en place, à la satisfaction générale, et quand l'image sera à peu près complète Suzanne ne devra plus susciter de curiosité. A condition qu'elle s'en tienne à ce qu'elle a dit et fait jusque-là.

Or, sa liaison avec Marcelin ne cadre pas. C'est lui qui le lui a rappelé la dernière fois.

– Il faut faire attention! Je ne veux pas te compromettre!

– Me compromettre, moi?

La remarque l'ébahit. N'est-elle pas libre de ses faits et gestes à son âge? Qu'est-ce que les autres ont à dire ou à voir avec sa vie privée? En plus, elle s'en contrefiche... Si on n'est pas content, c'est pareil!

Mais Marcelin insiste :

– Tu ne connais pas la province, il te jugeraient mal et te tiendraient à l'écart...

Et alors? Suzanne ne sort guère. Ne le souhaite pas. N'attend qu'une chose : les visites de son amant qui, ces temps-ci, se font rares. Toujours trop brèves. Comme s'il fuyait.

Une heure après son départ, Suzanne se sent foudroyée par la vérité : « Mais ce n'est pas moi qu'il craint de compromettre, c'est lui! »

Le moment est douloureux.

Comme la constatation, chez un être aimé, d'une insuffisance.

– Je veux bien souffrir à cause d'un homme de cœur, se dit-elle, mais pas d'un don juan de province!

Est-ce le cas? Suzanne remet la cassette sur le magnétophone : « *Aucune femme, jamais, ne m'a donné autant de plaisir que toi...* »

Dès le premier instant, elle a voulu l'interpréter dans le sens le plus flatteur pour elle : un compliment qui comportait une promesse d'attachement. Quand une femme vous donne un plaisir exceptionnel, quel homme y renonce?

Soudain, le doute s'insinue. Et s'il fallait l'interpréter autrement ? Marcelin – en la comparant – n'avoue-t-il pas qu'il en a connu d'autres, qu'il tire son coup à l'occasion, souvent peut-être ? Dire « tu es la meilleure » n'est plus alors que l'argument banal, régulier, du premier séducteur venu !

Se serait-elle laissée prendre à un hameçon plus gros qu'elle ? Comme n'importe quelle fille en mal d'amour ? Comme la Mémée qui, de n'avoir jamais rien vu, était tombée éperdument amoureuse de son « Parisien » ?

Elle, Suzanne, ne se serait-elle pas laissée avoir par son provincial ? Manquant de repères dans un monde qui n'est pas le sien ? Persuadée qu'un homme qui vit près des bêtes et de la terre ne saurait être que sincère ! Tout de suite amoureuse par besoin de se retrouver dans des bras mâles. Si facile à abuser, comme tout ceux qui cherchent l'oubli ! Et lui a su en profiter ! Avec ce flair pour le malheur et la décomposition, fût-elle seulement morale, qui caractérise en effet les gens de la terre...

D'un coup sec, Suzanne débouche une bouteille de Bourgogne, du Mercurey acheté pour tromper le vin d'ici avec son lointain homologue. Comme elle a cherché à tromper la mémoire de Philippe avec Marcelin.

S'en boit trois verres d'affilée, à jeun. Veut se mettre debout et tournoie sur elle-même. La pensée terriblement claire, mais incapable de marcher droit. Le cœur broyé par

ce qu'elle vient de se dire. A tort ? A raison ?
Le silence de cet homme, en tout cas, est
chose certaine, et la douleur aussi.

C'est alors qu'elle entend le gémissement à
sa porte.

30

L'été est comme un fruit, se dit Suzanne, il point début juin, encore aigrelet, gonfle, mûrit à partir de juillet, jusqu'à faire craquer sa peau d'où ruisselle, fin août, un jus sucré, épais... Lequel sera perdu s'il n'y a personne pour le savourer.

A quoi bon les fenêtres à demi fermées sur la lumière plombante, leur tulle gonflé par la brise tiède, son corps à elle nu sous la blouse de coton pour cuire et touiller les confitures, l'odeur exaltante du jasmin vers le soir, les étoiles filantes des Astérides s'il n'y a personne pour partager la simplicité de ces bonheurs? Personne pour la volupté?

La dernière fois qu'elle a vu Marcelin, c'était par hasard. A une foire-exposition où elle faisait un tour, un dimanche, par désœuvrement, seule ou presque. Elle avait emmené le chien au bout d'une laisse achetée tout exprès et à laquelle la pauvre bête semblait avoir du mal à s'habituer.

Quand elle les a vus tous les deux, déambulant de stand en stand sans se séparer de plus d'un mètre ou deux, Suzanne n'a eu que de mauvaises pensées : « Annie aussi a une laisse, invisible, par laquelle elle mène son mari comme un chien pas même perdu... »

Elle n'a pas essayé de fuir le couple, pas plus que de l'approcher. Toute révolte – était-ce la chaleur ? sa vaine et trop longue attente ? – abolie.

Elle s'est contenté de poursuivre son chemin, considérant les œuvres exposées, céramiques, peintures sur soie, ou alors des machines agricoles, tracteurs, débroussailleuses, dont elle était bien incapable de juger la nouveauté ou les performances, sans compter les produits régionaux, fromages de chèvre, brioches en forme de tresses, vins de la région. A l'un des stands, la dégustation était gratuite et Suzanne s'est approchée, curieuse de goûter un vin blanc dont quelques amateurs paraissaient se régaler. L'aimable propriétaire de l'élevage était en train de lui remplir son verre quand, de l'autre côté du comptoir circulaire, Suzanne voit venir Marcelin, à la remorque d'Annie. Eux aussi cherchent à déguster.

Marcelin s'abstient de regarder dans sa direction, de même qu'Annie qui a pourtant dû reconnaître sa vendeuse de la boutique de mode. Et qui sait à quoi s'en tenir, la preuve : elle se met à déclarer bien haut que le meilleur cru de la région se trouve dans sa cave (interprète qui voudra !), et qu'elle tient seulement à le vérifier une fois de plus.

L'éleveuse, piquée et voulant défendre les

mérites de son produit, vient se placer devant Annie et la cache à la vue de Suzanne, laquelle son verre vidé, s'apprête à s'éloigner en jetant un regard rancunier en direction de Marcelin. Est-il à ce point en esclavage qu'il ne peut lui faire le moindre signe de reconnaissance ? Eh bien si ! Dès qu'il a capté son regard, il lui adresse un gros clin d'œil !

Suzanne, qui se dirige à présent vers sa voiture, n'en revient pas ! En fait, elle se sent vexée : un clin d'œil, quelle grossièreté ! N'est-ce pas ce que font les pioupious à leurs belles qui les regardent défiler du balcon ? L'œillade d'un gars du milieu pour indiquer à la pépée d'un autre qu'elle lui plaît ? Ou alors des complices, avant un « coup », se signalent ainsi que le moment d'agir est venu...

On ne cligne de l'œil qu'en situation de contrainte – et c'est ce qui déplaît à Suzanne : l'idée que Marcelin vient de lui signifier qu'il n'est pas libre ! Ne veut pas l'être... Du moins pour elle.

En même temps, elle l'a vu. Et une légère tendresse embue sa déconvenue... Elle l'a trouvé beau, forci, le teint hâlé.

– Quel lâche ! se répète-t-elle.

Mais jamais la constatation de la lâcheté ou de la vulgarité chez un être n'affaiblit le désir qu'on lui porte.

– Monte, dit-elle au chien.

Il va falloir qu'elle lui trouve un nom. C'est lui qui gémissait derrière la porte, l'autre soir. Assis sur son derrière, il n'a pas cherché à forcer l'entrée de la maison, il s'est contenté de regarder Suzanne bien en face en battant faiblement le sol de sa queue, l'échine courbée pour bien montrer qu'il était doux, sans défense, perdu...

— Viens manger, lui a-t-elle dit. On cherchera tes maîtres après.

De maîtres, il n'avait guère l'air d'en avoir, du moins dignes de ce nom. Ni de marque d'identité d'aucune sorte. Le refuge, prévenu, a conseillé à Suzanne de le garder si elle ne voulait pas qu'il soit euthanasié dans les trois jours, comme l'exigent les règlements pour un animal non tatoué. « Si ses maîtres se manifestent, nous savons qu'il est chez vous... Si on ne les retrouve pas et que vous n'en voulez plus, il sera toujours temps de nous l'amener... »

Les bêtes ont l'art de se faire un chemin jusqu'au cœur des humains qu'ils se sont choisis. Lui, en tout cas, ne lui a adressé aucun clin d'œil. Il l'a seulement suivie pas à pas dans la maison et c'est quand elle s'y attendait le moins qu'il lui a, comme par distraction, un tout petit peu léché la main.

Un Monsieur, en quelque sorte.

— Je vais t'appeler Monsieur le Chien, lui dit-elle tandis que l'animal, une sorte de berger mâtiné de labrador, se recroqueville discrètement sur le tapis de la place avant.

31

– Vous devez me trouver bizarre ? s'interrompt Suzanne.

Assise face à elle, Sylvie hausse les sourcils sans mot dire. Manifestement, elle ne sait quoi répondre.

Sa gêne est contagieuse et Suzanne ne parvient plus à poursuivre.

Une impulsion l'a poussée à téléphoner à Sylvie Mesclain et à lui imposer – c'est le mot – ce rendez-vous dans un salon de thé de la rue de Rivoli. C'est devant des choux à la crème, spécialité renommée de la maison, qu'après quelques échanges de lieux communs sur la différence entre la vie à Paris et la vie en province, Suzanne en vient au but.

– Il vous disait quoi, exactement, Philippe, qu'il allait me quitter ?

– Euh, pas vraiment...

– Tout de même, il a bien dû vous faire des promesses... Peut-être attendait-il que je prenne l'initiative du divorce ? Sinon, il l'aurait fait. Il devait vous donner des délais ?

Sylvie se replie sur elle-même, repoussant

son assiette, et Suzanne s'aperçoit qu'elle semble effrayée. La jeune femme ne doit pas comprendre ce qui motive cet interrogatoire posthume.

Suzanne le sait-elle elle-même ?

C'est sur l'autoroute, propice aux rêvasseries quand on respecte les limitations de vitesse, qu'elle a commencé à se dire que le résultat le plus net de sa liaison avec Marcelin était d'avoir réactivé le lien entre sa femme et lui !

– Au fond, a-t-elle constaté, prise de colère, sa passion, ce n'est pas avec moi qu'il la vit, mais avec elle ! Dans l'énervement, peut-être, les disputes, la détestation, en tout cas ce qui se passe entre eux l'obsède et le requiert complètement... Les derniers temps, il ne me parlait plus que d'Annie, de ce qu'elle faisait, disait, soupçonnait...

C'est de les avoir vus à la foire-exposition, raidis l'un près de l'autre, qui lui a donné ce sentiment. Sur le coup, elle s'est contentée d'enregistrer ce qu'elle voyait, puis la vision de ce jumelage a travaillé en elle, jusqu'à la torturer.

N'a-t-elle donc servi qu'à révéler à cet homme à quel point il « tient » à sa femme ? Par tous les liens du passé, du présent, du vécu quotidien. De toute sa peau, en somme, même s'il ne la désire plus ? Du moins au sens sexuel du mot. Mais qu'est-ce que le sexuel sinon, justement, cette cohabitation animale ? Celle qu'elle-même a désormais avec le chien, lequel, comme tous les animaux abandonnés, ne la lâche plus. Ainsi, en ce moment même, sous la table, Monsieur le Chien profite de ce qu'on ne le voit pas pour se coller contre sa jambe afin de s'assurer qu'elle ne pourra ni bouger ni partir sans qu'il en soit le premier averti.

N'est-ce pas cela, un vrai couple ? A la vie, à la mort, et peu importe qu'on s'engueule, déclare à cor et à cri qu'on n'en peut plus l'un de l'autre, se prenne des amants ou des maîtresses au fond inutiles, pour faire semblant d'être libres ?

N'était-ce pas ainsi, entre elle et Philippe, et n'avait-il pas fallu rien moins que la mort pour parvenir à les séparer ? Et encore, était-ce fait ? Cela ne l'avait pas empêché de la tromper, bien entendu !

C'est alors que l'envie lui est venue de vérifier ce que Philippe, juste avant sa maladie, pouvait bien dire à Sylvie. Soulevée comme elle était par la rage, le besoin de savoir, de se renseigner à bonne source, la démarche lui avait paru naturelle.

Et c'est maintenant, face à cette fille qui la dévisage avec affolement, que l'incongru de son enquête lui apparaît.

Suzanne se met à rire pour tenter de dissiper la gêne.

— Pardon, j'aurais dû vous expliquer.

Elle prend sa respiration, puis plonge :

— Voilà, je suis malheureuse...

— Il vous aimait, vous savez, murmure Sylvie. Probablement plus que moi.

— Ce n'est pas à cause de Philippe que je souffre !

Cette fois, c'est la non-compréhension totale.

Suzanne sourit à nouveau avant de confier :
— C'est à cause d'un autre homme !

Elle soulève la théière.
— Vous voulez encore du thé ?
— Non, fait Sylvie de la tête, les yeux rivés sur Suzanne.
— Il est marié. Et... Enfin, c'est difficile à expliquer, mais depuis que nous nous aimons, j'ai le sentiment qu'il s'est rapproché de sa femme. La preuve en est que nous ne nous voyons plus... Alors, je voulais savoir... Vous qui avez vécu avec Philippe une situation identique, avez-vous eu la même impression ? Je veux dire : y a-t-il eu une période où vous pensiez qu'il allait me quitter pour vivre avec vous ? Vous l'a-t-il promis ? Pour finalement revenir à moi...
— C'est qu'il est tombé malade, articule Sylvie dans un souffle.
— C'est vrai, reconnaît Suzanne, mais s'il n'était pas tombé malade, est-ce que vous croyez...? Enfin, y a-t-il une chance qu'un homme quitte sa femme pour une autre ?

Là, c'est Sylvie qui se met à rire. Elle pouffe au point que les larmes lui montent aux yeux et qu'elle doit les essuyer avec sa serviette en papier.
— Pardonnez-moi, Suzanne, mais vous avez l'air... d'une toute petite fille ! On dirait que vous n'avez jamais rien vécu...

Suzanne baisse les yeux, devient grave.
— Vous avez raison, Sylvie. Je n'avais jamais

vécu ça, en tout cas. Une passion qui démarre en flèche pour brusquement s'affaisser, disparaître dans les sables, comme si rien n'avait eu lieu. Comme s'il s'agissait d'une hallucination ! Je n'arrive pas à y croire... Mais peut-être est-ce à cet amour que je n'aurais pas dû croire, peut-être tout ce que m'a dit ou écrit cet homme est-il du domaine de la fantasmagorie ?

– Les hommes..., murmure Sylvie.
– Quoi ?
– Ils ne sont pas comme nous. Ils rêvent aussi, mais jamais pour de bon...
– Vous avez rêvé à propos de Philippe ?
– Bien sûr ! Puisque vous me le demandez, je me voyais mariée avec lui, vivant à la campagne, avec des enfants... un chien, ajoute-t-elle en passant la main sous la table pour caresser la tête poilue de Monsieur le Chien. Philippe me laissait dire, il avait même l'air heureux quand je lui décrivais notre futur jusque dans ses détails. Il partirait le matin, rentrerait le soir, j'aurais préparé le dîner, on passerait la veillée devant la cheminée, sans télévision, les enfants iraient à l'école à proximité... Ou alors il changerait de métier – il voulait écrire...
– Je sais.
– ... ce qui fait qu'il serait resté travailler à la maison.
– Vaut-il mieux attendre un homme ou l'avoir sous la main toute la journée ?

Elles se sont mises à construire ensemble cette vie de couple rêvée qu'elles n'ont pas eue, que les femmes n'ont jamais parce que les hommes n'envisagent pas le quotidien comme elles. Pour eux, la sécurité du foyer leur fournit seulement l'élan nécessaire pour aller voir, travailler, faire l'amour ailleurs... Le foyer, le nid ne leur suffit pas. Ou alors, c'est qu'ils y sont retenus de force par le malheur, la maladie, la compassion... Jamais de bon gré.

« Imagine-toi que je viens de découvrir, depuis que je t'aime, que je ne suis pas libre ! lui a dit Marcelin. Je ne m'en rendais pas compte avant de te connaître ! » Il le lui avait déclaré en riant, comme s'il lui faisait un compliment, sous-entendant qu'il comptait y mettre bon ordre, se l'attribuer enfin, cette liberté sans laquelle un homme n'est pas un homme. Or, c'était le contraire qui s'était passé : face à Annie, il avait mis les pouces !

Toutefois, Suzanne ne parvient pas à envisager qu'il vive cette contention de bon cœur. Simplement, il ne peut faire sauter son ménage. Non par égard pour sa femme, mais parce que ce serait se désintégrer lui-même.

« Finalement, se dit Suzanne, j'ai eu raison de vouloir parler avec Sylvie... Cela me permet de mieux comprendre ce qui se passe chez Marcelin. Et aussi chez moi ! »

— Vous savez, continue Sylvie qui cherche à redonner de la cohérence à son propre univers, Philippe ne vous aurait jamais quittée le premier. Je le savais. Mais j'aimais bien imaginer le contraire...

— Il m'arrive parfois de penser..., balbutie Suzanne. Mais vous allez me trouver amorale !

– Allez-y !
– Qu'un homme a besoin de deux femmes, et que si les femmes l'acceptaient, tout le monde y trouverait son compte. Et l'équilibre.
– Vous devez avoir raison... en théorie ! Seulement, c'est faire abstraction de la jalousie. Chacune veut être la plus aimée.
– Chacune l'est, dit Suzanne. A sa manière.
– Alors, cela dépend de l'habileté de l'homme à le faire admettre par les deux.
– De sa capacité de mensonge, mettons d'invention... Les femmes ont besoin de mots ! Si on me dit que l'on m'aime, je le crois aussitôt – même si ce n'est pas suivi d'effet ! C'est sans doute pour cela que les séducteurs ont la partie si facile. Toute femme à qui un homme déclare qu'elle est la femme de sa vie, la première, la meilleure, en est aussitôt convaincue !

Elle songe aux messages laissés par Marcelin sur son répondeur : « Tu es la seule femme qui m'ait donné autant de plaisir... » Elle l'a cru. Le pire, c'est qu'elle le croit toujours !

– Encore un gâteau ?
– Pourquoi pas ? fait Sylvie dans une fougue qui ressemble à du défi.

C'est avec de la crème meringuée jusqu'au milieu des joues que les deux femmes achèvent cette confrontation dont il ressort une chose : les femmes ne se sentent exister qu'à travers l'amour des hommes. Qu'importe l'illusion si elle est donnée avec art !

« Il m'aime, se répète Suzanne sur la route du retour. Et il souffre ! »

Si Marcelin souffre, tout va bien ! Ou plutôt : cela redevient vivable... Ce qui fait qu'elle va s'arranger pour y croire.

Monsieur le Chien, qui a accédé au privilège de se coucher sur la banquette, la tête sur les genoux de la conductrice, ronronne de bonheur, à l'instar de ces chats qu'il hait tant, par jalousie, là encore.

C'est qu'il n'est pas comme les humains, lui, les mots ne lui suffisent pas, il lui faut la présence de l'être aimé, constante, fidèle, éternelle. Un amour de bête, quoi.

32

Napoléon, doué pour les formules, aurait lancé à ses soldats au cours de la campagne d'Égypte : « Du haut de ces pyramides, quarante siècles vous contemplent. » Assise à la terrasse d'un des cafés du port, face aux tours de La Rochelle, Suzanne se dit à peu près la même chose : elle ne considère pas le tableau de l'extérieur, elle en fait partie ! Petite tache humaine mouchetant de rose et noir la patine dorée des vieilles pierres.

Et, son verre de jus d'orange à la main, elle demeure immobile, souhaitant que le monde autour d'elle en fasse autant. « Arrêt sur image », dit-on dans le cinéma quand on stoppe le déroulement de la pellicule pour mieux fixer un point particulier du temps.

Ou quand le cœur s'arrête.

Et le sien s'arrêta – avant de se remettre à battre à coups précipités. Que fait-il là ? Elle ne lui a pourtant pas donné rendez-vous, et Marcelin ne pouvait pas savoir qu'elle viendrait aujourd'hui à La Rochelle faire réparer sa voiture – d'où sa flânerie forcée dans la ville.

La surprise achève de la figer, mais aussi l'appréhension : il doit être avec Annie! Ou alors une autre femme... A cette idée, son émotion est si violente qu'elle souhaite qu'il aille retrouver sa compagnie, quelle qu'elle soit, sans la voir.

Mais Marcelin l'aperçoit. Il avançait à pas vifs le long du quai et c'est sans changer de rythme qu'il s'aventure sur la chaussée, entre les voitures, pour marcher droit sur elle.

– Bonjour, dit-il d'un ton calme, que fais-tu là?

– Je suis venue faire réparer ma voiture. Et toi?

– Acheter de la corde qu'on ne trouve qu'ici. Je peux m'asseoir?

– Bien sûr.

Il la regarde.

– Tu es belle.

– M'as-tu oubliée à ce point?

– Je pense à toi tous les jours. (Il rit.) Tout le temps, même.

– Je ne m'en aperçois guère.

Il hausse les épaules.

– Je sais.

– S'il t'est impossible de me voir, tu pourrais au moins me téléphoner.

– Je l'ai fait.

– Ah?

– Je compose ton numéro, puis je raccroche.

C'était donc lui.

– Mais pourquoi?

– Parce que je n'ai rien à te dire.

— Ce n'est pas gentil.

— Ne crois pas que je sois fier de moi, je ne le suis pas du tout. Mais je ne peux rien faire.

— Tu as pu, pourtant. Qu'y a-t-il de nouveau ?

— C'est elle qui...

— S'il te plaît, ne me parle pas d'elle ! Tu veux boire quelque chose ?

— Non.

— Alors, partons, j'ai envie de marcher.

En fait, elle a besoin de le toucher.

Ils font quelques pas sur le port, puis Suzanne avise l'entrée du petit musée qu'elle a remarqué tout à l'heure : un musée Grévin.

— Entrons, lui dit-elle.

Marcelin se met à rire :

— Je n'y suis pas retourné depuis que j'étais enfant !

Le hall d'entrée est obscur, plus encore les petits couloirs entre les niches où des figures de cire personnifient quelques grands moments de l'histoire de La Rochelle.

C'est face aux esclaves noirs tirant des faix trop lourds et fouettés par leurs gardes-chiourmes que Suzanne lui dit : « Prends-moi dans tes bras. »

Au contact de ce corps qu'elle désire si constamment, Suzanne soupire, perd le souffle, comme après le plaisir où il lui arrive de rester sans respirer, coupée du monde. Marcelin non plus ne dit rien, perdu en lui-même, sans desserrer son étreinte.

Nul ne vient les déranger, aucun visiteur,

aucun gardien. Quand Suzanne rouvre les yeux, elle n'aperçoit que les figures de cire les fixant de leurs yeux de verre.

— Nous sommes comme eux...
— Que veux-tu dire ?
— Figés à jamais dans les bras l'un de l'autre.
— Je suis tellement heureux avec toi, dit Marcelin.
— Alors pourquoi ne viens-tu plus me voir ?
— C'est impossible... Tu comprends, Annie...

A nouveau Suzanne l'interrompt : parler de cette femme, c'est la faire surgir entre eux deux.

— Suis-moi, dit-elle en le prenant par la main pour le conduire devant une niche où deux amants séparés se morfondent. Tu vois, cette personne-là, c'est Annie. Laissons-la sur sa chaise, elle y est tranquille. Partons.

Sur le quai, la lumière leur saute à la figure et les oblige à fermer les yeux.

— Je t'en prie, gémit Suzanne en appuyant sa tête contre l'épaule de Marcelin.
— Quoi ? fait-il en embrassant doucement ses cheveux.
— Il doit bien y avoir un hôtel dans le coin.

Sans mot dire, Marcelin l'entraîne dans l'une des petites rues toutes proches, comme s'il savait pertinemment où aller.

Il a déjà dû vivre cette scène-là, et c'est tant mieux ! Le concierge ne fait aucune histoire pour leur louer une chambre sur-le-champ. En montant l'escalier, Suzanne se dit que le temps s'est arrêté pour les autres, tous devenus des figures de cire, comme dans le petit musée du port. Ou à Pompéi. Seuls, elle et Marcelin sont rescapés, vivants.

Échappés au monde, à ses massacres, à ses contraintes.

Épouvantablement heureux.

33

« *You are the proud mother of a son having a job! Congratulations. Vincent.* »

Suzanne relit à voix haute le télégramme qu'elle tient en main : « Tu es maintenant la fière maman d'un fils qui a décroché un job ! Félicitations. Vincent. »

– Quel bonheur ! commente-t-elle.

– Et quel talent, ajoute Mercier. Il a vraiment de l'humour, votre fils.

– Son père en avait !

– Suis-je en train d'attaquer Philippe ?

– Non, Maurice. D'ailleurs, vous avez raison, Vincent a plus d'humour et même de causticité que son père. Peut-être parce qu'il est plus renfermé. Alors, quand ça sort, ça fuse...

– Et c'est quoi, le job en question ?

– Le télégramme ne le dit pas : il en avait plusieurs en vue. Pour certains, le contrat impliquait de rester deux ans sur place. Chez nous, c'est la course aux loisirs, mais les Japonais, d'après Vincent, prennent peu de vacances.

– Nous sommes une vieille civilisation qui sait pratiquer l'art de vivre.

– Le Japon aussi est une vieille civilisation...

– Mais qui ne pratique qu'une forme d'art : celle de la guerre !

– Laquelle a pris la forme économique. Ils vont nous affamer sans qu'on réagisse...

– Vous ne les aimez pas trop, me semble-t-il. Est-ce parce qu'ils vous ont pris votre fils ?

– J'espère que Vincent reviendra. Définitivement.

– Et lui, quel est son vœu ?

– Je crois qu'il a d'abord besoin d'oublier la mort de son père.

– Ce qui rajoute à l'horreur de cette maladie, c'est que son origine est sexuelle, quelle que soit la façon dont on l'attrape...

– Ce qui pèse sur Vincent comme sur moi. En cela aussi, nous sommes une vieille civilisation. Le sexe pour nous reste lié au péché... Vous le savez mieux que personne, vous êtes médecin !

– Et pas très fier de l'être... La prolifération des maladies nouvelles contre lesquelles nous ne pouvons rien nous a rabattu le caquet.

– Pourtant, les médecins n'ont jamais autant guéri qu'aujourd'hui. La vie humaine ne cesse de se prolonger !

– Dès qu'on croit tenir la maladie, elle mute...

– Ce serait bien ennuyeux, un monde où l'on comprendrait tout, laisse tomber Suzanne en se rasseyant sur son transat, près de Mercier.

Le télégramme de Vincent déplié sur ses genoux, elle boit une gorgée de son Malibu orange.

C'est Mercier, adepte des cocktails, qui l'a préparé dans le shaker qu'il garde à portée de la main.

– Qu'est-ce qui ne va pas, Suzanne ?
– Moi ? Rien.

Tous deux éclatent de rire, car Mercier et elle ont enchaîné en même temps et sur le même ton : « Je savais que vous diriez ça... »

– Maintenant, je veux la vérité !
– Il faudrait que je la connaisse...
– Cherchons-la ensemble. Je vous ressers ?
– Oui, c'est délicieux... Que mettez-vous là-dedans ?
– De l'amitié. Et votre cocktail à vous, il est à base de quoi ?
– Solitude. Paix. Tranquillité. Et à nouveau solitude. Un peu de travail aussi. Et puis de l'attente. Et encore un zeste de solitude pour couronner le tout... Mais, aujourd'hui, vous êtes là !
– J'ai craint de m'imposer. Vous aviez l'air si drôle, quand vous m'avez ouvert la porte...
– C'est que je n'attendais personne !

En fait, au coup de sonnette, elle a cru que c'était Marcelin et s'est précipitée pour lui ouvrir dans un tel élan... Mais ce n'était que Maurice.

– Quelqu'un qui débarque à l'improviste, c'est désagréable, je sais. Pourquoi aussi ne pas avoir laissé de numéro de téléphone ?
– Je voulais...

— ... être seule.

Il a terminé sa phrase avant elle, mais, cette fois, ils ne rient plus. Se taisent, au contraire.

— Il faut savoir en sortir, murmure Mercier.

— De la solitude ?

— De la province.

— Qu'est-ce que vous avez contre la province ?

— Je la trouve charmante. La preuve : vous y êtes et j'y suis ! Seulement, je ne suis pas sûr que cela vous réussisse, à la longue... Vous auriez besoin...

— C'est une ordonnance ?

— Suzanne, pourquoi prenez-vous mal tout ce que je dis ? Je pensais vous trouver détendue, presque sereine, en partie consolée – et vous voilà à bout de nerfs ! Si je ne craignais pas de me faire encore attraper, je vous demanderais si vous dormez assez...

C'est vrai qu'elle n'a pas beaucoup dormi, ces dernières nuits. Éveillée au moindre bruit : et si c'était Marcelin ? Comme si son amant était capable de se glisser hors du lit conjugal pour accourir jusqu'à elle. Il lui a avoué pourtant qu'il lui arrivait de se lever, la nuit, pour aller assister une vache qui vêle, surveiller ci ou ça, par temps de pluie ou d'orage... Alors, un coup de voiture et dix minutes après, il cognerait à sa porte, sans sonner, pour ne pas alerter les voisins. Ils auraient une demi-heure ensemble, à l'insu de tous, puisque c'est cela sa crainte : qu'on sache, que sa femme apprenne qu'il vient la voir en cachette... Ce serait si simple.

Qu'est-ce qui l'en empêche ? De quoi a-t-il peur ? Est-ce ainsi un homme : quelqu'un qui a tout le temps peur ! De lui-même, d'abord – « Je crains de t'aimer trop », lui a-t-il dit –, et aussi peur des femmes – car il a peur d'Annie, et même peur d'elle, Suzanne...

Elle lui en veut de ce qui lui semble un manque de courage, et comme elle ne peut pas le lui dire, c'est Mercier qui prend, puisqu'elle l'a sous la main, celui-là... Pourtant, c'est amical de sa part d'avoir pris sa voiture et parcouru tous ces kilomètres juste pour venir lui rendre visite. Elle n'a aucune raison de lui en vouloir, il n'avait pas pénétré dans la maison qu'il lui déclarait :

– Si je vous dérange, Suzanne, dites-le-moi, je comprendrai et repartirai tout de suite. Je voulais seulement voir votre mine. Maintenant, c'est fait.

– Entrez, lui a répondu Suzanne. J'ai une chambre pour vous, et aussi un cabinet de toilette. En fait, tout un étage.

Elle ne pouvait le renvoyer sur-le-champ, ne fût-ce que par égards pour la mémoire de Philippe. Toutefois, elle s'énervait : et si justement Marcelin venait la voir ? La nuit encore, Mercier penserait ce qu'il voudrait. Le jour, c'était plus difficile. On ne va pas s'enfermer dans une chambre avec son amant, tandis qu'un autre homme va et vient dans le jardin...

Il n'y a pas à dire, elle devient maboule !

– Voulez-vous que nous allions dîner dehors ?

– J'allais vous le proposer, dit Mercier. C'est

vous qui choisissez l'endroit, et moi je vous invite...

— Au bord de la mer, cela vous va ?

— Parfait.

Loin de la maison et du téléphone, elle ne sera plus aux aguets. C'est drôle, Suzanne croyait qu'il n'y avait que la jalousie pour vous dévorer vivant, mais l'amour aussi est une bête rongeuse.

La BMW file sans bruit le long des petites routes départementales.

— Là-bas, ce sont les marais, Brouage...

— Ce que je trouve le plus beau..., commence Mercier qui n'achève pas.

— C'est quoi ?

— Les noms, les mots...

— Intellectuel, va !

— Nous vivons dans le symbolique...

— Ça veut dire quoi ?

— Rien ne demeure que l'idée qu'on se fait des choses... Le reste s'envole, vous quitte.

« C'est vrai, songe Suzanne. L'idée que je me fais de moi, c'est que je suis une femme abandonnée. Par Philippe, d'abord. Et maintenant par Marcelin. »

— Alors, quels mots garderez-vous de votre séjour ici ?

— Suzanne.

— Quoi, Suzanne ?

— J'aime ce prénom. Il s'accorde à la lumière, au rythme doux du paysage... Cette virée à l'Ouest, pour moi, s'appellera Suzanne.

Maurice a raison : la vérité, ce sont les mots. L'autre jour, dans la chambre de l'hôtel de La

Rochelle, Marcelin lui a répété : « Quelles que soient les apparences, rappelle-toi toujours que je t'aime. »

En descendant de voiture, Suzanne pose fermement son bras sur celui de Mercier. Elle est une femme aimée.

34

« Eh bien, va-t'en! Qu'espères-tu encore, imbécile ? Rentre chez toi ! » C'est au réveil, avant d'avoir bougé, que Suzanne se morigène, fâchée contre elle-même.

Il lui est même arrivé, avec son rouge à lèvres, d'écrire *Suzanne go home* sur la glace au-dessus du lavabo, pour l'effacer peu après en faisant sa toilette. Ne plus voir Marcelin – ou si rarement – lui donne le cœur gros : elle se sent refusée par les gens et, du coup, par le pays. Même son jardin, lui semble-t-il, la regarde de travers.

Et elle a beau se dire que personne n'est au courant, ni de leur liaison, ni du fait qu'elle est en panne, elle croit lire sur les visages une réprobation générale. Marcelin l'avait prévenue : « Ici, en province, on ne te pardonnera pas un écart... »

« On n'est pourtant plus au Moyen Âge ! », grommelle-t-elle en fourrant dans son sac suffisamment de kleenex pour ramasser les débordements de Monsieur le Chien s'il lui arrivait de « s'exprimer » dans les rues piétonnières dépourvues de caniveaux.

Une liaison avec un homme marié ne mérite ni la corde ni le bûcher! Ni même l'ostracisme.

Elle en a parlé à mots couverts avec Rosa, laquelle lui a déclaré que la « faute » n'est pas l'aventure en soi, mais l'atteinte à l'intégrité de la communauté. Sus à ces femmes de Paris qui viennent nous prendre nos époux en leur collant on ne sait quelles maladies! (Heureusement qu'elle a eu la prudence de ne pas parler du sida, elle n'aurait plus eu qu'à plier bagage.)

– Mais c'est du racisme! s'est exclamée Suzanne.

– Si vous y tenez, a dit Rosa. C'est surtout de la peur.

– La peur est le germe du racisme... Mais la peur de quoi?

– Mettons de la liberté...

– Sur le plan sexuel, on me paraît aussi parfaitement libéré qu'ailleurs!

– Si vous entendez par là que les gens couchent ensemble à tort et à travers, oui... Seulement, ils le font entre eux!

– Je ne vois pas la différence...

– Trompée avec sa voisine, une femme sait ce qu'il se passe entre son mari et l'autre, comment ils font ou ne font pas l'amour, jusqu'où ça ira, quels moyens elle a de tirer sur le licou quand elle voudra le récupérer! Avec l' « étrangère » ou celle qui en tient lieu, c'est l'inconnu... Elle ne parvient pas à imaginer leurs ébats. Ou plutôt, elle les fantasme : qu'est-ce que son mari est en train de découvrir qu'elle n'a pas su lui accorder, et jusqu'où cela ira-t-il ? Elle ne se bat plus à armes égales !

– C'est ridicule ! Depuis le commencement des temps, un homme et une femme qui couchent ensemble font à peu près la même chose...

– Je suis bien de votre avis, conclut Rosa en savourant le pur arabica que Suzanne leur a préparé et servi dans le jardin. L'amour n'est jamais que la rencontre de deux épidermes...

Et puis Suzanne se dit que ce n'est pas vrai, que c'est même pour cela que son aventure avec Marcelin les bouleverse tant l'un et l'autre. Un spécialiste des tribus primitives l'a d'ailleurs exposé : dans les communautés repliées sur elles-mêmes, les unions – qu'elles soient maritales ou extra-conjugales – ont forcément un goût d'inceste. D'où la nécessité d'instituer des interdits afin qu'on n'épouse pas qui on veut – sa propre chair –, mais celui ou celle qui vous est désigné comme « l'autre », toute transgression étant sévèrement réprimée.

On n'en est plus là, bien sûr ; toutefois, un parfum d'inceste flotte encore dans les familles. L'inceste, c'est le premier réflexe, une façon de rester entre soi, bien en sécurité... C'est pourquoi il faut la loi pour l'interdire avec tant de rigueur, lutter contre un mouvement naturel...

Sa liaison avec Marcelin risque souterrainement de déstabiliser le groupe – ce que son amant, qui est d'ici, a tout de suite compris.

Suzanne, pas. Elle n'a vu que la force de leur désir sans se dire que, s'il a éclaté entre eux avec autant de violence, c'est justement parce qu'il va à l'encontre des habitudes, des vieux réflexes.

Si Annie la hait tant, c'est qu'elle représente un danger que cette femme ne peut maîtriser. Marcelin lui a confié qu'elle et lui se connaissaient depuis l'enfance; il a même ajouté : « Nous étions comme frère et sœur ! » (L'inceste, là aussi ?) Un siècle plus tôt, l'épouse trompée aurait ameuté le voisinage, on serait venu lui lancer des pierres...

Aujourd'hui, rien ne se passe. C'est contre ce *rien* que lutte Suzanne. Si encore Marcelin lui avait explicitement déclaré qu'il ne voulait plus d'elle, laissé entendre qu'il ne l'aimait plus ! Elle aurait pu commencer à en faire son deuil, comme elle continue de faire celui de Philippe.

Mais, chaque fois qu'il vient la voir, toujours sans l'avoir prévenue – et parfois ils se ratent –, Marcelin semble plus amoureux, et même ravagé par la passion.

La passion est une maladie terriblement contagieuse. Et puis, Suzanne n'est pas femme à renoncer : en quoi cela peut-il nuire à qui que ce soit qu'elle entretienne avec Marcelin une liaison clandestine ?

L'autre jour – elle ne sait plus quand –, elle n'a pu se retenir de lui dire : « Cela te fait du bien de faire l'amour avec moi. Il y a en toi une force sexuelle inemployée... »

Pour se reprocher aussitôt sa réflexion.

Marcelin n'a pas protesté, il s'est contenté de la serrer plus fort contre lui avant de se remettre debout d'un seul coup de reins, pour se rhabiller et s'en aller illico.

Avec une précipitation qui chaque fois la blesse, même si Suzanne admet qu'il ne peut faire autrement s'il tient à ce qu'on ne remarque pas son absence...

C'est en bavardant avec Rosa que tout s'éclaire : ce qui est en jeu, pour cet homme, c'est plus que son mariage, son appartenance à sa société. Il est né là, y a toujours vécu. Il dépend de ce coin de terre comme de ses habitants. C'est chez eux qu'il puise son énergie, même s'il se croit indépendant. Il ne pourrait s'en passer.

Marcelin n'analyse pas ce qu'il vit, mais le met en actes, et ce qu'il cherche à faire en ce moment, c'est à combiner ses deux amours : son appartenance à sa communauté et son aventure avec la « Parisienne »... Y parviendra-t-il ?

— Tout de même, nous sommes à la fin du XXe siècle, les mœurs ont évolué !

— C'est vrai et tout le monde s'est parfaitement moqué que j'entretienne une liaison à Paris...

— On l'a su ?

— On s'en est douté. Toutefois, on n'a jamais vu Sylvain ici, il ne supportait pas la province. Je me suis « envoyée en l'air », mais je n'ai pas trahi. En revanche, quand ces gens de Paris ont pris leur retraite dans la grande maison sur la colline, là, et que lui s'est mis en tête de détourner la femme du restaurateur, ça a été le drame. Tout le monde s'en est mêlé et il a dû renoncer... Elle aussi, la pauvre. Elle y tenait, à son Parisien, et elle a été très malheureuse. Elle s'est consolée avec un des jeunes serveurs, on l'a su, et chacun a fermé les yeux, le mari le premier : ce petit-là était du coin.

— Rosa, vous me faites marcher!

— Je vous jure que non! Tenez, vous qui n'êtes pas d'ici, essayez donc d'avoir une véritable affaire – pas une simple coucherie – avec le bijoutier ou bien l'antiquaire... Vous verrez!

— Je préfère le notaire, il est charmant, le notaire!

— Les notaires, c'est comme les médecins, ils ont un droit de cuissage sur leurs clientes... On sait que ça n'ira pas plus loin.

— Mais l'amour, la passion, ça n'existe pas, chez vous?

— Si... La passion furieuse de conserver les choses telles qu'on les a toujours connues. Elle peut aller jusqu'au crime! Vous parlez de notaire : les affaires d'héritage, ici, sont pires qu'ailleurs.

Suzanne rêve, les yeux sur la cime des arbres. C'est vrai que les grandes inventions, les changements profonds, les créations, qu'elles soient industrielles ou artistiques, viennent des grandes villes. Pour le meilleur et pour le pire... Ici, on s'occupe seulement de continuer, de garder les recettes, celles des plats traditionnels mais aussi du bonheur...

Mais elle, pourquoi n'y est-elle pas admise, à

peine a-t-elle eu le droit d'y goûter à ce bonheur ?

Ce qu'elle a le plus aimé avec Marcelin – en dehors du lit –, ce sont les brèves promenades qu'ils ont pu faire ensemble en voiture, lorsqu'il lui expliquait les particularités de sa région, et quand il l'a emmenée sur ses terres où il l'a prise comme si elle faisait partie de son domaine.

Si ça pouvait être vrai !

35

Il est courant d'entendre dire qu'une femme s'adapte beaucoup plus facilement à la solitude qu'un homme. Ce dernier n'a de cesse de retrouver de quoi remplacer sa moitié perdue, ce qu'il faut bien appeler une serve, alors qu'une femme parvient presque toujours à reconstituer sans aide les fils défaits de son existence. Tout ce qui relève des soins domestiques lui est familier et – quand la nécessité l'y pousse – elle assimile assez vite le reste : gros travaux, bricolage, entretien automobile, mise à jour tatillonne des paperasses qui affligent désormais toute existence, fût-ce la plus réduite.

Suzanne, en tant qu'ancienne commerçante, ne répugnait pas à se pencher sur ce qui déconcerte ou accable la plupart : déclarations fiscales, formulaires d'assurances et de sécurité sociale, relevés bancaires. Elle y passait même des heures calmes au cours desquelles, confectionnant des dossiers étiquetés, elle avait le sentiment d'apprendre à mieux s'orienter dans cette société, d'y consolider sa position.

L'administration, quoi qu'on dise, est bonne fille quand on veut bien lui faciliter la tâche en remplissant ses petites cases. Suzanne s'étonnait que certains adultes, empressés le week-end à répondre aux tests et jeux divers que leur concoctent leurs magazines, se montrent si récalcitrants face à ceux de l'administration, pourtant similaires.

– Tu aurais fait une parfaite archiviste, lui disait Philippe, ou alors un excellent directeur de cabinet ministériel...

– Pourquoi pas un ministre?

– Les ministres ne lisent rien, on leur établit des rapports, on leur en fait des résumés qu'on finit par leur réciter dans les voitures qui les conduisent à coups de sirène d'une réunion à l'autre...

– Ils ne sont plus en contact avec la réalité!

– Bien sûr que non!

– Mais comment peuvent-ils gouverner?

– Justement! La réalité est trop complexe, trop perturbante aussi... Pour trancher dans le vif, il faut être loin, très loin du vif. On ne gouverne bien que dans l'abstrait!

Philippe voyait d'emblée le fond d'un problème et c'était un bonheur de l'écouter disserter. L'esprit masculin a cette vertu de quitter l'univers de la nécessité pour en bâtir un autre, charpenté par la logique et la raison, dans un débordement d'imagination prospective dont les femmes sont en général peu capables.

La science-fiction est inexistante chez elles. Quant à l'amour, si les femmes ne vivent que pour lui, savent-elles autre chose qu'en tenir la chronique ? Les explorateurs des grands sentiments, les poètes de l'amour fou sont presque toujours des hommes...

C'est pour cela que l'union de ces deux formes d'approche complémentaires – la masculine et la féminine – peut se révéler si fructueuse. Tout autant que subtile : on ne discerne pas facilement, dans un couple, lequel « nourrit » l'autre et sur quel plan !

Ces méditations – favorisées par la solitude – revenaient à temps réguliers à l'esprit de Suzanne, tandis qu'elle élaguait les rosiers, tondait le gazon, frottait le carrelage à nouveau noirci, dépoussiérait les cadres, pliée en deux, à genoux ou juchée sur une échelle – Monsieur le Chien ne la quittant pas d'un œil déférent.

– Toi, tu m'admires, lui disait-elle. Pourquoi pas lui ?

Elle se souvenait d'une amie, hélas disparue, qui lui avait confié : « J'ai pris soin d'apprendre à me débrouiller seule dans des domaines comme la mécanique, où les femmes ont l'habitude de dire aux hommes : " Je n'y connais rien, fais-le à ma place ! " Je croyais ainsi me faire admirer, et si possible, aimer encore plus... Penses-tu ! L'homme de ma vie me répondait régulièrement : " Puisque tu sais t'y prendre, occupe-t'en ! " Et il partait vaquer à ses plaisirs... »

« Moi aussi, j'ai trop montré à Marcelin que je suis une femme indépendante, pense Suzanne, capable de vivre seule. Sans doute pour me démarquer d'Annie en soulignant que moi, je ne pèserais jamais sur lui, qu'en somme j'étais admirable! M'admire-t-il? Peut-être, je n'en sais rien, et je m'en fiche comme d'une guigne! Ce que je vois de plus net, c'est qu'il ne s'inquiète nullement de mon sort. Marcelin pense que je me débrouillerai! Le pire, c'est que j'y parviens... »

Mais dans quelles affres! Arrivée à ce point d'une rêverie que rien – aucun coup de téléphone, aucune visite – ne vient interrompre, Suzanne s'assoit sur une marche de l'escalier, son chiffon à poussière à la main, et se met à pleurer doucement, sans fin, sur elle-même. Sur l'amour. Sur la vie. Qui promet tout, pour finalement donner si peu.

N'avait-elle pas cru, au commencement de cette aventure, qu'elle allait vers un amour sans réserve? Du coup, elle n'avait pas lésiné, mettant en jeu le meilleur d'elle-même. S'efforçant même d'utiliser son expérience du pire – celle de la mort de Philippe – à une plus grande appréciation du bonheur. Qu'au moins sa douleur servît ne fût-ce qu'à la rendre plus disponible au présent, à autrui.

Et voilà qu'elle s'est précipitée tête baissée dans une impasse.

C'est injuste.

Dans sa révolte – contre quoi, ou qui? –, elle en veut même à la maison : n'a-t-elle pas imaginé, en entrant dans cette austère demeure, qu'elle, Suzanne, aurait le talent d'en faire un lieu de vie? Avec timidité, au début, puis de plus en plus d'entrain, elle avait bêché, frotté, pioché, nettoyé pour que la lumière et le soleil pénètrent dans la vieille bâtisse et la transforment. Sans se rendre compte que c'était son propre être qu'elle tentait de réaménager pour en faire un lieu digne d'un nouvel amour.

En vain. Elle s'était laissée abuser comme n'importe quelle jeune fille à son premier béguin. Cédant tout de suite au désir de l'homme, croyant à ses promesses qui n'étaient, en fait, que des formules de politesse. C'est elle qui les avait chargées d'avenir, elle seule qui s'était engagée... Lui... il s'était conduit comme n'importe quel mâle, cherchant, comme le dit si joliment Boris Vian, à *mettre son zob dans des coinstots bizarres* — pour s'en retirer aussitôt après.

Insensible au fait de laisser derrière lui une femme, âme et ventre ouverts, qui pleure bêtement, en se gelant les fesses sur la marche de pierre de son escalier.

Mais que peut-elle faire d'autre ?

« Que dois-je faire ? Que faut-il faire ? » gémit Suzanne en prenant à deux mains la grosse tête velue de Monsieur le Chien, venu voir de plus près ce qui la rend si malheureuse. « Qu'as-tu fait, toi, le chien, quand on t'a abandonné dans la rue ? Tu as trotté, trotté, en évitant les mauvais coups et les rafles — et puis tu es venu gémir à ma porte... Et je te l'ai ouverte. Mais pourquoi la mienne ? Parce que tu as du flair ? Alors moi, je dois en manquer, car je me suis trompée de porte... »

36

C'est comme un grand flux surgi du passé qui entraîne Suzanne au bal du 14 Juillet.
– De toute façon, lui a dit Rosa, vous ne pourrez pas dormir. Entre le feu d'artifice et les pétards, c'est un raffut du diable. Alors, autant en profiter...
– Pour quoi faire?
– S'immerger... Cela fait l'effet d'un bain de boue, on se sent frotté de partout, on en ressort rajeuni!
– Vous en parlez comme des bacchanales!
– Pour certains, ça l'est...
– Je n'ai pas le cœur à rire, Rosa.
– Moi non plus, Suzanne... Mais on peut faire comme si!
Avec ses deux heures de décalage sur l'heure officielle, le soleil met longtemps à disparaître à l'horizon et la lumière est encore vive lorsque les deux femmes, après une brève collation, se rendent à la salle polyvalente – quel vocable! – d'où sortent les premiers flonflons.
Suzanne a enfilé un fourreau en stretch

blanc qu'une ceinture de cuir rouge achève de lui plaquer au corps, mais Rosa a préféré une jupe à volants.

— Même les hommes qui portent encore la robe, chez les ecclésiastiques, les magistrats ou les musulmans, n'en mettent pas! Vous imaginez le pape dans une jupe froufroutante? Non, le volant, c'est la femme et rien qu'elle...

— J'ai dû lire quelque chose là-dessus, relève Suzanne. Le volant serait une représentation du sexe féminin : petites et grandes lèvres...

— Un intellectuel parisien, votre auteur? Ils écrivent n'importe quoi! Moi, mes volants, je me contente de les faire tournoyer, dit Rosa en virevoltant sur elle-même, comme les danseuses espagnoles auxquelles la belle brune ressemble ce soir-là, avec son chignon et ses chaussures vernies à hauts talons.

Suzanne a préféré des ballerines, plus pratiques et surtout mieux tolérées lorsqu'on doit rester debout, éventuellement danser.

Il y a très peu de monde à la salle polyvalente, il fait encore trop jour et les deux femmes s'éloignent vers le fleuve où la foule commence à s'agglutiner dans l'attente du feu d'artifice.

Bien sûr, il ne risque pas de rivaliser avec celui du Trocadéro, se dit Suzanne, mais un feu d'artifice est toujours une féerie. Les enfants ne s'y trompent pas, qui demeurent sidérés, accrochés au cou de leur père, yeux grands ouverts sur ce trop-plein d'étoiles.

Elle se souvient de Vincent dans les bras de

Philippe, lequel venait toujours les rejoindre, en Vendée, pour le 14 Juillet. Il y avait aussi les lampions, la retraite aux flambeaux, peut-être moins de pétards qu'aujourd'hui, se dit-elle en sursautant à ceux qui viennent d'éclater sous ses pieds. D'où vient ce goût, transmis de génération en génération, des adolescents pour le bruit ? Une façon de dire aux adultes : « Attention, j'existe, il va falloir compter avec moi, désormais, et vous préparer à me laisser un jour la place... » ? Vincent aussi aimait faire claquer des pétards, des amorces dans ses pistolets. Suzanne se bouchait les oreilles sans parvenir à l'en dissuader. Que fait-il aujourd'hui, son enfant ? Y a-t-il un 14 Juillet à Tōkyō ? Sans doute pas... « Je t'aime », murmure-t-elle dans l'espoir qu'une liaison invisible, hors satellite, s'établisse entre eux deux.

Au même moment, elle l'aperçoit. Non pas Vincent, mais Marcelin. Avait-elle imaginé, ne fût-ce qu'en pointillé, qu'il risquait d'être là ? N'était-ce pas ce qui avait motivé son acceptation de la sortie ?

En compagnie de Rosa, il n'est pas question qu'elle l'approche, ni même paraisse le reconnaître, car si la marchande sait qu'elle a rencontré Annie dans sa boutique, elle ne peut concevoir qu'elle connaisse aussi Marcelin. Le manifester serait se trahir. Or Suzanne est convaincue que ses dernières chances de rester proche de cet homme sont de conserver à leur liaison sa clandestinité.

Sans doute est-ce aussi l'avis de Marcelin,

car il ne regarde pas dans sa direction. Suzanne connaît assez l'acuité de sa perception pour présumer qu'il l'a vue, peut-être même le premier.

Il est accompagné de sa femme qui se serre contre lui – « elle doit avoir ses épingles doubles », s'exaspère Suzanne – et il va se placer contre le parapet, ce qui lui permet de tourner le dos. Suzanne le dévore des yeux. Est-ce une illusion ? Il lui semble qu'il s'est un peu voûté. Soudain, Marcelin joint les mains dans son dos. Le cœur de Suzanne se serre à l'idée qu'elle les a eues sur son corps.

C'est de l'autre rive que finit par partir la première fusée.

Tout le temps du spectacle, Suzanne se complaît à l'idée que Marcelin et elle voient la même chose. Et qu'il le sait, lui aussi... Les autres n'y peuvent rien, ils sont seuls ensemble. Comme lorsqu'ils font l'amour.

Puis c'est le bouquet ! Après un déferlement d'applaudissements, chacun s'éloigne, les familles pour aller mettre les enfants au lit, les couples vers les nombreux bals qui, ce soir-là, s'organisent un peu partout.

– On devrait prendre votre voiture ou la mienne, suggère Rosa, et aller au bal de Saint-Jean, il est en plein air et sûrement plus drôle que celui de la salle polyvalente. On y voit de tout, même de vieilles gens venues gambiller encore une fois.

– Allons-y, dit Suzanne qui, n'apercevant plus la haute silhouette de Marcelin, soudain engloutie par la nuit, n'est plus qu'indifférence.

Saint-Jean-des-Genêts est un petit village comme il en est tant, dominé par l'admirable église romane qui fait sa renommée. C'est sous les halles, un toit de tuile posé sur une armature de poutres en bois, que s'est installé le bal, au son d'un petit orchestre relayé, quand les musiciens sont fatigués, par la hi-fi.

Rosa avait raison, tous les âges sont représentés : quelques couples de vieux un peu éméchés, des jeunes gens dont certains sont déjà déchaînés, des enfants aussi, tournoyant gravement en se tenant par le bout des doigts.

— C'est joli, murmure Suzanne.

— Et cela va durer toute la nuit, explique Rosa qu'un jeune homme en jean vient inviter à danser. Tout en le suivant, Rosa tape sur sa jupe à l'intention de Suzanne, ce qui signifie : « Ce sont les volants ! Je vous l'avais bien dit : irrésistible ! »

Suzanne rit, elle n'a guère envie de danser et se félicite d'être dans une tenue apparemment moins attirante.

Et, à nouveau, elle l'aperçoit. Marcelin est sur la piste et danse avec Annie, plutôt bien, toujours sans la regarder ou sans la voir. Cette fois, Suzanne, elle ne sait pourquoi, sent ses jambes flageoler.

Louvoyant parmi les danseurs, elle se dirige vers le bar et se commande un verre de cognac qu'elle avale d'un trait. Ce n'est pas raisonnable, mais c'est plus fort qu'elle : voir son amant s'amuser avec autant d'insouciance lui est intolérable.

S'il l'aimait, s'il pensait à elle, il ne pourrait pas.

– Vous dansez ?

D'un coup d'œil, elle l'a jaugé. La cinquantaine, un peu bedonnant, la peau luisante de s'être déjà dépensé, l'œil allumé par l'envie de continuer. Pas plus mal qu'un autre. « Oui », dit Suzanne.

Elle a envie de démontrer à son amant – la salle est trop petite pour qu'il ne la voie pas – qu'elle également est prête au plaisir avec d'autres.

Que de drames, parfois mortels, se sont ainsi noués sur une piste de danse ! A cause d'un dédain, vrai ou pas, affiché devant tout le monde... Dans cette musique assourdissante qui couvre, ensevelit tout, bonheur et malheurs, souffrance et joies, vérité et mensonge...

– Vous rockez drôlement bien !

Suzanne a un petit rire qui ressemble à un ricanement. Elle avait oublié qu'elle était en train de danser. Un instant, elle ferme les yeux, tente de se concentrer sur la musique. N'y parvient pas. La douleur se mue en rage. Dans les bras de son cavalier inconnu, elle se met à tournoyer de plus en plus vite. C'est lui qui demande grâce et l'entraîne au bar où elle commande une bière, pour achever de perdre la tête... Rosa les y rejoint.

– Bravo, Suzanne, je ne vous connaissais pas ce talent !

– J'ai beaucoup dansé quand j'avais vingt ans...

– Mais vous avez vingt ans, lui dit l'homme courtoisement. D'ailleurs, tout le monde a vingt ans le soir du 14 Juillet, voyez...

D'un geste, il désigne les couples de tous âges. Parmi eux, il y a Marcelin, mais il n'est plus avec Annie. Il s'est pris une blonde platinée, affreusement décolorée, qui danse le buste rejeté en arrière pour le dévisager bien en face – l'hypnotiser ?

– Vous savez qui c'est ? dit Rosa à Suzanne.

Suzanne se contente de secouer la tête, ce qui est un demi-mensonge.

– Fourier, le mari de cette bégueule qui vous a ennuyée, l'autre jour... Je vous en ai parlé : une réputation de coureur. Bel homme et, avec la femme qu'il a, je comprends qu'il cherche à se distraire ailleurs. Il paraît que son épouse est d'une jalousie féroce ; il va avoir droit à une de ces scènes à la maison...

La scène, Suzanne la lui ferait bien !

Au rock succède un slow, et Marcelin ne quitte pas la piste, mais enlace de plus près la femme blonde, laquelle, les yeux clos, appuie câlinement sa tête à l'épaule de son cavalier.

C'est au moment où le couple passe près d'elle et de Rosa que lui aussi cale sa joue contre celle de sa partenaire. Il n'a pas fermé les yeux, il semble même à Suzanne qu'il lui décoche un regard glacial à l'instant où il passe à deux pas d'elle.

– J'ai mal au cœur, dit Suzanne, ce doit être ce que j'ai bu...

– Bière sur cognac, ça ne pardonne pas, constate Rosa qui ajoute, bonne fille : Vous voulez qu'on rentre ?

– S'il vous plaît, gémit Suzanne. A moins que vous ne préfériez rester ; dans ce cas, je me débrouillerai pour faire du stop...

— Non, dit Rosa. J'ai eu mon content de fête... Vous savez, l'an passé, j'étais à Paris, avec Sylvain, au petit bal de l'île Saint-Louis... Et ça me flanque plutôt le cafard de continuer sans lui...

« Moi aussi, pense Suzanne, il va falloir que je continue sans Marcelin... »

Vite, qu'elle soit rentrée afin de sonder, d'explorer cette douleur dont, pour l'heure, elle n'arrive pas à percevoir le fond.

La porte de la maison refermée, ce n'est qu'au bout de quelques minutes qu'elle voit enfin réapparaître Monsieur le Chien, s'extirpant de sous le canapé où Suzanne n'aurait jamais cru qu'il puisse se glisser, gros comme il est.

— C'est le feu d'artifice qui t'a fait peur ? Tu as cru qu'on te fusillait ? Eh bien, imagine-toi que moi aussi...

Elle s'endort d'un coup, assommée par l'alcool, réveillée plusieurs fois sur un cri qui la fait sursauter, s'asseoit sur son lit, pour s'apercevoir que c'est elle qui l'a poussé ! Le chien est venu poser sa tête sur le traversin, cherchant à la rassurer.

La lettre n'arriva que deux jours plus tard :

« Ma chère Suzanne,
Surtout, ne me prends pas pour un salaud. J'ai dû prendre la décision de suspendre nos "relations" car la situation était devenue intolérable. Je t'ai fait du mal, j'ai fait du mal à Annie et j'en suis malheureux.

Je ne te mérite pas. Tu es une femme extraordinaire et, tôt ou tard, j'aurais compromis ta vie ici, où tout se sait.

Je t'aime profondément, Suzanne, ne me retire pas ton affection. Tu m'as donné tant de plaisir que je ne peux oublier ces instants.

Rassure-moi, j'ai pris souvent le téléphone pour te parler, mais j'ai manqué de courage, et pour quoi dire? Entre nous, on n'a jamais beaucoup parlé, et j'aimais bien ça, tout était si simple : s'aimer pour l'amour, jouir du moment souvent trop court, mais si fort.

J'espère que nous nous reverrons. Les choses risquent d'être bien changées. Pardonne-moi si je t'ai causé des ennuis, l'amour est aveugle et tu es tellement indépendante.

Si nous avions été libres tous les deux, les choses auraient certainement été différentes, mais je ne peux dire que je n'aime pas Annie, après tant d'années.

Pardonne-moi. Je n'ai peut-être pas su t'expliquer tout ce que je ressens au fond de moi, mais je suis certain de t'aimer passionnément. »

Suzanne n'avait plus qu'à partir.

Deuxième partie

37

« Que c'est beau ! » se dit Suzanne en considérant la petite rue d'aspect si tranquille où vit Rosa Collard, baignant dans la lumière du soir ou plutôt irradiant celle accumulée aux heures les plus chaudes.

Clématites, bignonias en pleine floraison passent par-dessus le faîte des murs effrités par plaques, ainsi que les roses trémières, jaunes, blanches, lie-de-vin ou dans tous les tons du rose. Un enchantement. Les vieux pavés, sur lesquels on se tord les chevilles, rappellent qu'ici on ne se presse pas, ni pour avancer, ni pour vivre.

– Quel bonheur de vous revoir ! Merci d'être venue ! s'exclame Rosa en ouvrant grand la porte et en serrant Suzanne dans ses bras avant de s'emparer de son sac de voyage. Il me semble que cela fait des années que vous êtes partie...

– A peine un an...

– Vous avez tant manqué !

– A qui ? demande Suzanne en se laissant choir dans le fauteuil en tapisserie, près de la porte-fenêtre à petits carreaux.

La vue sur le jardin fait penser à un tableau impressionniste : roses et géraniums s'entrelacent et pénètrent jusque dans la pièce. Monsieur le Chien n'y aventure qu'une patte furtive, comme s'il craignait de troubler l'harmonie de l'exigu royaume livré aux oiseaux et aux lézards.

— C'est à moi que vous avez le plus manqué, et aussi aux clientes. Elles prétendent que le rayon « bijoux » n'est plus le même depuis que vous ne vous en occupez plus...

— C'est votre faute, Rosa! Je vous ai dit que j'étais prête à continuer de visiter les fabricants parisiens en votre nom... Vous avez refusé de crainte de me déranger, ou je ne sais quoi...

— Alors, recommençons! Notre province si reculée a besoin de vous!

— A moins que ce ne soit moi qui ai besoin d'elle, soupire Suzanne en ouvrant les bras comme si elle s'apprêtait à les refermer sur tout.

Les dernières semaines ici, pourtant, quel quotidien supplice! Le lendemain de la fatale soirée du 14 Juillet, Suzanne avait tenté de se raisonner : que s'était-il passé de si grave? Elle avait vu Marcelin danser avec une femme qui n'était pas la sienne, en la pressant d'un peu trop près, mais c'était un soir de fête, qui sait s'il n'avait pas bu, et puis qu'en savait-elle, c'était peut-être sa belle-sœur? ou même sa sœur? Il allait le lui expliquer.

Or, rien n'était venu depuis la lettre, ni visite, ni coup de fil. Le cœur de plus en plus lourd, Suzanne avait fini par conclure que cet homme avait choisi le silence pour lui signifier ce qu'il n'avait pas le courage de lui déclarer en face : qu'il ne l'aimait pas, ou plus... En tout cas, que leur liaison l'embarrassait, et qu'elle devait considérer les choses comme terminées. Et même non avenues!

Passant par tous les stades du doute et du chagrin, Suzanne avait fini par admettre que cet amour était mort et qu'il n'y avait plus qu'à tirer un trait.

Or, renoncer était peu dans sa nature!

Il avait fallu que Philippe meure pour qu'elle admette de vivre sans lui. Avec Marcelin, lui semblait-il, elle aurait consenti à toutes sortes d'arrangements pourvu que leur liaison continue, qu'elle n'ait pas souffert en vain, que sa joie demeure.

Ainsi sont les femmes, gestantes toute leur vie.

Il n'y a que les hommes, se disait-elle dans ses pires moments de frustration, pour passer à une autre comme si rien n'avait eu lieu, fuyant comme la peste celle qui aurait le mauvais goût de « s'accrocher ». Tout de suite injurieux, grossiers même... et lâches.

Pouvait-on faire plus lâche que de lui signifier leur rupture un soir de bal, sans un mot, à la manière de ces adolescents renfermés qui ne savent ni s'expliquer ni s'excuser, seulement porter des coups ?

Quand elle en venait là, la fureur la prenait, et c'est dans un accès de rage que Suzanne avait fait sa valise, renonçant aux dernières semaines de location pour lesquelles elle avait payé d'avance.

— La maison ne vous a pas plu ? lui avait demandé la jeune fille de l'agence, les sourcils levés comme pour signifier : « Je vous l'avais bien dit qu'elle n'était pas pour vous ! »

— Ce n'est pas ça, avait répondu Suzanne, mais des affaires urgentes me rappellent à Paris.

— Ah, vraiment ! s'était exclamé la punaise qui, à l'évidence, ne la croyait pas.

Au demeurant, Suzanne mentait.

Rien ne l'attendait à Paris, en août, qu'un appartement vide, un immeuble déserté, un quartier où même la boulangerie était fermée.

« Paris en août, quels délices ! » s'exclament certains.

A condition d'y poursuivre ou d'y commencer une affaire d'amour, non d'en clore une.

Deux, même. Une fois dans l'appartement, avec Monsieur le Chien reniflant de droite et de gauche comme s'il cherchait à se faire une idée sur la vie qu'on avait menée jusque-là sans lui, Suzanne s'était aperçue que la trace de Philippe était encore partout présente.

Tout était demeuré en place : ses affaires de toilette dans la salle de bains, ses dossiers dans ce qui avait été son bureau, ses vêtements dans le placard. Deux solutions : ne toucher à rien — ou tout changer.

Il en existait bien une troisième : déménager, mais Suzanne ne s'en sentait pas la force. Il faut partir vers une vie nouvelle pour se lancer dans les rangements, classements, pertes, casses, coltinages que comporte un déménagement – le recours conjugué à la mémoire et à l'imagination se révélant en l'occurrence diabolique.

Non, elle allait renouveler son cadre « de l'intérieur », en bazardant tout ce qui pouvait ou devait l'être, en repeignant les murs en blanc et en faisant installer – ce dont Philippe et elle avaient souvent rêvé –, une cuisine « fonctionnelle », blanche elle aussi.

– Enfin, je vous retrouve ! lui avait dit Mercier, rentré des courtes vacances qu'il s'octroyait annuellement, quand elle l'avait invité à prendre un verre dans cette nouvelle cuisine rayonnante d'ordre et de clarté.

Rien à voir avec la « souillarde » de la vieille maison où le salpêtre rongeait les murs, tandis que les meubles sur lesquels étaient punaisés des morceaux disparates de toile cirée boitaient d'un pied ou de deux.

Maurice Mercier était la première personne à qui Suzanne – elle le lui avait dit – faisait les honneurs de son cadre transformé. Le lendemain, le médecin lui envoya un rosier en buisson, accompagné d'un tout jeune oranger. « C'est une coutume d'Israël, avait écrit le médecin sur la carte qui accompagnait la livraison. Lorsque quelqu'un s'installe, on lui offre un oranger pour lui souhaiter bonheur et prospérité... Plantez-le dans votre belle cuisine et qu'il porte de nombreux fruits ! »

Il n'ajoutait pas : « Je viendrai les cueillir avec vous », mais il était implicite qu'il ne comptait ni l'abandonner, ni la perdre de vue.

Tout l'hiver, Mercier lui avait d'ailleurs fait une cour discrète.. Mais est-ce faire la cour qu'inviter une femme au théâtre, au cinéma, au restaurant, pour lui parler beaucoup d'elle – autant qu'elle veut bien s'y prêter – et parfois de soi ?

– Alors, comment avez-vous passé l'hiver ? dit Rosa en tendant à Suzanne une tasse de café bien noir, comme elle aime.
– Tranquillement et au chaud, répond Suzanne, souriant pour confirmer son affirmation. Je me suis contentée de refaire mon appartement sans quitter Paris. Vincent est venu me voir une fois, il est très content de ce qu'il fait là-bas, parce qu'on l'apprécie. Il m'a dit que c'est l'un des bons côtés de la société japonaise : on sait récompenser les mérites individuels, même ceux des jeunes.
– Ce n'est pas comme ici, soupire Rosa. Le chômage des jeunes augmente. Il faut reconnaître que ce n'est pas facile de les faire travailler : j'ai essayé de prendre une jeune vendeuse, et elle a fini par m'exaspérer ! Elle ne pensait qu'à ses congés, à ses vacances, à ses indemnités, et quittait ou plutôt laissait son travail à l'heure tapante...
– Je sais, acquiesce Suzanne, Philippe s'en plaignait assez. C'est la mentalité actuelle, et elle est venue très vite : les jeunes forment une société refermée sur elle-même, qui n'écoute pas les adultes, ne veut pas en faire partie. Ils se contentent d'en profiter – quand ils peuvent. Le reste du temps, ils les fuient... Ce

qui est abominable, c'est de vieillir sans être devenu adulte! Ces vieux petits garçons et ces toujours vieilles petites filles qui...

Dans un flash, Suzanne pense à Annie et s'en veut. Ce n'est pas parce qu'une femme s'accroche à son mari qu'elle est restée une petite fille... Et elle, alors, qui refuse de renoncer à un amour impossible, qu'est-ce qu'elle est?

Comme elle a laissé sa phrase en suspens, Rosa la dévisage d'un œil interrogateur.

— En fait, j'aime les gens responsables! achève Suzanne avec douceur.

— Ou qui s'efforcent de l'être..., corrige Rosa. C'est parfois dur de se montrer adulte.

— C'est vrai. Comment vont vos amours? Je devrais dire votre cœur?

— Est-ce être responsable que de se lancer dans les aventures qui se présentent, tout en restant accroché au souvenir d'un... eh bien, justement, d'un gamin? Sylvain n'a jamais été adulte. Je crois bien que c'était l'essentiel de son charme à mes yeux.

— Vous avez de ses nouvelles?

— Indirectement... Il a eu un enfant avec la nouvelle, et il songe — je dis bien *songe* — à l'épouser! La pauvre ferait mieux de se tirer tout de suite. Pour le reste, il fait des « petits boulots »... Il m'avait expliqué sa théorie: il voulait vivre comme certains habitants des îles du Pacifique — à ce qu'il en savait — qui travaillent quelque temps, et, dès qu'ils ont gagné assez d'argent, s'arrêtent pour profiter de la vie. Jusqu'à la fois suivante... Sylvain considérait que c'était la sagesse... Les autres, ceux qui « bossent » régulièrement, passaient à ses yeux pour des débiles ou des enragés!

– Il ne se disait pas que sans ces débiles, il n'y aurait même pas de petits boulots pour les gens comme lui? Rien que la misère et la mort?

– Sylvain ne réfléchit pas trop loin... Cela aussi fait partie de sa morale.

– Il doit vous regretter, Rosa!

– C'est ce que je me répète pour me consoler: qu'il est malheureux.

C'est aussi ce que se dit Suzanne: sans elle, Marcelin est sûrement malheureux. Mais il a eu l'élégance – ou le sadisme! – de n'en rien laisser paraître. Ce qui fait qu'elle ignore ce qu'il en est vraiment. Serait-ce pour le découvrir qu'elle est revenue ici?

– Je suis repassée devant votre maison, dit Rosa.

– Elle n'est pas à moi, la reprend Suzanne, je l'avais seulement louée!

– Pour moi, c'est votre maison... Personne ne l'habite depuis que vous l'avez quittée, les volets sont toujours fermés.

Une joie étrange envahit Suzanne. Souvent, nos sentiments cachés se révèlent à nous sur un mot, une simple phrase.

– Qu'on est bien, chez vous! lâche-t-elle en poussant un profond soupir.

Monsieur le Chien, secrètement averti de tout changement d'humeur chez sa maîtresse, vient poser sa tête sur ses genoux.

– Il veut quelque chose? s'enquiert Rosa.

— Seulement partager notre conversation. Peut-être aller se promener, revoir son ancien territoire...

— Bonne idée! s'exclame Rosa. Allons prendre un verre sur le Cours. Vous allez voir : ce qui est demeuré intact a encore embelli, les arbres n'ont jamais été plus beaux, comme les rives du fleuve. En revanche, tout ce qui a été transformé – mobilier urbain, goudronnage, poubelles, parkings, bâtiments administratifs – est hideux! Pourquoi notre société ne sait-elle plus faire que du laid? Il y a de quoi vous rendre comme les jeunes : furieux!

— Peut-être les jeunes ne voient-ils également que de la laideur dans la société que nous leur fabriquons?

— Mais pourquoi ne le disent-ils pas au lieu de casser, mettre le feu, vandaliser?

— Parce qu'ils manquent de mots.

Marcelin aussi a manqué de mots. Pourtant, c'est un adulte, et qui se veut responsable. Mais à quoi bon penser à lui? Suzanne n'est pas chargée de son éducation, même si elle le trouve « pas fini », comme disent les jeunes, avec leur féroce génie de la formule.

38

Cette fois, Suzanne a bien laissé son numéro de téléphone sur son répondeur et, trois jours plus tard, Mercier lui téléphone :
— Ça va, belle provinciale ?
— On ne peut mieux ! Je m'aperçois que je suis attachée à cette ville, à son charme, à son climat, et aussi à ses habitants. Je suis très heureuse de la retrouver...
— En somme, vous êtes amoureuse...
Suzanne sursaute. Mercier a-t-il deviné quelque chose ? Pourtant, elle s'est efforcée de ne rien laisser transparaître.
— Que voulez-vous dire ?
— Vous avez les accents d'une amante pour parler de votre province... J'en suis presque jaloux.
— Venez nous rejoindre, Maurice, mon amie Rosa sera ravie de vous recevoir... Vous jugerez par vous-même. Cela ne vous avait pas déplu, que je sache, l'année dernière ! Souvenez-vous des huîtres de Marennes...
— Cet été, je ne peux pas bouger de Paris, et

c'est votre faute ! C'est vous qui m'avez mis au travail...

— Bravo ! Vous verrez comme vous serez content quand ce sera terminé !

— Comme le type qui arrête de se donner des coups de marteau sur la tête !

— Comme quelqu'un qui a mis au monde !

— C'est vrai qu'accoucher est pour moi une expérience originale...

C'est l'hiver précédent, au cours de leurs dîners au restaurant ou des derniers verres après le spectacle, que Suzanne, à force d'écouter Mercier lui exposer sa conception de la médecine – et, à travers elle, de la mort et de la vie –, lui avait suggéré de coucher ses propos par écrit. En somme, d'en faire un livre.

— Mais ce sont des banalités, ce que je vous dis là. Les racontars du métier...

— Alors, pourquoi est-ce que j'y prends autant d'intérêt ?

— N'importe quel médecin vous sortira la même chose...

— Vous n'êtes pas n'importe quel médecin, Maurice, et vous le savez.

Généraliste, Mercier voyait beaucoup de monde, dans des situations difficiles, parfois tragiques. Ses clients en venaient vite à se confesser à lui, bien qu'il prît garde à ne pas devenir leur analyste, rôle qu'on a tôt fait de demander d'assumer à un médecin. Il en entendait de toutes sortes et sur tous les problèmes du jour : l'amour, les enfants, l'adultère, le vieillissement, l'invalidité, ce que devient la personne quand le corps se délite.

Après ses consultations, il avait le goût d'y réfléchir, se constituant une sorte de sagesse à lui dont il aimait s'ouvrir à Suzanne. Contant des anecdotes, en tirant des leçons, réfléchissant à l'évolution des mœurs et des traitements, tâchant d'être plus drôle que tragique, et surtout bref : il ne voulait pas ennuyer sa compagne.

Un soir, Suzanne lui avait déclaré :
– Vous devriez écrire ce que vous me dites !
– Mais je ne sais pas rédiger.
– Alors dictez-le, puis envoyez le résultat à un éditeur. Si cela lui plaît, il chargera quelqu'un d'améliorer le style ; cela se fait et les résultats sont souvent excellents.
– Seul, devant un micro, je n'ai plus d'élan.
– Eh bien, dites-le devant moi ! Je vous poserai des questions comme je le fais déjà... Je représente le public moyen et si je comprends, tout le monde comprendra !
– Vous accepteriez une telle corvée ?
– Ce n'est pas une corvée, vous le savez bien.

Le dimanche suivant, Maurice Mercier s'annonça chez Suzanne qui avait préparé le magnétophone de Philippe – on pouvait compter sur Philippe pour avoir disposé d'instruments performants.

Quand Mercier eut fini de parler, il invita son « inspiratrice », comme il la surnomma, à dîner dans un restaurant proche.

Au cours du repas, d'autres idées lui vinrent, et Suzanne l'interrompit aussitôt :
– Taisez-vous, sans magnétophone, c'est du

temps perdu... Vous me direz tout ça la semaine prochaine...

— Mais j'aurai oublié !

— Au contraire, cela aura mûri...

— D'où tenez-vous ces choses, Suzanne ?

C'est plus tard qu'elle avait trouvé la réponse. Il y avait chez cet homme une sorte de génie qu'elle trouvait dommage de laisser à l'état brut. Mais, dévoré par un travail écrasant, il n'en ferait rien sans y être poussé, encouragé. Et même aimé.

Pourtant, Suzanne n'aimait pas Mercier, elle se l'était déjà dit, mais elle aimait sa façon de voir et d'être : sa compassion envers tout ce qui souffrait d'être vivant. C'était un homme bon, si peu soucieux de lui-même.

Il serait heureux d'avoir écrit un ouvrage dont ses confrères lui parleraient et qui, peut-être, atteindrait le grand public. Il aurait « transmis », ce qui est une façon d'enfanter.

— Mais qu'est-ce que ça peut bien me faire, à moi, se demande soudain Suzanne, que Mercier écrive ou non ?

En fait, si la science médicale avait été plus développée – ou plutôt mieux éclairée –, Philippe ne serait pas mort. C'était d'abord en mémoire de lui que Suzanne, à travers Mercier, s'intéressait à la complexité du savoir de l'homme sur lui-même, si riche et en même temps à peine ébauché.

Mais ce n'est pas de l'amour. De cela, elle est sûre. Il lui suffit de songer à Marcelin pour en être tout à fait convaincue. Même quand elle s'efforce de ne pas penser à cet homme, elle doit s'avouer qu'elle est pleine de ses gestes, de ses mots, de ses regards, des sensations impondérables dont elle n'avait pas eu conscience sur l'instant, et qui maintenant la nourrissent. Lui donnant un nouvel élan pour affronter la vie.

« Un amour-retard, voilà ce que m'a laissé ce lâcheur ! » se dit Suzanne en passant la laisse à Monsieur le Chien pour aller faire un tour en ville.

Bien que commencée dans la direction opposée, la promenade de la femme et du chien – lequel tire l'autre ? – les conduit inéluctablement devant la maison.

Monsieur le Chien s'arrête face à la porte et s'assoit sur son derrière, dans la posture où Suzanne l'avait trouvé, le soir où il quémandait du secours. Manifestement, l'animal attend que sa maîtresse ouvre la porte de ce qui est resté pour lui leur demeure.

– Mais tu sais bien que je n'ai plus la clé !

Monsieur le Chien lui lance un regard lourd de reproches de sous ses sourcils en broussaille : « Mais c'est chez nous, ici, pourquoi n'as-tu pas la clé ? »

Pourquoi Marcelin ne l'aime-t-il plus ?

39

– Définitif?
– Définitif.

Le notaire parisien le lui avait fait répéter une ou deux fois, car il comprenait mal que Suzanne, enfin nantie des indemnités que l'État avait bien voulu lui concéder pour la mort de Philippe, l'investisse sur-le-champ dans ce que son collègue de province avait, par une sorte de lapsus, qualifié de « baraque ».

Aucun des deux tabellions n'étant allé voir la baraque en question, c'est seulement d'après un rapport d'expert, et aussi au vu du prix relativement bas sur lequel le vendeur, croyant percevoir une hésitation, avait encore rabattu, qu'ils avaient conclu qu'il ne s'agissait pas là d'une affaire. Charpente à consolider, toit à réparer, plomberie à refaire : le reste de l'avoir de Suzanne risquait d'y passer.

Mais, confrontée aux objurgations de Me Talvard, son notaire, comme à celles de Me Garand, son avocat, Suzanne n'avait pas dévié d'un pouce : sa décision était prise, elle achetait. Quoi qu'il dût lui en coûter sur l'instant comme par la suite.

Cette décision, elle avait évité d'en parler à ses proches, que ce fût Rosa Collard ou Mercier, tant elle n'avait pas envie qu'on lui gâche son plaisir par des remarques « de bon sens ». A quoi cette maison vous servira-t-elle, puisque vous ne désirez pas vous installer en province? Si vous tenez absolument à posséder quelque chose sur place, il y a bien mieux, moins cher, en excellent état, mieux situé et avec le chauffage! L'argument-massue restant : pour une femme seule, une maison de deux étages avec jardin, c'est trois fois trop grand – assorti de ce corollaire insidieux : « Évidemment, en aménageant l'entrée et la cage d'escalier, vous pourrez toujours louer en partie et ne garder pour vous que le rez-de-chaussée. »

Rien que de récapituler cette avalanche d'objections si parfaitement « raisonnables » qu'elle pouvait les imaginer d'avance, Suzanne en avait des haut-le-cœur.

C'est curieux : dès qu'on est en voie de réaliser son plus cher désir, on se heurte obligatoirement à ceux qui vous aiment le mieux. Ou le prétendent. Aimer quelqu'un « jusqu'au bout », n'est-ce pas être capable de lui dire : Cela te fait vraiment plaisir? Tu en as vraiment envie? Eh bien, vas-y!

Un seul avait applaudi en apprenant la nouvelle : Vincent. Suzanne l'avait pressenti, c'est pourquoi elle n'avait pas hésité à lui téléphoner de la poste : « Tu sais, j'achète la maison! »

Son fils n'avait eu qu'une seconde d'hésitation – le temps de localiser mentalement ladite maison – avant de lui répondre :

– C'est Monsieur le Chien qui va être content !

– Je compte lui en faire la surprise dès que j'aurai les clés, d'ici huit jours.

Ce matin-là, Suzanne avait demandé à Rosa si elle était libre pour déjeuner, plus exactement pour un pique-nique.

– Tout à fait, lui répond Rosa, mais où ça ?

– Je viendrai vous chercher au magasin et je vous emmène.

Le panier du pique-nique, recouvert d'un torchon bien blanc, était posé sur le siège arrière de la voiture, jalousement gardé par Monsieur le Chien qui n'aurait pas laissé qui que ce fût s'en approcher, pas plus qu'il ne s'autorisait à y toucher lui-même.

– On va où ? s'enquit Rosa qui se voyait déjà embarquée pour la plage ou les bords d'une petite rivière, la Seudre ou la Seugne.

– Secret ! Je peux tout de même vous dire que ce n'est pas loin !

Rosa ne soupçonna rien, même quand Suzanne eut tourné dans « sa » rue, ce qui pouvait constituer un itinéraire, avant que la voiture ne fût garée juste devant le portail de la vieille maison.

– Mais..., fit Rosa.

– Oui ! lui répondit Suzanne dans un cri si joyeux que Rosa lui sauta au cou.

Puis son amie s'inquiéta :

- Vous l'avez relouée ou...?
- Achetée, Rosa. Elle est à moi! Avec tous ses meubles, tout son jardin, tous ses oiseaux, tout son grenier, tous ses silences, toutes ses fuites d'eau, et le bruit de toutes les cloches de toutes vos églises... A moi. A nous. Pour toujours!

C'était enfantin, un peu mélodramatique, et Rosa, sensible comme elle l'était aux « climats », en eut les yeux mouillés.

- Ce qui me fait le plus plaisir, dit-elle en écrasant prestement une larme du bout du doigt, c'est que vous êtes à trois pas de chez moi!
- Oui, et ce n'est pas le moindre attrait de ma bonne maison. Venez, entrons, visitons, vous me donnerez votre avis pour mieux l'installer...

Si Suzanne n'avait pas voulu de critiques ni de reproches, pour ce qui est des conseils, elle était prête à tout entendre. Sachant qu'elle ne mettrait à profit que ceux qui lui conviendraient.

Deux femmes en train d'examiner un cadre et qui s'apprêtent à l' « opérer » – c'est bien le mot – peuvent en discuter pendant des heures sans la moindre lassitude. Comme lorsqu'elles étaient petites filles et qu'assises sous la cage d'escalier, elles se racontaient leur vie future : mariage, enfants, voyages. Ou plutôt s'en inventaient mille, prenant leurs poupées à témoins. Et qu'on n'aille pas penser qu'avoir fantasmé tant d'existences différentes, quand on était encore enfant, puisse être vain : ces vies rêvées doublent, enrichissent, constellent – en fait rendent supportable – la seule à laquelle chacun de nous aura finalement droit.

– Moi, dit Rosa qui, tout en déambulant, mordait dans son pilon de poulet (elles étaient si excitées qu'elle n'avait pas pu se mettre à table), je rajouterais une fenêtre côté jardin, à moins de faire sauter tout le mur et de construire une véranda...

– J'y ai pensé, répond Suzanne, mais cela impliquerait de couper le poirier, et ça, j'en suis incapable...

– Vous n'avez qu'à attendre, je trouve qu'il donne des signes de vieillissement ; un jour ou l'autre...

– On peut aussi transformer la souillarde en véranda.

– Possible, mais que ferez-vous des appareils ménagers : lave-linge, lave-vaisselle... ?

– La cuisine est plus grande qu'il n'y paraît. Si on la réorganise, tout y tiendra...

Indifférent à la conversation, Monsieur le Chien – après avoir soustrait sa dîme du panier-repas – était allé faire le tour du jardin en propriétaire. Suzanne, qui le surveillait du coin de l'œil, était en effet convaincue qu'il avançait d'un air plus déterminé qu'à l'époque où il devait se savoir seulement en location. La preuve en est qu'il se mit soudain à creuser un terrier, ou plutôt un tunnel dans la plate-bande des iris, avec une ardeur telle qu'en un rien de temps plusieurs plantes furent déracinées.

– Mais que fait le chien ? demanda Rosa, étonnée de l'absence de réaction de Suzanne.
– Il s'installe, dit Suzanne. Lui aussi refait le cadre à sa manière ! De toute façon, les iris se sont trop multipliés et je voulais les élaguer. Comme ça, c'est fait...

Rosa secoua la tête :
– Dans vos relations avec ce chien, je n'arrive pas à comprendre si c'est lui qui vous devine ou vous qui souscrivez à tout ce qu'il fait...
– C'est ça, l'amour : l'intrication totale ! Vous ne le saviez pas, Rosa ?
– Si, soupire Rosa en se resservant du vin vieux et en levant son verre, mais je l'avais oublié ! A nos amours ! Les chiens, les maisons, les enfants... et un peu les hommes !

Suzanne but aussi son vin en se souriant à elle-même. Sans un homme, sans cette homme-là, jamais elle n'aurait conçu d'acheter la maison. C'était le lieu où ils avaient fait l'amour pour la première fois, où il lui avait dit qu'elle était, en quelque sorte, la femme de sa vie. C'était là qu'elle l'avait tellement attendu, qu'elle était prête à l'attendre encore. Car elle était sûre que Marcelin reviendrait, ce n'était pas possible autrement.

Dès qu'elle avait pénétré dans la maison, ses clés à la main, elle en avait mystérieusement reçu l'assurance. Ce n'était pas qu'un rêve de petite fille, c'était un patient désir de femme, lourd de folie et de raison.

40

C'est la première fois que Suzanne possède une maison et, tandis qu'elle aménage, range, astique, elle est surprise du sentiment de paix et de satisfaction qu'elle en retire. Tout le monde lui avait pourtant remontré que les maisons ne sont qu'une source d'empoisonnements. « Les toits, la plomberie, l'électricité, la fosse septique, le fluvial, le tout-à-l'égout, les parasites, l'humidité, le jardin, plus toute une série de dysfonctionnements et de dégâts que vous ne découvrez qu'à l'usage et qu'il faut quotidiennement réparer! Pour couronner l'ensemble, les taxes, les taxes, les taxes...! »

Philippe n'avait pas été le dernier à lui tracer un tableau des plus noirs de ce que représentait le poids d'une maison, quand il s'était agi de décider ce qu'on allait faire de celle de la Mémée, dont elle venait d'hériter.

– Ma pauvre Suzanne! (Juste au moment où elle était un peu plus riche...). Tu ne te rends pas compte (impossible à l'avance, c'est vrai...), mais quand on a une maison, finie la liberté! Ce sont des discussions sans fin avec des entrepreneurs sans parole, des réparations incessantes, des soucis renouvelés qui vont de la vidange avant les grands froids aux abonnements d'eau, de gaz et de téléphone à payer même si on ne s'en sert pas... Sans compter que tu te dois, pour la rentabiliser, d'y passer tes vacances... Adieu, l'aventure, les voyages ! Non, je n'ai qu'un conseil à te donner et tu m'en remercieras : vends, vends, vends !

Elle avait vendu – avec chagrin. Sa dernière visite à la maison du Morvan, en compagnie du notaire qui devait s'en occuper, lui avait fendu le cœur. A chaque coin et recoin, elle revoyait la Mémée, sa façon discrète de mettre de l'amour, humble, infini, dans chacun de ses gestes pour entretenir ou sauvegarder ce que Philippe nommait la « bicoque ».

Toutefois, il avait raison, rien ne va tout seul dans une maison, tout doit être pensé, surveillé. Jusqu'à cette touffe de lavande : il avait fallu la planter, puis l'empêcher de proliférer. La minuscule allée avait été sablée et resablée, la façade souvent recrépite, et comme la fenêtre de la cuisine laissait obstinément passer l'eau par temps d'orage, un petit bout de serpillière était toujours là pour le cas où... C'est peut-être cet infime morceau de chiffon qui avait le plus ému Suzanne.

La vieille femme – à ses yeux, la Mémée avait toujours été vieille – n'arrêtait pas, du lever au coucher, de s'occuper des besoins de sa demeure. Comme si la maison était une personne qui ne pouvait pas grand-chose pour elle-même, seulement laisser voir ou deviner ses plaies. Mais aussi resplendir et rendre en joie ce qu'on lui avait donné en labeur.

De cela, personne ne lui avait parlé, surtout pas Philippe qui préférait le service des grands hôtels, ou de ces « relais de charme » – lesquels méritent assurément leur nom! – établis dans d'anciens châteaux.

La maison de la Mémée ne pouvait être un château qu'aux yeux du cœur, dans ces simples et inoubliables instants où l'on se retrouve au coin du feu, ou alors sur le banc de pierre, plein sud, à regarder les oiseaux faire leur nid au printemps, ou tenter leurs premiers envols.

Oui, même si la grand-mère était très vieille, comme sa maison, elle employait souvent le mot « premier ». Il y avait les premières violettes, qu'elle apportait un matin dans sa vieille main ridée, un sourire sur le visage, si heureuse d'en faire la surprise à Suzanne ; les premières groseilles, les premières gelées, le retour des premières hirondelles... La première heure, aussi, qui était sa préférée. Jusqu'au jour où ce fut la dernière, et Suzanne s'aperçut alors qu'avec la Mémée et sa maison, elle n'avait vécu que des commencements.

Et le secret que seuls les initiés connaissent avec une maison, c'est que ces commencements se recommencent – exactement comme dans l'amour véritable, lequel n'est qu'une série bénie de recommencements. Là aussi, jusqu'à la dernière heure...

Et que de joies! Les gens admettent assez facilement qu'on puisse biner, désherber, sarcler, planter avec enthousiasme. Ils se refusent à concevoir qu'aménager, remettre en état, faire reluire puisse également receler des plaisirs.

« C'est qu'on n'a rien sans rien », se dit Suzanne. Après avoir classé les nouveaux dossiers dans l'un des côtés du buffet où la vaisselle est encore rare, elle s'est mise à frotter les grands chenêts de cuivre qu'elle vient de dénicher dans une brocante, et qui sont presque noirs d'être restés longtemps sans usage. Au fur et à mesure qu'ils reprennent de l'éclat, il lui semble que ces choses, dites sans conscience, se réjouissent de récupérer leur fonction.

En fait, c'est elle, Suzanne, qui, à travers ces gestes primordiaux, retrouve la sienne, son rôle de femme, de gardienne de foyer, attisant cette minuscule parcelle de joie éternelle qui subsiste au fond de chacun. Là aussi, jusqu'à la dernière heure.

C'est ce que Vincent avait ressenti – et tant mieux que ce fût lui qui eût été présent, et non pas elle – à la mort de son père. « Il avait l'air apaisé », avait-il dit la dernière fois qu'ils étaient revenus ensemble à mi-mots sur le sujet.

– Il t'a parlé?
– Non. Si. Il m'a dit...
– Quoi?
– Qu'il était content.

Et, pour la première fois, il avait éclaté en sanglots, comme si cette expression de bonheur, au moment de la fin, avait été presque impossible à supporter. Intolérable, comme tout ce qui concilie les extrêmes.

« Or, c'est justement ce qu'on trouve dans la Bible, à toutes les pages : sans cesse le mal se transforme en bien et la douleur en joie », se dit Suzanne en approchant une allumette du morceau de papier journal qu'elle vient de glisser sous les bûches, pour juger de l'effet que vont faire ses chenêts. Aussitôt, ils ont l'air d'avoir été installés là depuis toujours, et il lui semble – l'imagination déborde, quand on vit seule – que la maison en est « contente ».

Et puis Monsieur le Chien se met à aboyer, fort d'abord, puis plus doucement. La porte de la maison est verrouillée, mais pas le portail en bois du jardin, et quelqu'un le pousse. Le chien se précipite pour accomplir son office, revient vite, un peu agité, remuant la queue, mais point trop. Une visite amicale, semble dire l'animal, mais inattendue, et comment sa maîtresse va-t-elle la prendre ?

Elle se contente d'ouvrir les bras et c'est sans un mot qu'ils s'étreignent, sentant l'un et l'autre que les paroles sont superflues, du ressassement. Ils avaient tant médité, chacun de leur côté, mélangeant reproches et supplications, regrets et désirs, qu'il est impossible de tout exprimer d'un coup. Pour cette fois, les mots sont insuffisants.

Suzanne s'accorde toutefois une pensée : « J'avais raison de vouloir l'attendre ici. » La maison, comme elle en avait eu l'intuition, s'est faite sa complice. S'arrangeant pour lui rendre l'amour qu'elle lui a donné.

41

Les draps de Suzanne sont blancs, elle n'en veut pas d'autres, rebutée par les couleurs, les imprimés violents qui font qu'en entrant dans une chambre à la literie bariolée, on se demande, même si cela ne vient pas jusqu'à la conscience : où est donc le lit ?

Le lit où l'on se livre... à livre ouvert. Et c'est bien ce qu'elle ressent lorsque, au bout d'une heure, Marcelin, la voix plus basse que d'habitude, se remet à lui parler. Il veut d'abord se disculper – « Je n'ai pas pu faire autrement... » –, et comme Suzanne s'y attend et qu'elle n'a envie ni de l'excuser, ni de lui pardonner, elle tente tout de suite de l'interrompre :

– Je sais, j'ai bien compris...

– Mais non, tu ne sais pas, dit Marcelin en se dressant sur un coude, pour se détacher un peu d'elle, car il n'aurait pu poursuivre autrement. Annie a été très malade.

– Qu'est-ce qu'elle a eu ?

C'est un espoir louche qui la fait parler, non la compassion, elle n'y peut rien, et que les anges le lui pardonnent !

— On n'a pas su. Toutes sortes de malaises digestifs, nerveux, des douleurs... Une grande fatigue, surtout. Elle ne pouvait plus rien faire.

— Qui s'est occupé d'elle ?

— Moi.

Ce devait être le but recherché !

— Et maintenant, comment va-t-elle ?

— Mieux, aujourd'hui... Mais cela lui est déjà arrivé. On la croit guérie, puis cela recommence...

— Et qu'est-ce qu'elle en dit ?

— Qu'elle ne se sent pas bien.

Toujours ce même silence entre époux, les vraies raisons du mal-être ne sont pas données.

Il s'est à nouveau allongé près de Suzanne, s'écartant insensiblement, ce qui fait que son corps ne la touche plus ; il lui a seulement pris la main et ils sont là, comme des gisants, yeux ouverts, à fixer le plafond en tentant de mettre en mots une situation, comme on dit, « impossible ». Heureux, malgré tout, d'être ensemble, si amoureux.

— Tu crois que c'est grave ?

— On lui a fait toutes sortes d'examens, rien de méchant, mais c'est quand même bien gênant... Invalidant, même. Sa mère a été comme ça : à partir de cinquante ans, elle n'était plus bonne à rien... Elle s'en plaignait, d'ailleurs : « Mes pauvres enfants, je vous suis à charge, je vous donne bien des tracas... » Quand j'ai connu Annie, son occupation principale, c'était sa mère.

— Elle a continué après votre mariage ?

— Nous habitions trop loin. Une sœur plus jeune a pris le relais, il y avait aussi son époux. Mon beau-père a été d'un dévouement...

Suzanne hésite, et là, c'est le diable qui la pousse. Car il existe, qu'on ne s'y trompe pas !

— Et elle a vécu longtemps comme ça ?

— C'est elle qui a enterré son mari.

Silence des deux côtés.

Puis Marcelin reprend d'une voix douce, comme résignée :

— Que veux-tu que je fasse ?

— Rien, Marcelin.

Elle s'est tournée vers lui, a posé sa tête contre son épaule, l'embrasse doucement. Cet homme ne peut rien faire que suivre la voie sur laquelle il est engagé, c'est évident.

Non parce que c'est son devoir, le mot n'est d'ailleurs pas prononcé, mais parce qu'il est incapable d'un autre comportement. Il ne connaît pas, il n'a pas vu faire, ce n'est pas dans ce qu'on pourrait appeler ses « mœurs ».

Alors qu'à Paris...

Suzanne songe à tous les cas que lui a rapportés Mercier, d'hommes qui veulent quitter leur femme – ou alors, c'est l'inverse –, et le conjoint soudain délaissé tombe dans des états graves de dépression et d'atonie. Que fait-on alors ? Appel au psychologue, au psychiatre, à la famille et aux amis. Et plus la personne répudiée s'abandonne, s'enfonce, ou devient violente, jusqu'à faire des tentatives de suicide, plus l'entourage plaint son conjoint d'être soumis à un tel « chantage ».

La victime, qu'on se le dise, c'est celui qui

doit supporter « ça » ! Et une fois que la *vox populi* a défini les torts, la culpabilité s'envole !

Plus tard, quand l'un sera remarié, l'autre aussi peut-être, si on revient sur les événements, ce sera pour dire : « Quelle comédie il (ou elle) lui a joué ! Mais il a eu bien du courage, il a tenu le coup... » Comme si l'expression de la douleur d'un amour qui n'est plus payé de retour était forcément du théâtre !

Mercier, lui, sans porter de jugement, apporte du secours sous la forme de ces petites pilules qui, en tranquillisant le chagrin, donnent, comme on dit, « du temps au temps ».

A force de ne pas vivre ensemble, de ne plus unir ses nuits et ses jours, le couple peu à peu se « déshabitue ». Quelque chose se disloque, la communication se rompt. Lorsqu'on ne partage plus aussi bien le pain que les mêmes spectacles, les mêmes petites ou grandes nouvelles, un jour on se regarde en « étrangers », plus étonnés que souffrants – et c'est le début de la fin.

Suzanne, à ne plus le voir, s'est-elle déshabituée de Marcelin ?

En fait, ils n'ont jamais vécu ensemble, ils n'ont donc pas eu à s'arracher l'un à l'autre, ce qui laisse immanquablement des séquelles ; chacun, au moment de la partition, abandonne des lambeaux de son être. Ce dont ils souffrent l'un comme l'autre, c'est de n'avoir pu aller jusqu'au bout de leur besoin de s'unir.

Sauf au lit.

Et ils se reprennent, s'émerveillent encore

de se retrouver comme la dernière fois, mieux encore. « On dirait qu'il y a une mémoire sexuelle », chuchote Suzanne en constatant la familiarité de leurs gestes intimes.

— Quand je te touche, je ne peux pas dire que je te découvre ; en fait, je ne te perds jamais...

Est-ce le fait de retrouver les mêmes odeurs, le même corps, le même plaisir qui peut engendrer la lassitude ?

Suzanne se dit que, dans certains cas, on doit pouvoir y échapper... Quand on s'aime par-dessus l'amour, comme elle et Marcelin, par exemple. Et elle souffle de son haleine sur son épaule, sa poitrine, comme on fait sur un petit enfant qu'on veut réchauffer en lui faisant sentir qu'on est là, présent à sa nudité.

— Il faut que je m'en aille, dit-il soudain. J'ai des soins à donner à Annie.

Suzanne tressaille : sa franchise d'homme la blesse, en même temps qu'elle l'attache plus fort à lui. Elle comprend aussi qu'en lui disant cela, il lui fait un cadeau qu'il ne peut plus donner à l'autre : sa confiance.

— Je te revois quand ?

D'un vif coup de reins, il s'est extrait du lit et se rhabille.

— C'est la seule question à laquelle je ne peux pas répondre, mais je te promets que je vais tout faire pour que ce soit bientôt. Je suis content que tu te sois fixée ici. Quand je te sais en ville, même si je ne te vois pas, cela me fait du bien. L'année a été si longue...

Elle a envie de lui dire que, pour elle aussi,

c'était devenu intenable et que c'est pour cela qu'elle a acheté la maison, pour se sentir plus proche de lui, même s'ils ne se voient que rarement. Mais Marcelin le sait. Il sait tout d'elle, du moins tout ce qui est important. C'est pour cette raison qu'elle l'aime si totalement, parce qu'elle se sent devinée par cet homme sans avoir besoin, comme il est d'usage avec les proches, d'avoir à justifier le moindre de ses gestes.

– Tu n'as qu'à faire comme aujourd'hui, viens à l'improviste. Tu ne me trouveras pas avec un autre ! lance-t-elle sur le ton de la plaisanterie.

Plus leur séparation approche, plus le climat s'alourdit, et elle voudrait introduire un peu de légèreté : quand se quitter n'a rien de dramatique, c'est qu'on se reverra. Mais Marcelin fait comme s'il ne l'avait pas entendue. Est-ce parce qu'il n'est pas sûr de revenir qu'il s'assombrit ainsi ?

Suzanne cherche à poser des jalons :

– Mais je préfère que tu me téléphones. Imagine que je sois juste sortie, ce serait trop bête !

Elle ne veut pas admettre – malgré l'accablement visible de son amant – que cet homme n'est pas vraiment libre, qu'il est à la merci de quelque chose de plus fort que lui, qui est son couple.

Quand Annie fait sa crise, plus rien ne compte, ni l'amour que lui donne Suzanne, ni le désir qu'il peut avoir d'elle. Il n'est d'ailleurs plus en état de ressentir du désir : sa lutte défensive contre ce qu'on appelait autrefois l' « ennemie intime », une épouse en furie, mobilise toute sa force vitale.

Suzanne n'arrive pas à concevoir, même si Marcelin le lui a laissé entendre (peut-être avec trop de réserve), ce que c'est qu'un tête-à-tête conjugal qui tourne à la folie.

Est-ce pour les narguer? Quand Suzanne et Marcelin s'avancent dans le jardin, une fanfare de klaxons provenant des alentours de la mairie annonce à tous vents qu'un homme et une femme viennent encore de se lier pour le meilleur et pour le pire.

— Tu sais, dit Suzanne à Marcelin en le raccompagnant jusqu'au portail, s'abstenant par prudence de s'aventurer dans la rue, du moment que je te vois de temps en temps, je suis heureuse.

— Moi aussi, chuchote-t-il en lui lâchant la main.

42

Quand l'ombre prend le pas sur le jour, que le contour des objets s'estompe, surviennent alors ces angoisses qu'on appelle du soir, réminiscences de l'époque ancestrale où c'était la nuit que chassaient les grands fauves et où leurs proies humaines, qui le savaient, se préparaient à fuir.

On l'appelle aussi l'heure du loup, mais le loup, désormais, ce sont les frayeurs surgies de nous-mêmes.

Dans le jardin de Suzanne, les deux femmes se sont assises sur le banc dont la pierre, demeurée tiède, leur chauffe le dos et les reins.

— Alors, demande Rosa, vous voici devenue une vraie provinciale, maintenant que vous possédez une maison! En plus, dans le vieux quartier...

— Je voudrais bien, répond Suzanne, mais je ne suis pas sûre d'être considérée comme telle! On me regarde de haut...

— D'en bas, vous voulez dire!

— Quelle idée!

– Vous pouvez protester, dit Rosa, cela n'y changera rien : les provinciaux sont convaincus que les citadins se jugent supérieurs à eux...

– Mais c'est idiot!

– ... et ils ont raison : parce que c'est vrai! Ils le sont!

– Comment pouvez-vous dire ça, Rosa! C'est démenti par les faits. On décentralise à tours de bras! Maintenant, le dessus du panier est en province...

– En apparence seulement. Mon père, qui souffrait de la ségrégation – il venait de Lorraine – m'a souvent parlé de l'époque d'avant-guerre où la France était à quatre-vingts pour cent rurale... Eh bien, dans les bandes comiques des journaux du temps, comme celles que publiait *l'Illustration*, il y avait souvent des historiettes sur le citadin qui allait faire un petit tour – jamais plus! – à la campagne. Il n'y connaissait rien – ce qui était alors le comble du chic! – et ne sortait que des bourdes! Ainsi, il prenait les vaches pour des taureaux parce qu'elles ont des pis, et les carottes pour du persil à cause de leurs feuilles!

– J'ai dû voir des choses comme ça dans les vieilles revues qui traînaient chez ma grand-mère du Morvan... Le paysan avait un bonnet de coton et une vaste chemise rayée, il s'appelait le père Magloire, où le père Michu, et sa femme, toujours édentée, la mère Fanfan! Le père Michu s'appuyait sur sa fourche et se marrait tant qu'il pouvait des sottises du citadin... Sans compter qu'il dépannait leurs torpédos, toujours dans le fossé, avec sa paire de bœufs... Le citadin râlait de rouler au pas des ruminants et le paysan, un brin d'herbe entre les dents, répondait que, pour son compte, il n'était pas plus pressé que ses bêtes...

– N'empêche qu'il était l'inférieur ! Pour preuve : le Parisien pouvait sans déchoir se payer le luxe de rire de lui-même !

– Mais, aujourd'hui, on ne se moque plus de la campagne, Rosa, ni de la province : désormais, on l'appelle *région*, et tout le monde a envie d'y vivre...

– Mensonges !

– Pardon ?

– Vous avez vu le boucan qu'ont provoqué les propositions ou les décrets visant à « délocaliser » – euphémisme ! – les grandes écoles ou certaines administrations pour les envoyer dans des « trous perdus » comme Strasbourg, Clermont-Ferrand, Bordeaux, que sais-je ?

– Normal. Personne n'aime être déplacé de façon autoritaire... Mais dès que vous ouvrez un magazine, on ne vous parle que des beautés du cadre provincial, des merveilles de sa gastronomie, de l'incomparable qualité de son vin, de son climat, de ses eaux, de ses ciels, de son silence, de l'architecture locale...

– Ouais ! Comme si on était en balade au zoo et qu'on admirait les singes ! Ils font tout si bien, les pauvres, presque comme nous...

– Rosa, vous me choquez !

– Mettons en visite chez les primitifs ! Lorsqu'on va voir des « sauvages », que fait-on pour les amadouer et se gagner leurs bonnes grâces, en sus de leur offrir de la pacotille ? On leur dit que tout chez eux est magnifique : leurs pagnes, leurs sagaies, leur façon de faire rôtir des chenilles embrochées sur une brindille...

Suzanne éclate de rire :

— Je dois reconnaître que je suis la première à en faire autant : je ne cesse de couvrir de compliments les provinciaux que je fréquente sur la qualité de leur vie et de leur environnement... Mais c'est par politesse.

— Une politesse qu'ils prennent au sérieux ! Ils se mettent à glousser, de plus en plus gonflés d'eux-mêmes ! Comme les pellots...

— Qu'est-ce que c'est que ça, un pellot ?

— Un mot d'ici pour désigner les dindons.

Marcelin s'est-il rengorgé comme un pellot quand Suzanne lui a dit qu'il la rendait heureuse et lui redonnait le goût de la vie ?

— Et puis, un beau jour, pour une raison ou une autre, ou simplement parce que vous en avez assez de passer de la pommade, vous cessez de leur déverser vos éloges... C'est alors qu'ils commencent à vous en vouloir. A mort.

A Suzanne aussi, il a échappé des critiques. Face à Marcelin.

Jusque-là, elle avait préféré ne point trop y penser, mais un indéfinissable sentiment de malaise l'avertissait qu'à ces moments-là, elle faisait fausse route. Sans qu'elle sût pourquoi. Jusqu'à ce soir...

La nuit est tout à fait tombée et elle ne voit plus le visage de Rosa, ni même ses propres mains. Il n'y a que le pépiement assourdi des oiseaux prêts à s'endormir, tandis que le jasmin, les roses, la glycine, le cupressus et jusqu'au thym exhalent ce qui est l'âme des plantes : leur parfum.

N'a-t-elle pas – pauvre idiote! – trouvé le moyen de remontrer à son amant que son épouse, dans sa jalousie maladive, était un vrai pot de colle? Et pire encore, qu'elle n'avait qu'une idée en tête : le châtrer! Ce que font la plupart des épouses, avait-elle ajouté pour atténuer sa formule – ce qui revenait à enfoncer le clou! –, qui n'ont plus de vie sexuelle avec leur mari ni avec personne, mais qui ne supportent pas que celui-ci continue la sienne ailleurs... S'il pouvait devenir comme elles, une sorte d'eunuque, ou de frère...

A-t-elle prononcé le mot eunuque? Suzanne n'en est plus très sûre, mais le mot « châtré », sûrement. Marcelin n'a rien dit, il a paru réfléchir, puis a murmuré : « Elle souffre. »

Mais Suzanne aussi souffrait! Pourquoi la souffrance d'Annie serait-elle plus intolérable que la sienne?

En fait, celui qui avait dû souffrir, ce jour-là, c'était Marcelin : la Parisienne se permettait de critiquer sa femme!

Heureusement qu'elle s'était retenue d'exprimer le moindre jugement sur le goût vestimentaire d'Annie – assez province, mais n'était-ce pas normal? –, sur sa façon de se coiffer « serré », de parler haut dans les magasins!

Suzanne pouvait s'y croire autorisée, car

Marcelin était le premier à se plaindre à elle des excès jaloux d'Annie. Mais, à la réflexion, il était seulement en train de se vanter d'être aimé aussi fort, au surplus par sa propre épouse, et au bout de trente ans de mariage... Il s'attendait probablement à ce que Suzanne s'en ébahisse, et même l'en félicite.

Loin de comprendre à quel point ce beau provincial se sentait en insécurité face à elle, la Parisienne, et avait besoin de se rassurer, Suzanne avait au contraire sauté sur l'occasion pour accabler cette femme dont la jalousie empoisonnait leurs relations.

En réalité, lorsqu'ils parlaient d'Annie, les amants n'étaient pas sur la même longueur d'onde. Fallait-il imputer leur mésentente à un conflit Paris/province ? Rendu encore plus aigu du fait que le représentant de la province était l'homme, et qu'il cherchait le moyen de reprendre le dessus sur cette citadine qui avait le tort ambigu d'être devenue sa maîtresse ?

Car, bien qu'il l'aimât, Marcelin devait se dire, suivant en cela les préjugés de son milieu, qu'une femme non mariée qui se donne au premier venu n'a pas à faire la fière !

Or Suzanne, désinvolte, se comportait comme si elle se jugeait plus évoluée que toutes les provinciales, en particulier que Madame Fourier – pour parler de son épouse, Marcelin disait parfois « Madame Fourier » – qui, elle au moins, avait le mérite de n'avoir jamais trompé son mari.

– Pauvre femme..., soupire Suzanne, sa gaieté éteinte.

– Laquelle ?

– Nous toutes, toujours ! Nous ne sommes que des pions pour les hommes. Seul compte leur échiquier et la façon dont ils nous placent et déplacent pour gagner je ne sais quelle partie qu'ils se livrent entre eux, j'imagine !

– La différence entre les hommes et nous, Suzanne, c'est qu'ils se moquent du bonheur. Il n'y a que leur précieuse virilité qui compte. En cela, les provinciaux valent tout à fait les Parisiens, s'ils ne leur sont pas supérieurs... Dès qu'ils voient passer une femme, c'est une croix potentielle à ajouter à leur tableau de chasse. Je soupçonne certains d'aller la tracer pour de bon sur l'écorce des arbres... Dans le coin, nous avons des chênes millénaires et pas mal couturés !

– Rosa, comment faites-vous pour tenir le coup ?

– Je suis une marginale, une femme en exil.

– Mais pourquoi ?

– Une longue histoire...

– Racontez-moi...

Dans le noir, les confidences perdent un peu de leur indécence et de leur âpreté.

– Mon tort, c'est de ne pas avoir cédé au désir général – qui continue, ne vous y trompez pas ! – d'abaisser les femmes. Toute jeune, j'ai perdu mes parents, et comme ils m'avaient laissée sans ressources, je m'en suis tirée comme j'ai pu... Cela s'est su, bien sûr, et c'est resté accroché à moi pour toujours.

– Pourtant, vous avez été mariée ?

– Avec un homme qui n'était pas d'ici. Un

Polonais. Lui s'en fichait, de mon passé, et les autres ont toléré notre union parce que moi, « la pute », je n'ai pas attrapé dans mes rets un brave garçon de chez nous, mais un « sale étranger ». Quelqu'un, en fait, qui ne comptait pas! Nous étions donc bien assortis : quelque chose comme des sous-citoyens. On nous l'a prouvé quand Lucas a voulu obtenir des dérogations pour agrandir l'établissement qu'il avait acheté – il désirait installer une terrasse, vendre de l'alcool; la municipalité lui a tout refusé sous des prétextes variés et peu justifiables. Dans ces cas-là, il n'y a pas de recours possible. On est d'ici ou on ne l'est pas... C'est l'arbitraire qui tranche!

– *Gens d'ici, gens d'ailleurs...*
– C'est quoi, ça?
– Le titre d'un livre de Joyce. Il en savait long sur le provincialisme, celui des Irlandais, l'un des pires au monde. A consommer sur place!
– Dans le genre, nous avons chez nous des virtuoses. Lucas en est mort de chagrin.
– Et vous?
– Je suis devenue indifférente...
– Non, Rosa, vous êtes magnifique.
– On voit que vous êtes une femme d'ailleurs, et pas d'ici... A propos, savez-vous que ce n'est pas bon pour votre réputation de me fréquenter? Si vous aviez en tête d'épouser un homme d'ici, vous feriez mieux de m'oublier...
– Entendu, Rosa, j'oublie... J'oublie tout de suite...

Mais Suzanne continua d'y réfléchir. Si elle

avait à choisir entre l'amour de Marcelin et l'amitié de Rosa, que ferait-elle ?

La question se posait plutôt ainsi : si elle devait renoncer à la part d'elle-même qui voulait rester libre, indépendante, lucide, combative, toujours au travail et en progrès, sa part « virile », en quelque sorte, pour devenir la moitié aimante et aimée de Marcelin, qu'arriverait-il ?

43

Les heures se succèdent dans la chaleur d'un été à peine rafraîchi par la brise maritime, et, faute de mieux, Suzanne emplit ses journées de petites tâches, les unes amusantes, les autres moins.

En réalité, comme n'importe quelle amoureuse, elle attend. Coup de fil, lettre, rencontre imprévue...

Mais rien ne vient, ni signe ni appel. L'imagination seule se charge d'entretenir l'espoir : « Marcelin ne va plus pouvoir y tenir, se dit-elle, je lui manque sûrement. Et puis sa femme doit le fatiguer, l'exaspérer même, d'autant que ses récriminations sont devenues sans objet... cela doit l'user, cet homme, il ne peut que craquer, revenir me demander mon aide... »

Il y a aussi les jours où elle se dit que Marcelin doit être malade. Ou bien, pourquoi pas, amoureux d'une autre, moins compromettante! « Quand je le verrai, c'est la première chose que je lui dirai : "Alors, plus jeune et plus jolie?" Il me demandera : "De quoi parles-tu ? " Je lui répondrai : " De celle qui m'a remplacée... " »

Cela les avancera à quoi ? Tout ce qu'elle aura réussi, c'est à le flatter – ou à l'irriter. Ou les deux. En somme, à l'asticoter, comme le fait si bien Annie.

« Il ne faut pas que je la laisse déteindre sur moi... », se dit Suzanne.

C'est ça, la jalousie : on finit par ne plus penser qu'au rival ou à la rivale, pour se comparer, tenter de lui ressembler, jusqu'à en oublier celui qu'on aime.

Aime-t-elle encore Marcelin ? Ou continue-t-elle sur sa lancée ? Il y a quelque chose de fou à aimer un absent.

– Ce n'est pas toi qui te conduirais comme ça ! lance-t-elle à Monsieur le Chien étendu de tout son long sur le carrelage de la cuisine pour absorber, à travers sa fourrure, le maximum de fraîcheur.

Et puis elle se dit que les chiens aussi fantasment : certains ne se consolent jamais de l'absence – voulue ou non – de leur maître, ne s'alimentent plus, se laissent mourir... Aucun substitut ne peut remplacer pour eux l'être cher – pas plus que pour elle.

Si seulement il pouvait me dire qu'il ne m'aime pas ! Même si ce n'est pas vrai, il devrait avoir le cœur de me faire cette aumône... Je souffrirais un bon coup – puis je me détacherais... »

Elle le déteste. Non, il lui manque. Au début, c'était surtout physique, une envie d'être au lit avec lui, tout son corps appelant, souffrant. Maintenant, cela devient moral, mais sous une forme encore physique : elle a envie de sa voix, de ses mots, de son odeur, de son regard, de sa façon de bouger, de lui sourire.

« J'ai besoin qu'il m'aime ! »

Le téléphone sonne, Suzanne se précipite : c'est Rosa, Maurice, parfois Vincent, et chaque fois – même pour Vincent – c'est la déception... Elle doit faire effort pour le dissimuler, prendre un ton enjoué, avenant, se montrer disponible alors qu'elle a envie de crier : « Laissez-moi tous, vous m'ennuyez !... »

Voilà ce que lui fait cet homme : il la rend étrangère aux siens.

Elle devrait se révolter.

Lui ne se conduit sûrement pas comme ça, il a dû se rabibocher avec Annie, les hommes ont besoin d'une femme ; s'ils ne peuvent pas avoir leur préférence, ils se rabattent sur une autre et continuent tranquillement.

Il n'y a que leurs affaires qui comptent.

Il paraît qu'il s'est inscrit en tant qu'éleveur à ce nouveau syndicat où il se dépense, cherchant à faire progresser « la cause ». Suzanne aurait aimé y réfléchir avec lui, participer : que vont devenir les agriculteurs face à la menace américaine ? Faut-il qu'ils continuent d'exister ? ou qu'ils disparaissent ? Tous sujets sur lesquels elle pourrait avoir des idées... Elle se sent une superbe machine à aimer, à donner, à penser, qui en ce moment tourne à vide.

En fait, ici, ses qualités ne sont pas appréciées, on ne lui demande qu'une chose, elle le perçoit à tout instant : ne pas déranger, se montrer conforme.

La veille, elle s'est fait klaxonner parce qu'elle cherchait une place en roulant lentement. Maintenant qu'elle y repense, c'est sa plaque 75, la désignant comme Parisienne, qui a dû irriter. Sans compter la taille de son véhicule : un engin pareil entre les mains d'une femme ? Il n'y a qu'à Paris qu'on voit une chose pareille ! a dû penser le plouc.

La colère la prend à retardement : « C'est nous qui leur apportons l'argent ! De cela aussi, ils nous en veulent, comme s'ils avaient un meilleur savoir-faire et nous un meilleur savoir-gagner, ce qui fait qu'à leurs yeux nous les exploitons ! C'est trop injuste !

Mais comment se débrouilleraient-ils sans nous ?

Même Marcelin !

A qui vend-il sa viande, ses produits, sinon aux citadins ? Avec les acheteurs d'ici, il ne s'en sortirait pas ! Il serait comme les pauvres bougres qui vont proposer trois oignons et deux kilos de petits pois au marché.

La douleur, l'attente vaine la rendent agressive... Elle vient ici pour aimer et se faire aimer, et voilà qu'on la poursuit à coups de fourche !

Soudain, elle se sent solidaire de sa ville et des Parisiens, comme elle ne l'a jamais été. Ces gens qui s'usent à travailler dans des conditions parfois détestables, et qui trouvent encore le temps de créer toute la beauté du monde – les grands artistes sont de Paris, de

New York, de Londres, rarement de la province ! Et ce sont les gens des villes, plus douloureusement conscients que les autres, qui cherchent des solutions à tous les problèmes humains. Des solutions dont vont bénéficier un jour ou l'autre ceux-là qui les méprisent et qui vivent au cul des vaches !

Elle exagère ? Sans doute, mais il n'y a pas de prise de conscience sans exagération.

Elle se souvient d'histoires cruelles que lui racontait la Mémée en baissant la voix. Celle de ce fermier qui avait battu à mort sa fille de dix-sept ans parce qu'elle était tombée enceinte. « De qui ? » hurlait-il. La petite n'avait pas voulu le dire. Aujourd'hui on avorte, on fait de la préconception, et, surtout, on accepte d'être mère naturelle. Et cela vient d'où, ce formidable progrès dans la vie des femmes ? Du fond des champs ? Certainement pas : de la ville, comme les jeans et les mini-jupes, comme les études poussées même pour les filles et, un jour, le salaire égal !

Alors, qu'on ne vienne pas l'embêter ! Elle, Suzanne, fait partie de la ville. Elle *est* la ville. Le progrès aussi, puisqu'elle est amoureuse... L'amour, toujours, est progrès. Si ce père du Morvan avait aimé sa fille, il ne l'aurait pas martyrisée avec ses énormes poings forcis à couper le blé et retourner le foin.

Pour elle, Suzanne, c'est l'amour, son amour pour Marcelin qui gagnera, elle en est sûre.

En attendant, elle souffre, s'exaspère. Une fois de plus, elle a envie de violence. Par exemple, envoyer par la poste une boîte de grosses épingles doubles à cette chipie qui n'a qu'une seule idée, en se réveillant le matin : accrocher sa jupe au pantalon de son mari !

Suzanne allonge ses mains devant elle, ouvre les doigts. Il faut qu'elle se contraigne à garder les mains ouvertes...

Elle ne se conduira pas en enragée ! Pas elle !

Mais il faut qu'elle fasse attention à ne pas se faire avoir.

Comme il est arrivé à tant de femmes de province, à Rosa, par exemple, au départ aussi belles et aussi douées qu'elle. Niées, rejetées – une fois rempli leur rôle de reproductrices –, elles se rabattent alors sur la maladie. C'est la seule aventure qui leur reste.

– Viens, le Chien, allons marcher !

Parcourir des kilomètres à travers champs, par les bois ou le long des petits cours d'eau, lui font dépenser cette énergie qu'elle ne veut pour rien au monde employer à tomber malade.

Suzanne ne sera pas de celles qui se déclarent vaincues. A cause des préjugés. Et d'un homme.

44

« C'est sous la pluie qu'il faut juger la province ! pense Suzanne en remontant le col de son ciré. De préférence un dimanche, par exemple un dimanche d'août... »

Pas un passant ! Aucun magasin ouvert, sauf le boulanger de la petite rue montante qui en profite pour écouler son pain ordinaire, ses croissants sans beurre et de longs beignets frits, dits « chichis ».

Monsieur le Chien n'a pas voulu sortir. Parvenu au portail, il s'est statufié sur ses quatre pattes : « Je sais, tu n'aimes pas la pluie, rentre et attends-moi, je reviens ! » lui a lancé Suzanne. Ajoutant pour elle-même : « Par mauvais temps, on est bien seul. »

Pourtant, en dépit de la météo, il suffirait de pas grand-chose pour que tout resplendisse : avoir le sentiment qu'on est aimé quelque part.

En enjambant le ruisseau grossi du caniveau, une image lui revient à l'esprit. Ils n'étaient que fiancés, Philippe et elle, et, pour échapper à leurs familles respectives, il leur arrivait, le dimanche, de partir pour de longues promenades en forêt de Fontainebleau. Un jour, surpris par une brusque ondée, ils s'étaient blottis l'un contre l'autre sous une sorte d'abri de branchages. Philippe avait ôté sa veste pour la mettre par-dessus leurs deux têtes, et, joue contre joue, relativement au sec, ils avaient regardé l'averse s'intensifier, puis s'éclaircir, jusqu'au retour d'un pâle rayon de soleil.

Ce souvenir ténu ne l'avait jamais quittée. Sans doute parce qu'elle avait éprouvé à quel point, lorsqu'on est deux et qu'on s'aime, il est facile et même joyeux de braver les intempéries. Serrée contre Philippe, et du seul fait qu'il se préoccupait d'elle, Suzanne s'était sentie infiniment heureuse.

C'est ce qui lui manque aujourd'hui : être deux. Avec un homme pour lui parler, lui sourire, il lui semble qu'elle aurait toute la force du monde pour affronter le combat quotidien.

Au moment où elle s'arrête sur le seuil pour secouer son ciré ruisselant, elle entend le téléphone sonner un dernier coup, puis s'arrêter.

Rien ne se produit dans son esprit, aucune supposition. Elle a envie de croire que c'est Marcelin, et d'en rester là.

« Par temps de misère, on vit de peu de chose », se dit-elle. Grâce à cette lueur d'espoir, son emploi du temps est tout tracé : elle restera à la maison. Un dimanche, il aura peut-être le temps de passer pendant que sa femme, comme à son habitude, est à la messe.

Elle va allumer une grande flambée dans la

cheminée, refaire du café, parcourir *Le Journal du dimanche*, acheté au bar-tabac ouvert pour les joueurs de tiercé. Puis elle lira. Appellera Rosa sur le tard.

Rester seule, quand on est amoureuse d'un absent, est ce qui fait le moins mal. Comme si on laissait une porte ouverte... Elle n'a d'ailleurs pas verrouillé le portail du jardin ni la porte de la maison.

Sur le coup de onze heures, c'est Mercier qui l'appelle.

— Je ne vous réveille pas?

— Vous plaisantez! Je suis une lève-tôt!

— Même le dimanche?

— Qu'est-ce que ça veut dire, le dimanche? Pour moi, c'est un jour comme un autre... Au contraire, j'aime profiter du silence dominical. Et vous, que faites-vous?

— Je m'ennuie...

Il n'ose pas ajouter « de vous », mais c'est implicite.

— Voyons, Maurice, je croyais que vous étiez en train d'écrire!

— Justement! Au bout de quelques heures, il faut bien que je m'arrête. Et qu'est-ce que je dois faire à ce moment-là? Vous ne me l'avez pas dit...

— Que faisiez-vous avant?

— Avant quoi?

— Avant de vous être mis à écrire...

— Je travaillais ou alors je voyageais... J'étais toujours occupé...

— Vous n'avez pas des amis à Paris?

— J'ai beaucoup de relations, mais des amis...

— Une amie?

C'est pousser loin l'inquisition, aussi s'empresse-t-elle d'ajouter : « De la famille? »

— Ce qu'il m'en reste vit en province. Du côté de Châteauroux.

— Vous voyez!

— Quoi?

— Nous avons tous un coin de province quelque part... Et il nous manque!

Cette fois, il se décide :

— C'est vous qui me manquez!

Suzanne n'a aucune envie de comprendre et elle tente de dévier le coup :

— C'est votre éditeur qui vous manque, et pour l'instant je vous en tiens lieu! Vous devriez m'envoyer ce que vous avez déjà écrit.

— Je peux aussi vous l'apporter...

Et si Marcelin se manifestait justement ce jour-là?

— J'y pense : en fin de semaine, je dois faire un saut à Paris pour aller voir un fabricant joaillier, vous me donnerez vos pages à ce moment-là...

— Merveilleux! Vous arrivez quand?

— Je ne sais pas. Avec la voiture, je n'ai pas d'horaire...

— Prenez le train, pour une fois, cela vous fatiguera moins et j'irai vous chercher à la gare.

— Mais Monsieur le Chien?

— Votre amie ne peut pas le garder?

Mercier a l'esprit d'organisation. Sans compter qu'il est obstiné. Si seulement Marcelin pouvait montrer autant de... De quoi? Lui aussi est têtu, réalisateur. Lui aussi la désire. Reste qu'il n'est pas libre.

Accompagnée par Rosa et Monsieur le Chien, l'un lui jetant des regards éperdus – « Comment oses-tu t'en aller sans moi ? » –, l'autre lui faisant des recommandations comme si elle avait douze ans, Suzanne retrouve, en montant dans le train, ses sentiments d'adolescente.

La plupart des filles étaient comme elle : toujours amoureuses du garçon qui ne les regardait pas. Comme il n'était pas question de rester seules – de quoi auraient-elles eu l'air ? de mochetés délaissées, incapables d'attirer l'attention ? –, elles prenaient n'importe lequel de ceux qui leur couraient après. Aujourd'hui, en roulant vers Paris et en imaginant Mercier, tout sourires, sur le quai de la gare, Suzanne ressent la même chose qu'autrefois : pas de l'écœurement, non – elle l'aime bien, Mercier, comme elle aimait bien certains de ses soupirants –, mais de la lassitude. Pourquoi faut-il qu'on n'ait jamais ce qu'on souhaite, mais quelque chose *d'à côté* ?

Les enfants aussi connaissent cet abattement quand on leur offre non pas le jouet qu'ils désiraient si fort, mais celui qui y ressemble, qui est juste un tout petit peu moins bien, un tout petit peu moins cher : « Ça te suffit bien... »

A défaut de Marcelin, elle a Mercier qui devrait lui suffire.

Mais qui a décidé ça ? Suzanne n'est plus une petite fille, elle n'est pas obligée de se plier à la volonté d'autrui. Ni aux coups du destin.

C'est décidé : elle ne couchera pas avec Mercier.

Du moins, pas cette fois.

45

— C'est ma mère qui n'a pas voulu demeurer en province, confie-t-il. Mon père, lui, y était né, et Montargis n'est pas si loin de Paris, il connaissait tout le monde, ou plutôt tout le monde le connaissait : mon grand-père avait été médecin, alors vous pensez...

— Autrement dit, vous avez repris la vocation de votre grand-père ! Pourquoi pas votre père ?

— Papa n'aimait pas la maladie, ça l'écœurait. Tout petit, il était entré sans permission dans le cabinet de son père qui était en train de lancer un abcès ; du pus avait jailli, puis du sang, et mon père s'était évanoui. Après, ç'avait été fini ; la médecine, pour lui, c'était quelque chose de dégoûtant, il n'aimait que gratter le papier...

— C'est vrai qu'écrire est une façon de tenir le réel à distance... Et vous, maintenant, vous combinez les deux ?

Cela fait deux jours que Mercier lui raconte sa vie à l'heure du dîner. Hier, c'était au restaurant ; aujourd'hui, c'est chez elle, devant un repas froid acheté chez le traiteur, accompagné d'une bouteille de bourgogne aligoté.

« Quelle aventure qu'une vie », se dit Suzanne en écoutant de son mieux. Même la plus banale en apparence recèle des coïncidences, des hasards, des occasions saisies ou perdues, des réminiscences parfois inconscientes qui influent sur la volonté, ce qui fait qu'on se trouve répéter, sans le savoir, le désir d'un grand-père ou d'une arrière-grand-mère... Parfois c'est bénéfique, parfois non.

— Avoué, c'est un drôle de métier, pas très romanesque !

— C'est ce qui vous trompe, Suzanne, mon père était un poète ! Je pense que c'est la raison pour laquelle il lui fallait un métier calme, régulier, comme celui d'avoué, qui n'existe plus aujourd'hui. Il rêvait tout le temps, manquait de se faire écraser dans la rue, se blessait dès qu'il voulait bricoler ou s'occuper de la cuisine... Comme ma mère l'adorait, elle l'avait pris en charge et il n'avait qu'à se laisser dorloter.

— Il écrivait ?

— Son journal. Ma mère a tout brûlé à sa mort...

— Quel dommage !

— C'est lui qui l'avait demandé.

— Était-ce une raison pour le faire ? Que de trésors sont devenus cendres ou poussières entre les mains d'héritiers – pardonnez-moi le mot – « abusifs »...

Mercier se renverse sur le dossier de sa chaise, son verre de vin à la main.

— J'ai d'abord pensé comme vous, Suzanne, mais c'est plus compliqué. Tout le monde a peur que sa personnalité lui échappe...

— Comment ça?

— Je m'en aperçois quand les gens sont très malades : même s'ils ne veulent pas reconnaître qu'ils sont près de leur fin, ils le savent. Que font-ils? Rarement leur testament, ce qui est à l'origine de drames futurs considérables. En revanche, ils demandent instamment à leurs proches de brûler tels papiers, telle correspondance, tel cahier d'écolier qui contiennent, pourrait-on penser, des secrets explosifs... Le plus souvent, il s'agit de choses infimes mais qui risquent de contredire l'image qu'ils ont donnée d'eux de leur vivant. C'est celle-là qui doit leur survivre. Là-dessus, les proches sont complices, eux aussi tiennent à conserver une certaine idée du disparu, et ils s'empressent de se conformer à sa volonté.

— Quel genre de secrets? Des coucheries, des infidélités?

— Philippe n'a rien laissé?

— Ses agendas... Parfois il y notait une pensée, une réflexion. C'est Vincent qui les a parcourus, puis rangés. Ça lui a fait plaisir, comme si son père lui envoyait des messages posthumes.

— Ce que j'aime en vous, Suzanne, c'est votre capacité d'amour. Vous ne critiquez pas, vous...

— Je?

— C'est un mélange : vous prenez dans vos bras – symboliquement, j'entends – pour réconforter, encourager, aider à vivre... Vous l'avez fait pour moi et mon livre. En même temps, vous ouvrez les mains pour laisser libre. On ne se sent pas pris en otage, avec vous!

— Sans doute ai-je moi-même besoin de liberté. Mais parlez-moi de votre mère. Pourquoi avait-elle si envie d'être à Paris?

— Pour sa liberté à elle... Et puis, Maman aimait le monde.

— Sortir?

— Rencontrer des gens différents... Maman était une observatrice; les êtres humains, leurs différences la passionnaient. Vous pensez sans doute que je suis devenu médecin à cause de mon grand-père, qui l'était? Eh bien, j'ai fini par comprendre, depuis que j'écris ce livre, que c'est le désir de Maman que je continue... C'est elle qui m'a légué ce goût de m'intéresser à autrui...

Il s'est levé, s'approche de la fenêtre qui donne sur une petite cour d'immeuble sombre et sans arbres.

— Et la nature? Ça ne lui manquait pas?

— Nous retournions de temps en temps à Montargis. Je vais vous dire une chose étrange : quand on revenait à Paris, au moment où on franchissait la grande ceinture, tout à coup, du fond de la voiture, on entendait Maman s'écrier : « Ah, je respire! » Elle avait besoin de l'air de la grande ville... En province où tout le monde la connaissait, l'observait, lui posait des questions, elle se sentait étouffer.

Suzanne s'est levée, range les restes dans le Frigidaire, pose la vaisselle sale sur l'évier. Elle met un moment pour répondre et Mercier la regarde avec inquiétude : peut-être l'a-t-il lassée avec ses confidences ?

Puis Suzanne se retourne, s'adosse à la table de travail, croise les bras.

— Je pense que votre mère avait raison, Maurice. Il n'y a que dans les très grandes villes comme Paris qu'on se sent vraiment libre. Aussi libre, en tout cas, que cette société le permet. Mais, en province...

— Quoi donc ?

— On se sent tenu dans des bras...

Mercier se tait, puis lui sourit tendrement.

— Savez-vous que c'est exactement ce que disait mon père ? Il voulait mourir à Montargis ! Il y avait d'ailleurs acheté d'avance une concession perpétuelle. Il disait qu'il voulait passer l'éternité parmi les siens... Une sorte de petite communauté au sein d'une autre plus large, dont il était seul à connaître les tenants et les aboutissants... A son enterrement, ils étaient tous là. Des gens que je ne connaissais pas, émus, très émus, qui m'embrassaient ou me serraient chaleureusement la main. J'aurais voulu rester pour leur parler de mon père, en savoir plus long sur ce qu'il représentait pour eux, et puis, sitôt la cérémonie terminée, Maman m'a dit : « S'il te plaît, ramène-moi chez nous. » Cela voulait dire à Paris, dans son appartement.

— Vous voulez qu'on aille au salon ? Nous serons mieux assis.

- Avec vous, je me sens bien partout...
Il la suit, tout à ses pensées.
- Je n'ai jamais parlé de ça avec personne ! Merci, Suzanne...

Au début de leur rencontre, Marcelin lui avait dit : « Je te raconterai ma vie... » Il n'en avait pas eu le temps, il ne s'en est pas donné le temps. Et c'est comme un manque, dans leur amour. Bien sûr, raconter sa vie, c'est raconter une histoire : où est la vérité, quelle est-elle exactement ? Nul ne le sait. Mais parler du passé lie les gens entre eux. Ils se sentent rapprochés par ce qu'ils ont transmis d'eux-mêmes et de ceux qui les ont précédés, qui sont morts, que l'on fait revivre en évoquant leur vie. La justifiant. L'admirant. Cherchant – parfois tardivement – à la comprendre, à se mettre enfin à leur place.

- Au fond, votre mère aurait peut-être aimé travailler, avoir un métier à elle ?
- C'est ce que je me suis dit. Vous savez, Suzanne, je l'ai prise avec moi à partir du moment où elle a été veuve. Sans doute est-ce pour cela que je ne me suis pas marié. Je sentais qu'elle en aurait souffert. Elle a fini par s'occuper de mon secrétariat. Elle avait un contact extraordinaire avec les patients, au téléphone et aussi quand ils arrivaient... Mes malades ne l'étaient déjà plus qu'à moitié quand ils pénétraient dans mon cabinet, grâce à leurs échanges avec Maman. Et puis elle est morte brusquement, d'un arrêt du cœur, je n'ai pas eu à la soigner.
- Vous le regrettez ?

– Non, Suzanne, je sais trop ce que vous avez souffert avec Philippe.

Mercier n'oublie pas. Ni Philippe, ni sa maladie, ni ce qu'elle-même a vécu à ce moment-là. Suzanne lui en est reconnaissante. Marcelin, lui, ne sait rien d'elle, ne veut pas savoir, n'en a pas la curiosité. Il la rêve, c'est tout.

46

Au moment où Suzanne, son sac de voyage à la main, va escalader le marche-pied, Mercier lui lance en guise d'au revoir :
— Suzanne, épousez-moi !
— Si je m'attendais...
Elle redescend sur le quai.
— Mais moi non plus, je ne m'attendais pas à vous faire cette proposition !
— C'est parce que vous me trouvez commode, que vous voulez m'épouser ?... Une bonne conseillère ?
— Ne soyez pas insultante, vous savez très bien que je tiens très fort à vous, et depuis longtemps.
— Est-ce une raison suffisante pour demander quelqu'un en mariage ?
— En connaissez-vous de meilleure, à nos âges ! Donnez-moi votre bagage, je vais vous retenir une place...
Maurice a peut-être raison, se dit Suzanne, demeurée sur le quai : pour ce que vaut l'amour, pour ce qu'il dure, pour ce qu'il tient ce qu'il promet... Autant vaut l'amitié. A leur âge...

Bien sûr, quand elle avait épousé Philippe, ils avaient vingt ans et le romantisme exigeait qu'ils se sentissent éperdument amoureux. Ensuite, ce fut de l'amitié amoureuse, puis de l'affection, de l'attachement, de l'habitude, de la confiance, surtout, une immense confiance. Ils ne se disaient pas tout, comme au début, mais ils savaient qu'aucun mal ne pouvait arriver à l'un sans que l'autre le partageât complètement.

En cas de malheur, Maurice non plus ne la laisserait pas tomber. Est-ce cela, un mariage : une assurance sur la vie – ou plutôt contre ?

Suzanne se sent encore capable – elle vient de le prouver – de tellement de passion... *Où mènent les mauvais chemins*, dit un titre de Balzac... La passion serait-elle un mauvais chemin ?

Mercier redescend du wagon.

– Coin-fenêtre, non-fumeur. Place numéro 22. Voulez-vous y réfléchir ?

– M'y voici contrainte, cher Maurice, j'ai même déjà commencé...

– Je veux dire : quand vous serez seule ? Vous me répondrez plus tard, à votre convenance. Il me semble que réunir nos deux solitudes ne serait pas une mauvaise affaire...

– C'est le mot qui vous vient : une affaire ?

– Pardonnez-moi, Suzanne, je ne vaux pas grand-chose pour les déclarations d'amour ! C'est peut-être pour cela que je suis demeuré célibataire. Les femmes aiment le romantisme et j'ai l'impression, quand je m'y efforce, je ne dirais pas de mentir, mais de jouer un rôle :

celui d'amoureux, qui n'est pas le mien... Je suis meilleur dans l'euphémisme. Tenez, disons-le comme ça : je tiens très fort à vous, vous m'êtes même nécessaire, et quand vous n'êtes pas à portée, je perds pied... Je n'aime pas vous savoir en province. Venez, on vend des journaux un peu plus loin, je vais vous acheter *le Monde,* sinon vous ne l'aurez là-bas que demain.

Il la prend par le bras et l'entraîne sur le quai, sans doute pour la faire marcher à son pas.

— Maurice, si je viens d'acheter une maison *là-bas*, comme vous dites, c'est pour y séjourner souvent...

— Si nous étions mariés...

— Quoi ?

— Je m'y ferais, moi aussi, à votre province, en tout cas pour les petites vacances, peut-être aussi pour les grandes... Ce n'est pas pareil quand on se sent responsable d'un lieu... Enfin, je ne veux pas dire que je me sentirais propriétaire de votre maison — d'ailleurs, si vous le préférez, nous nous marierions sous le régime de la séparation de biens... Je sais bien que vous avez un fils... Enfin, ce que je veux dire...

Il est tellement maladroit que Suzanne, enfin, se sent touchée.

— Cher Maurice, je suis tout à fait prête à partager tout ce que je possède avec vous... C'est autre chose qui me retient de vous dire oui tout de suite...

— Vous n'êtes pas libre ?

Il lui lâche le bras pour lui faire face.
— Mais si, s'entend-elle répondre. C'est que je me suis donné tant de mal pour devenir indépendante, depuis la mort de Philippe, pour m'apprendre à vivre seule, en ne comptant que sur moi-même, que j'aurais le sentiment, si je me remariais, de...
Elle va dire : régresser, revenir en arrière... Ce qui n'est guère aimable et, heureusement, Maurice l'interrompt :
— Je n'ai pas l'intention de vous emprisonner, Suzanne. Vous ferez ce que vous voudrez, vous partirez quand vous voudrez... Vous savez que j'ai énormément de travail, sans compter que je suis un vieux, très vieux célibataire, et que moi aussi, j'ai besoin de solitude, d'indépendance...
— Maurice, vous me dites exactement ce qu'il faut me dire pour me donner envie...
— De dire oui?
— ... de réfléchir!
Mercier rit. Lui prend la main, l'embrasse longuement avec, pour la première fois, de la sensualité.
Le haut-parleur annonce le départ imminent et Suzanne escalade rapidement le marche-pied. Fait un signe de la main à ce visage qui la considère de bas en haut. Puis les portes se referment.
Une fois installée dans son compartiment, Suzanne clôt les yeux, s'interroge : éprouve-t-elle quelque chose? Oui et non. Toute caresse de la part d'un être qu'on aime, ne fût-ce que tendrement, vous remue, c'est

évident. De là à déclencher le désir... Elle ne désire que Marcelin. Mais Marcelin est si loin... Retranché en lui-même.

Peu à peu, le train gagne de la vitesse. Suzanne a déjà envie d'être arrivée. Elle se débrouillera pour relancer Marcelin afin de lui dire : « Tu sais, on vient de me demander en mariage. Qu'est-ce que je fais ? »

Mais c'est couru d'avance, son amant lui dira : « Vas-y ! » Si elle tient à préserver leur amour, Suzanne ne peut compter que sur elle-même.

Elle rouvre les yeux, appuie son front brûlant contre la vitre. Les prés et les champs, de plus en plus dépourvus d'habitations, défilent à toute allure. Ils semblent n'appartenir à personne. En fait, la moindre de ces parcelles a un maître qui se fait du souci à son propos, ou se congratule.

Il n'est pas le seul : chacun peut juger de ce que vaut la terre du voisin, si elle a bien ou mal donné cette année. En campagne, on vit exposé.

Comme une terre non cultivée, une femme non mariée provoque l'apitoiement... Pour ces gens-là, il n'y a pas de « femme libre », pas plus que de « terre libre » ; il n'y a que des femmes en jachère.

47

– Pourquoi ne vivez-vous pas ici toute l'année ?

Cette question, Sylvie Mesclain n'est pas la première à la lui poser : à la belle saison, dès que quelqu'un pénètre dans le jardin, en goûte le silence, la quiétude, il est pris du désir d'y demeurer et ne comprend pas qu'elle ne le fasse pas, elle qui en a la possibilité !

La tentation de s'immobiliser pour s'enfoncer en soi-même, beaucoup la ressentent aussi en visitant un monastère : « Un jour, je viendrai faire retraite », se promettent-ils. Ou même : « La vie religieuse, telle était ma vraie vocation ! »

Lorsqu'on ne fait que passer, on ne perçoit d'un lieu que son côté paradisiaque, hors des contraintes, lesquelles n'apparaissent qu'à l'usage.

Suzanne réplique par le premier argument venu à Sylvie Mesclain qui, étalée sur le banc de bois, humant l'odeur du chèvrefeuille, l'écoute à peine.

– Mais je m'ennuierais !

— Bah, on se passe très bien du théâtre, rétorque la jeune femme comme si elle lui faisait la leçon... D'ailleurs, il y a d'excellentes tournées théâtrales en province, les films viennent souvent en avant-première, les chanteurs aussi, et puis vous avez la télévision.

Elle a failli dire : « comme nous », dessinant malgré elle une frontière entre la grande ville et la province, et Suzanne se prend à sourire.

— J'ai des attaches à Paris...

— Quelqu'un ?

Suzanne se tait.

— C'est vrai, il y a votre appartement. Et puis votre fils.

Sylvie, qui n'a jamais quitté Paris, ignore que la capitale agit sur elle comme une drogue, un stimulant qui la laisserait appauvrie si elle en était privée.

— C'est ça, Sylvie, je ne peux pas tout quitter du jour au lendemain...

— Moi, si j'avais une maison comme ça, je n'hésiterais pas ! J'en ai tellement marre de la pollution, du stress, de la bousculade... Les gens deviennent si désagréables dans les magasins, le métro, à la poste, partout...

Reste qu'elle ne fait rien pour partir ! Suzanne la pousse exprès dans ses retranchements :

— Il y a justement quelque chose à acheter dans la rue, avec un jardin, je peux vous emmener chez le notaire...

— Ça doit être très cher ?

— Pas tant que ça, en ce moment.

— Mon métier ne me le permet pas, je dois

rester sur place... Plus tard, bien sûr, quand je verrai venir la retraite...

Pour ces gens-là, la province, c'est la retraite, et non la vie. Suzanne voudrait pouvoir prendre Marcelin à témoin : « Tu vois, je ne suis pas comme eux! Non seulement je me suis faite à la vie d'ici, mais je l'aime... Accepte-moi! »

C'est justement ce que Marcelin ne peut faire – parce qu'il est d'ici. Le cœur de Suzanne se serre; elle voudrait, comme on dit, le beurre et l'argent du beurre : les avantages de la province, sa beauté, son calme, sa sensualité, mais pas ses interdits. Au fond, elle ne vaut guère mieux que Sylvie.

— C'est gentil d'être venu me voir...

— Vous êtes insaisissable à Paris, et comme je passais par là... Et puis, je voulais vous dire : j'ai rompu avec mon fiancé! A cause de vous...

— De moi?

— J'ai le sentiment que vous êtes devenue une autre femme depuis que vous êtes seule, tellement plus épanouie, plus vraie... Au fond, a-t-on besoin d'un homme? Est-ce qu'on ne vit pas mieux sans?

— Sylvie, comment pouvez-vous dire ça? D'abord, je ne suis peut-être pas seule...

— Mais vous vivez seule, non?

— En partie.

— Ah, vous avez un amant? Des amants, même? C'est encore mieux... Pardon de revenir là-dessus, mais quand je fréquentais Philippe, je me croyais malheureuse parce qu'il ne m'épousait pas, à cause de vous... Eh bien, je me suis aperçue que je me trompais, j'étais très heureuse : j'avais l'amour, sans les soucis. Les soucis, c'était pour l'épouse, pour vous !...

Suzanne en a tout à coup assez.

— Il va falloir que je sorte, j'ai un rendez-vous.

— C'est vrai que je vous suis tombée dessus à l'improviste. On croit bêtement que les gens qui vivent ici ont tout leur temps...

— Vous avez bien fait.

Qu'elle s'en aille !

— Dans quelques années, je viens vous rejoindre, c'est promis... Vous me ferez connaître la vie secrète de la province ! On fera la fête ensemble...

— C'est ça !

Il a eu raison, ce jeune homme, de ne pas l'épouser : Sylvie n'a pris que les mauvais côtés de la nouvelle liberté des femmes, le refus de la responsabilité, de l'engagement. De la douleur, surtout. Sans la douleur, on n'arrive à rien, particulièrement en amour.

Suzanne la regarde s'éloigner sur le trottoir : une jolie silhouette habillée à ravir, un corps souple entraîné par la gymnastique, qui trébuche avec grâce sur les pavés...

Mais qu'est-ce que Philippe avait donc pu lui trouver ? Ce n'est qu'une ombre.

48

– Jamais je n'aurais cru y parvenir, dit Maurice Mercier, lissant du coude la couverture brillante du premier exemplaire de son ouvrage, *La Passion de guérir*, que vient de lui faire parvenir l'éditeur. Je ne vous en remercierai jamais assez, Suzanne, car c'est bien grâce à vous que ce livre existe...
– Parce que vous avez su m'utiliser, cher Maurice ! Nous sommes tous la chance de quelqu'un, mais, la plupart du temps, les gens nous laissent passer, et leur chance avec...

En entamant sa péroraison, Suzanne ne pensait qu'à fortifier Mercier dans son rôle d'auteur. Au cours de l'affrontement – parfois sévère – avec la presse et les médias, un écrivain ne doit jamais se décharger d'une part de sa responsabilité, fût-ce au profit du cher éditeur qui l'a tant soutenu, ou de sa merveilleuse épouse sans laquelle rien n'aurait vu le jour... Écrire, publier est le fait d'un être libre qui doit en subir seul les conséquences : succès, échec, malentendus.

Mais, tout en encourageant Maurice dans sa

nouvelle voie, Suzanne s'aperçoit qu'elle ne peut s'empêcher de penser à Marcelin. Pourquoi, lui, son amant, a-t-il rejeté ce que Suzanne lui apportait ? Comme s'il n'en appréciait pas la valeur ?

Certes, dans une de ses lettres, Marcelin déclare qu'il ne la « mérite » pas. Mais une telle humilité de sa part n'est-elle pas feinte ? Et quand il lui fait ce compliment ambigu : « Tu es si indépendante », on dirait qu'il cherche à se décharger d'elle...

« Si je n'étais pas "indépendante", lui aurais-je tellement fait confiance ? (Après l'un de ses longs silences, il lui avait dit au téléphone : " Je peux venir ? Tu veux bien de moi ? Tu m'acceptes ? " Et Suzanne, l'imprudente, de répondre : " Je voudrai toujours de toi... ") Et si je n'avais pas été capable de m'assumer, où en serais-je maintenant ? Morte ? En cure de sommeil ? Marcelin devrait se féliciter que je m'en tire aussi bien, et sans scandale... Il faut que je le voie, que je le lui dise... »

Toujours cette conviction que, si elle pouvait lui parler suffisamment longtemps, passer du temps avec lui, s'expliquer, elle parviendrait à le convaincre que leur amour est vivable. Mais il ne lui donne que des miettes. Comme la dernière fois quand...

– Si vous permettez, Suzanne, je vais vous dédicacer ce premier exemplaire.

– Attendez donc d'en avoir d'autres !

– Non, j'y tiens...

Comme c'est simple avec Maurice ! Il a toujours l'attitude et les paroles qui font du bien.

Est-ce son métier de thérapeute qui veut ça ? Ou est-il médecin parce que guérir est dans son tempérament ? Il lui a raconté son enfance, la naissance précoce de sa vocation. Sur quoi, Suzanne l'a convaincu de rajouter que, tout enfant, il essayait déjà de soigner les insectes mal en point, ou de faire revivre les souris mortes... « Pour mieux apprécier un texte, lui a-t-elle dit, le public a souvent besoin de savoir qui en est l'auteur, ce qu'il pense et croit, quelle a été sa vie. »

Mercier a commencé par s'y refuser, il craignait de se mettre trop en avant, répétant que ce n'était pas lui le sujet du livre, mais ce qu'il avait à dire – en fait, ce que les malades eux-mêmes avaient observé et lui avaient appris sur cette chose mystérieuse qu'est le désir de guérir, secrètement intriqué à celui de tomber malade...

– Ne croyez-vous pas que le désir de soigner fait également partie du mystère ? Tant de gens n'ont que celui de tuer ou voir mourir... Pas vous ! Il faut vous expliquer là-dessus, Maurice.

Il l'avait fait, dans l'étonnement de découvrir qu'il en pensait bien plus, sur le sujet, qu'il n'aurait cru. Ce chapitre-là, il l'avait rédigé directement, la nuit, sans en parler à Suzanne, et lorsqu'elle l'avait lu, elle en avait eu les larmes aux yeux : c'était bon, excellent même.

Quelle satisfaction, s'était-elle dit, de voir un homme devenir enfin lui-même du fait qu'une femme l'avait un peu soutenu.

C'était cela qu'elle aurait rêvé de faire pour Marcelin : l'aider à accomplir ses potentialités, à s'exprimer jusqu'au bout de son être – ce qu'il avait esquivé jusqu'ici, se défiant des mots et de la parole, comme tous ceux qui ont eu à en pâtir. Et qui continuent. Toutes ses tentatives d'explication avec Annie, lui a-t-il confié, tournent à l'aigre.

Suzanne s'empare du livre que Maurice lui tend, et, avant de parcourir la dédicace, le serre à deux bras contre son cœur : elle ne peut pas renier qu'il est un peu son œuvre ! Et c'est ce qu'y a tracé Maurice : *Pour Suzanne, ce livre qui est d'abord son livre. Avec mon affectueuse tendresse, Maurice.*

— Merci, cher Maurice !

— Vous renversez les rôles, Suzanne, c'est à moi de vous remercier ! Allons fêter ça... Dans un restaurant au bord de la Seine, ou alors au bois de Boulogne ?

— Ce soir, je suis si fière que j'ai envie de dominer Paris !

— Alors à la tour Montparnasse ! De là-haut, on verra peut-être l'avenir...

Suzanne acquiesce, bien qu'elle n'ait aucune envie de connaître l'avenir, craignant de n'y plus rencontrer Marcelin. *J'ai dû prendre la décision d'interrompre nos relations...*

Bien sûr, interrompre ne veut pas dire cesser, et déjà à la fin de sa lettre, il recommence à envoyer paître toute raison : « *Je t'aime passionnément.* »

C'est cette superbe de Marcelin dans l'aventure d'amour qui plaît tant à Suzanne, la retient, l'attache.

Mercier, lui, est modeste.

49

Ce fut un voyage un peu lent, exprès. Elle quitta même l'autoroute pour s'arrêter à Saint-Maixent, la ville militaire, identifiable dès le premier coup d'œil par l'abondance de ses magasins pour hommes, vêtements, décorations, tabacs...

Manifestement, il manquait quelque chose à ces boutiques un peu austères! Les hommes ne sont pas faits pour rester seuls, moins encore que les femmes.

La maison, en revanche, se révéla tout à fait accueillante, du fait des améliorations – chauffage électrique, congélateur – et aussi de l'engagement d'une femme de ménage qui venait une fois par semaine voir si tout allait bien, chasser la poussière, aérer.

Monsieur le Chien se précipita dans le jardin, retrouver ses marques : le trou à mulot, un terrier soigneusement rebouché par le jardinier et recreusé à chaque retour, l'endroit d'où aboyer par-dessus le mur à l'intention d'un chien voisin, comme pour dire : « Tiens-toi bien, me revoici! » L'autre répondit aussitôt.

Et deux jours plus tard, Marcelin débarquait chez elle, comme s'il l'avait entendue, lui aussi, annoncer son arrivée. Elle n'avait pourtant pas bougé.

– Comment savais-tu que j'étais là?
– C'est ma tante, ta voisine, qui me l'a dit... Elle est au courant de tout.
– Vraiment?
– Enfin, des allées et venues...
– Ton agent de renseignements, en somme!
– Si tu veux!

Ils échangent ce que les Anglo-Saxons appellent du « menu parler » – comme s'ils étaient de connivence pour retarder le moment d'aborder les sujets graves.

C'est Marcelin qui ouvre le feu après avoir répété « Je suis content de te voir » et aussi « Tu as bonne mine... »

Suzanne se contente de lui sourire et de l'interroger du regard.

– Voilà! dit-il. Elle a trop besoin de moi...

Suzanne sent son visage se figer, peut-être parce que le sang s'en retire. Comme si elle-même n'avait pas besoin de lui! Et que rétorquer? Dans les moments décisifs, on a tout compris dès le premier mot, ce qu'on dit par la suite aide seulement à apprivoiser la souffrance...

Celle de Suzanne la submerge au point qu'elle doit s'asseoir, chancelante. Marcelin, resté debout, lui jette un long regard, mais ne s'approche pas. Son visage est marqué, creusé, il a sûrement été malheureux. L'est encore. En même temps, il serre les mâchoires, manifestement décidé à passer outre.

— Je ne peux pas tuer cette femme...

Ce qui prouve qu'il a envisagé de poursuivre leur liaison, sans pouvoir s'y décider.

Suzanne se tait. Tout son être se refuse à approuver cet homme et à lui donner son quitus. Serait-ce pour l'obtenir qu'il est venu ? Ce qu'il accomplit là, qui leur arrache le cœur à tous deux, qu'il le fasse sans son aide !

Un instant, elle a envie de lui asséner : « Eh bien moi, je me marie ! »

Ce serait un mensonge, puisque ce n'est pas décidé. Et puis, ce n'est pas ainsi qu'elle ressent les choses : si elle aime quelqu'un, c'est Marcelin. Mais lui révéler qu'il y en a un autre, ce serait trop facile... Il se dira : « Elle me trompe ! Je fais bien de rester avec Annie, qui, elle, au moins, m'est fidèle... »

Toujours ce parallélisme ! Inévitable lorsqu'on a affaire à un homme marié : il ne peut s'empêcher de comparer sa maîtresse à sa femme — en tout cas, on peut s'imaginer qu'il le fait. Et cela fausse tout...

Suzanne se sent si impuissante qu'elle se met à pleurer et, cette fois, Marcelin vient vers elle, s'agenouille, lui prend la main : « Ne pleure pas, je t'en prie, je ne peux pas le supporter... »

Entre deux hoquets, elle parvient à dire :

— Et moi, il y a des tas de choses que je ne supporte pas et que je suis bien obligée d'accepter quand même !

— J'ai été terriblement malheureux. Je le suis toujours.

— Tu crois que je ne le suis pas?
Alors il la prend dans ses bras, comme si elle était un tout petit enfant qui vient de se cogner.
— J'aurais tant aimé te rendre heureuse...
Elle ne peut s'empêcher de le réconforter :
— Tu l'as fait, tu m'as rendue très heureuse!
— Toi aussi. Je n'ai jamais eu autant de plaisir avec une autre femme...
— Du plaisir seulement?
Elle s'est mise à le renifler, tout doucement, comme une chienne qui flaire ses petits quand elle retourne à eux, puis elle l'embrasse à petits coups, dans la nuque, là où ses cheveux sont devenus un peu longs, puis au coin des yeux, de la bouche, avec une si éperdue tendresse...
Jamais elle n'éprouvera ce sentiment pour personne d'autre, elle le sait. C'est fini, scellé, désespéré.
— Au moins, on aura vécu ça! dit-il sans lui rendre ses baisers, comme s'il était déjà très loin.
— Tu es sûr...
— Quoi?
— Qu'on ne peut pas continuer à se voir un petit peu de temps en temps? Tu sais je peux t'attendre, j'aime t'attendre, je...
Il se relève.
— Suzanne, c'est impossible!
— Mais elle ne le saura pas.
— Si!
— Par les gens?
— Pire, elle le sent. Je ne suis plus le même

quand je te vois, je ne suis pas capable de jouer à ce point la comédie, Annie me connaît trop bien, elle perçoit que je pense à toi, et alors...
— Alors ?
— Elle se laisse aller...
Il s'est remis à arpenter la pièce.
— C'est peut-être parce que je suis éleveur...
Suzanne, déconcertée, l'interroge du regard.
— J'ai besoin d'aider à vivre, tu comprends ? Pas à mourir.
Elle comprend si bien qu'elle s'affaisse, glisse au pied du canapé, sanglote de toute son âme, de tout son être. Non parce qu'il l'abandonne, mais parce qu'elle l'aime si fort d'être ce qu'il est.
Et ça, c'est sans recours.

50

— Pourquoi est-ce que cela vous étonne ? Enfin, t'étonne...

Suzanne ne s'est pas encore faite à le tutoyer.

— Je pensais que la province n'était pas mon public ! répond gentiment Mercier. Mon éditeur aussi a été surpris de voir que *La Passion de guérir* part plus vite et plus fort hors de Paris.

— En somme, tu méprises les provinciaux ! D'après toi, ils ne peuvent que suivre, jamais découvrir ni précéder ?

C'est à cause de Marcelin que Suzanne réagit avec autant d'agressivité. Va-t-elle longtemps continuer à se sentir du côté... elle allait penser : du plus faible ? Mais Marcelin n'est pas le plus faible, bien au contraire, puisque c'est lui qui la tient.

Pourtant, dès son retour à Paris, elle a annoncé à Maurice qu'elle était résolue à l'épouser.

— J'espère vous rendre heureuse, Suzanne...
— Et vous, Maurice, le serez-vous ?
— Si vous l'êtes, oui...

Comme Suzanne a encore besoin de passer ses nerfs, le livre lui en fournit le prétexte : *La Passion de guérir* a démarré de façon foudroyante, mais seulement en province. Parisien de cœur et d'esprit, Maurice s'en affecte et cherche à comprendre :

– Loin de Paris, les gens doivent avoir davantage de temps...

– C'est ça ! explose Suzanne. Ces pauvres péquenots n'ont qu'une chose à faire : vous lire !

– Chérie, que t'arrive-t-il ?

Suzanne lâche la vérité :

– Je crois que je suis partagée entre deux amours...

– Qui ne l'est ? répond Mercier tout innocence. Je t'aime et j'aime la médecine ! C'est cornélien...

Touchée, Suzanne caresse ses cheveux gris, un peu clairsemés. Maurice et elle ont décidé de passer la soirée chez lui, à discuter de leur avenir, des aménagements nécessaires à une future vie commune, et voilà qu'ils causent de tout autre chose.

Peut-être du fond du problème.

– Pardonne-moi de m'emporter, Maurice, mais je dois beaucoup à la province... Elle m'a consolée, rendue à moi-même, à ma disponibilité...

– Autrement dit, c'est à elle que je te dois ?

En fait, c'est grâce à Marcelin que Suzanne a repris goût à l'amour. Et une femme aimante, aimée, émeut les autres hommes.

– En réalité, tu es déçu : c'est de tes pairs que

tu attendais un accueil favorable! Or ces beaux messieurs prétendent ne pas t'avoir lu! Ils doivent être en train de fomenter une stratégie pour t'écrabouiller, comme chaque fois qu'un confrère se montre non conformiste! Maintenant, tu es protégé par ton succès!

— Et cette avalanche de courrier... Tu peux m'expliquer ce phénomène?

— Facilement : tu décris les soucis des gens, leur angoisse quotidienne, leur incompréhension devant la façon dont certains médecins négligent la personne pour ne voir que le corps, parfois même une seule partie du corps...

— Mais je ne fournis pas de recettes! Moi aussi, je suis impuissant... Je raconte seulement comment c'est...

— C'est pour cela que les gens simples t'écrivent. Parce que tu dis vrai, et qu'ils le perçoivent...

— Suzanne, je t'aime.

— Moi aussi, Maurice.

Ce qu'elle apprécie surtout, c'est sa façon détachée d'accueillir un succès qui ferait tourner la tête à plus d'un. Lui se contente de s'appesantir encore plus sur les mystères de la vie en explorant la façon dont, corps et âme, nous sommes pris dans les rets du langage. Conditionnés par le discours collectif. C'est un champ d'investigation nouveau pour lui, auquel il désire associer Suzanne.

Maurice l'a enlacée et la fait glisser sur ses genoux, lui baise les lèvres, le cou, la naissance des seins.

Quelle raison a-t-elle de résister?

51

Maurice, qui n'avait jamais convolé, avait souhaité un mariage religieux et Suzanne s'était laissé convaincre. Une cérémonie est assurément plus marquante qu'un simple cocktail.

Et puis, un « vrai » mariage est l'occasion d'une journée de vacances, pour les mariés comme pour leurs invités. On en parle longtemps à l'avance : « Le mois prochain, j'ai un mariage... », disent les participants comme s'il s'agissait de quelque chose qui leur appartenait en propre.

– Et si on se mariait chez toi ? On pourrait recevoir au jardin ? proposa soudain Maurice.

D'abord perplexe – se marier si près de Marcelin, n'était-ce pas comme un défi ? –, Suzanne avait accepté... Tout est plus simple en province, aussi bien trouver l'église, le prêtre, que s'assurer les services d'un bon traiteur et garer les voitures. Reste que la distance d'avec Paris risquait de décourager du monde. « On verra qui nous aime ! » a dit Maurice, ajoutant : « Il n'y a qu'à choisir la semaine de

Pâques, les gens prennent quelques jours de vacances, ils feront étape là-bas, cela fera marcher les hôtels et le commerce... »

Maurice avait le don d'envisager les choses sous leur aspect le plus concret. « Ça explique qu'il soit si bien parvenu à exprimer sa pensée, se dit Suzanne. Les idées ne se contentent pas de le traverser, elles s'inscrivent à travers lui. »

Décidément, plus elle côtoyait cet homme, plus elle lui découvrait de qualités.

Se choisir une tenue de mariée quand on n'a plus vingt ans, ni même quarante, demande réflexion, mais quelle femme n'y prend pas plaisir? Une fois de plus – ou pour la première fois – elle va se trouver le personnage central d'une grande fête. Celle que toutes les autres femmes vont regarder avec envie. Du moins est-ce le but visé... La réserve, ce jour-là, ne convient pas. Toutefois, il faut éviter le ridicule du tralala. Une nécessaire ostentation doit s'harmoniser avec ce que l'on a conservé ou développé de beauté.

Suzanne se savait grande, bien charpentée, plus forte de partout. Ce sont les os qui s'épaississent lorsqu'on prend de l'âge. Même si on a conservé sa ligne, il n'est plus question – sauf maigreur étique – d'avoir la taille de ses vingt ans, ni parfois les jambes. Fatigue du rachis? Le cou aussi semble avoir raccourci. En revanche, le port est plus majestueux, le mouvement plus ample. Une femme qui vieillit « bien » s'assure de plus d'espace autour d'elle, telle une figure régnante. Celles qui, au contraire, se rabougrissent, s'effacent, comme pour laisser la place, par discrétion ou mécontentement d'elles-mêmes, manquent à leur rôle. Chacun apprécie de voir des femmes dignes d'admiration à tous les âges de la vie.

— Heureusement que tu as accepté de m'épouser, lui déclare Maurice ce matin-là, tu es si resplendissante qu'autrement je t'aurais perdue!

Suzanne avait opté pour un ensemble en crêpe beige pâle, assorti à la nuance blond doré de ses cheveux. A l'annulaire de sa main gauche, la bague sertie de diamants que Maurice lui avait offerte comme venant de sa mère, s'harmoniserait parfaitement avec l'alliance, platine et brillants, qu'ils avaient choisie ensemble.

Monsieur le Chien trouvait la maison bien agitée depuis deux jours. D'autant qu'il avait dû subir un bain. Sa maîtresse était gaie, certes, mais quelque peu nerveuse.

Surtout, les fleurs n'en finissaient pas d'arriver, comme les télégrammes, ce qui, pour un chien, représente un gros travail d'accueil.

— Sois aimable, le Chien, lui disait Maurice. Aujourd'hui, tout le monde est bienvenu...

Vincent, impeccable dans son costume bleu marine, conduisit sa mère à l'autel tandis que les cloches de la petite église sonnaient à la volée. Maurice, lui, était au bras de sa marraine. Il lui avait demandé de bien vouloir l'assister et la vieille dame avait fait exprès le trajet depuis sa Bretagne.

— Si ta chère mère te voyait, lui avait-elle dit en l'admirant dans sa tenue claire, ce qu'elle serait fière! Elle n'aurait qu'un regret...

– Lequel ?

– Penser que tu n'auras pas d'enfants...

Sous-entendu : pourquoi t'es-tu pris une femme qui n'est plus en âge de procréer ?

– Je ne désire pas avoir d'enfants, Marraine. On peut vivre sans, tu le sais bien, puisque tu n'en as pas eu !

– Mon mari bien-aimé m'a tenu lieu de tout !

– Tu vois ! Les couples sans enfants sont parfois plus unis et plus heureux...

– Oui, mais le survivant se retrouve bien seul...

– N'oublie pas que tu m'as ! Et je sais que Suzanne est toute prête à t'adopter, elle aussi...

C'est ragaillardie que Mme Levantec, en robe longue rose et gris, remonte au bras de son filleul la petite nef fleurie de toutes parts.

Les chants – des voix jeunes –, l'harmonium, tout est frais, allègre, et les assistants se sentent émus. Cela existe donc encore, l'amour conjugal ? Et la fidélité, on peut encore l'envisager comme faisant partie de ce monde ?

C'est en tout cas ce que l'homélie du curé tente de faire accroire : pour lui, c'est comme autrefois, le mari et la femme ne vont plus faire qu'une seule chair jusqu'à la fin de leurs jours.

Suzanne, bien sûr, songe à Philippe.

Une seule chair... Ils l'avaient été un moment, puis la vie sépare ceux qui s'aiment. Surtout la mort. Toutefois, Suzanne était bien obligée de reconnaître que Philippe ne l'avait pas abandonnée. Était-ce le sacrement du mariage aujourd'hui répété ? Depuis sa mort, il n'avait pas cessé de l'accompagner et elle avait le sentiment – sans doute inventait-elle – qu'il approuvait son remariage avec Maurice.

C'était bon pour Vincent que sa mère ne soit plus seule, bon aussi pour sa propre mémoire : sa femme et son ami l'avaient aimé et continueraient de penser à lui. Jusqu'à ce que la mort à nouveau sépare et réunisse.

Quelques reniflements discrets se font entendre au moment de la remise des alliances et de l'engagement « pour l'éternité ». Défi, qu'un tel serment ? Combien des couples présents, dont la plupart de leur génération, sont, si l'on peut dire, « d'origine » ? La plupart ont divorcé une fois, deux fois, et beaucoup vivent ensemble sans être repassés devant le maire, sans même parler du curé...

Maurice lui embrasse la main après y avoir passé l'alliance, et Suzanne lui jette un regard de sous sa capeline de soie nacrée : il a les larmes aux yeux. Que d'émotions aujourd'hui ! Seul Vincent dissimule la sienne et Suzanne ne sait pas ce que son fils peut bien penser... A vrai dire, elle n'y tient pas. La songerie d'un fils, lors du remariage de sa mère, est chose intime...

C'est pour lui qu'elle prie au moment des offrandes : « Je te souhaite de rencontrer l'être avec lequel tu pourras toi aussi ne faire qu'un, même si cela ne doit durer que le temps d'enfanter... »

Un enfant, c'est l'incarnation vivante du couple qu'ont formé ses parents. Même s'ils se séparent par la suite, l'enfant est là pour continuer le présent, parfois le perpétuer.

Suzanne n'aura pas d'enfants avec Maurice. Pas plus que de Marcelin. C'est sous cette forme négative qu'elle pense soudain à cet homme, alors qu'elle avait pu éviter de le faire jusque-là... Cela jaillit en elle comme un cri : « C'est avec toi que j'aurais voulu avoir un enfant ! »

Mais l'enfantement est fini pour elle ; désormais, son alliance avec un homme ne peut être que spirituelle, une forme d'assistance pour aller jusqu'au bout de ce qui leur reste de chemin.

Dehors, la lumière les surprend, relayée par le flash des appareils photographiques, les acclamations de ceux qui font la haie, les cris de joie des enfants qui leur lancent à poignées des grains de riz...

« C'est fait », se dit Suzanne tandis que Maurice lui prend le bras et le serre contre sa poitrine...

Il eût suffi d'un mot de Marcelin pour que Suzanne ne se remarie pas. Ce mot, il ne l'a pas prononcé quand elle lui a fait part de ce projet. C'est donc qu'il était d'accord pour qu'elle s'engage.

52

Tous les matins, Maurice se met au travail dans l'une des chambres du premier étage de la maison dont il a fait un bureau. Il a installé la table de merisier rouge sur laquelle il écrit devant la fenêtre qui donne sur le jardin. Cela lui permet, comme il dit, d'avoir un œil sur son papier, l'autre sur les fleurs et les arbres.

Comme il a installé sa table de côté, les vrilles de la glycine, qui pénètrent jusque dans la pièce, ont l'air de chercher à lire ce qu'il écrit.

– Attention, lui dit Suzanne qui survient pour lui apporter une nouvelle tasse de café, tu es espionné!

– Je ne te l'ai pas dit? C'est ma nouvelle secrétaire... Elle relit tout, me corrige au besoin, me souffle les fins de phrases...

Après *La Passion de guérir*, afin de répondre à la demande des lecteurs, il s'est remis au travail et a publié un autre livre, *Le Corps n'est pas seul*, pour aider chacun à s'orienter parmi le dédale actuel du monde médical. Une plus grande écoute est nécessaire: du malade par lui-même, ensuite par son médecin. Il a d'ailleurs constaté qu'un malade qui se « comprend bien » est plus facile à traiter.

Tout cela, il le raconte avec humour, à coups d'anecdotes, d'observations, d'interrogations aussi.

– C'est très habile de ta part de poser des questions à tes lecteurs, lui a dit Suzanne après avoir lu les premiers chapitres. Comme ça, les gens vont à nouveau t'écrire et tu auras matière à un troisième livre!

– Tu sais bien que je ne le fais pas pour ça! Nous sommes tous dans le pot au noir, à l'heure actuelle, et il faut nous entraider, malades et médecins.

– Chéri, je te taquine! En fait, j'admire la façon dont tu mènes ton œuvre : en partie double, la clinique nourrissant l'écriture...

– Tu sais bien que c'est toi qui m'as mis sur la voie.

Dès que possible, elle l'emmène dans la maison de province où il se sent d'autant plus heureux et chez lui qu'il y travaille. Suzanne, en compagnie de Monsieur le Chien, entretient le jardin, veille au confort et à l'embellissement des lieux auxquels Vincent, lui aussi, a pris goût.

En coupant les roses fanées et en arrachant un à un les brins d'herbe qui envahissent quotidiennement les plates-bandes, Suzanne songe à son fils. Son stage au Japon terminé, Vincent s'est trouvé un « job », qui va devenir une carrière, dans une entreprise de la région parisienne. Va-t-il épouser la jeune femme rencontrée sur son lieu de travail ? Si elle tombe enceinte, sûrement. Quand il s'agit des jeunes, c'est la venue des enfants qui, de nos jours, officialise les couples. De tout petits enfants viendront-ils courir dans le jardin ? Il faut le prévoir dès à présent... Suzanne va convoquer le maçon, lui demander de doubler le toit de laine de verre, puis elle fera aménager des chambres et une salle de bains dans le grenier...

C'est avec l'argent gagné par sa collaboration avec Rosa qu'elle continue d'arranger la maison. *Rosa Collard* est devenue la boutique en vogue de la région ; grâce au choix de bijoux dont Suzanne s'occupe activement. Il lui arrive même d'influencer certains joailliers en les incitant à créer les parures dont elle leur fait le croquis.

— Ce sont de véritables créations, lui a dit Rosa en contemplant le dernier arrivage. Vous devriez les signer, Suzanne. Vous avez le don !

— On verra.

« Je n'ai pas d'ambition quand il s'agit de moi », se dit-elle en attachant avec des liens de raphia le buisson de marguerites que la pluie nocturne a fait s'affaisser. Peut-être se trompe-t-elle et aurait-elle besoin d'être reconnue pour elle-même, pas seulement comme la femme de Maurice Mercier ?

Mais elle a beau s'analyser, les honneurs ne sont pas ce qu'elle recherche.

— Est-ce que le journal est arrivé ? dit soudain la voix de Maurice. Il s'est appuyé des deux bras à l'appui de la fenêtre – qu'il faudra renforcer lorsqu'il y aura des tout-petits – et Suzanne se réjouit de le voir ainsi, le teint frais, le sourire heureux, joliment encadré à mi-corps par toute cette verdure.

– Il doit être dans la boîte aux lettres, je te l'apporte.

En montant l'escalier, Suzanne jette un coup d'œil aux gros titres du *Sud-Ouest* dont elle a fait sauter la bande, puis passe aux pages générales.

Soudain, son œil est accroché par le nom de Maurice Mercier! Stupeur : il fait partie de la liste des personnalités, pas toutes connues, de la dernière promotion de l'Ordre du Mérite!

– Regarde, dit-elle en déposant le journal devant son mari, il y a là quelque chose qui te concerne!

– Une découverte médicale?

– Une découverte, oui, mais pas médicale...

Comme Maurice ne considère pas la bonne colonne, Suzanne finit par lui indiquer du doigt :

– Là, qu'est-ce que tu lis?

– Oh! fait-il stupéfait.

Puis il replie le journal pour vérifier la date, n'en croyant pas ses yeux, revient à son nom, lève la tête vers Suzanne.

– Tu te rends compte! Je n'ai pourtant rien demandé!

– On ne demande pas le Mérite, Maurice, dit Suzanne, informée jadis par son père, l'un des premiers décorés de cet ordre fondé par le général de Gaulle. Il vous est décerné d'office, mais pour que vous ayez le droit de le porter, il faut qu'il vous soit remis au cours d'une cérémonie publique, non à la sauvette. Choisis-toi un parrain et nous ferons la réception à Paris à la rentrée.

— J'imagine la tête de mes confrères !

C'est à la tête des autres qu'on songe dans ces cas-là, se dit Suzanne. Pourtant, celle de Maurice, tout ébouriffée par la surprise, n'est pas mal non plus.

Quand ils se retrouvent à la terrasse du restaurant, il lui semble d'ailleurs que son mari se tient plus droit, comme prêt à rendre les saluts si par hasard on lui en faisait ! « Même le meilleur des hommes a sa vanité », se dit-elle. Ou bien, ne s'apprécie pas suffisamment et profite de toute marque de reconnaissance, fût-elle aussi extérieure qu'une décoration.

C'est à ce moment qu'elle aperçoit Marcelin. Il remonte l'avenue en compagnie d'Annie. Cela fait un moment que Suzanne n'a vu ni l'un ni l'autre. En fait, depuis son mariage. L'a-t-il su ? « Tout se sait en province », n'a-t-il cessé de lui répéter comme un argument incontournable – à ses yeux à lui ! – pour suspendre leur liaison.

Elle le trouve plutôt voûté, l'air légèrement absent. Quant à Annie, sa bouche, lui semble-t-il, s'est pincée et son regard est devenu soupçonneux. Ces deux constatations la réjouissent : on ne l'a pas oubliée, chez les Fournier ! Puis Marcelin l'aperçoit, son regard glisse aussitôt vers Maurice et il se redresse. Puis, au lieu de se détourner, comme chaque fois qu'elle l'a rencontré en compagnie de son épouse, il la fixe à nouveau et lui adresse un large sourire.

Suzanne se sent pâlir. Va-t-il s'approcher, leur parler? Mais, après un léger ralentissement qui lui sert à bien dévisager Maurice – lequel, ne le connaissant pas, ne s'en émeut guère –, il passe. Annie, plongée dans sa morosité, ne les a pas remarqués.

Tout ce temps-là, Suzanne a serré à deux mains la laisse de Monsieur le Chien, installé sous la table. Comme si elle craignait qu'il ne saute vers Marcelin, qu'il aimait tant.

Retenant en fait son propre cœur.

Mais Monsieur le Chien, qui n'a rien dû flairer – tant de monde passe les soirs d'été sur le Cours – est demeuré allongé sur le trottoir, la truffe entre les pattes.

Comme elle est seule.

53

— Qu'est-il devenu?
— De qui parles-tu?

Suzanne est en train d'écosser des petits pois, l'une des plus douces activités que vous réserve la préparation de la cuisine, pour la raison qu'il n'est pas besoin d'instrument, les doigts suffisent.

Vincent, lui, lit les journaux. Depuis qu'il a séjourné à l'étranger, son appétit de nouvelles s'est décuplé : tous les matins, il lui faut une demi-douzaine de tabloïds – nationaux, régionaux, mais aussi américains et allemands.

Quand il a tout épluché, il se retrouve parmi une litière de papier journal sur laquelle vient s'installer Monsieur le Chien.

— L'éleveur.
— Que dis-tu?
— Oui, ton ami l'éleveur! Tu ne le vois plus jamais?

Vincent était donc au courant? Par quel truchement?

— Qui t'a dit que j'avais un ami éleveur?
— Rosa.

Suzanne n'en avait pas parlé à Rosa Collard, elle n'a d'ailleurs jamais fait de confidences sur Marcelin à personne. Comment Rosa l'a-t-elle su ? Marcelin avait raison : en province, tout court les rues, même les secrets les mieux gardés.

— Que t'a-t-elle dit ?

— Que tu avais un ami de cœur, un homme d'ici. Bel homme, d'ailleurs, et que tu paraissais très amoureuse, que cela t'a duré longtemps et qu'elle n'a pas tout de suite compris pourquoi tu épousais Maurice...

— Mais j'aime Maurice ! C'est mon mari.

— Et l'autre, tu ne l'aimais pas ?

Vincent lui sourit d'un air si engageant que Suzanne n'arrive pas à se fâcher de cette inquisition. Peut-être, sans le savoir, a-t-elle envie de parler de Marcelin ? Elle n'a jamais pu le faire, jusque-là.

— Il était marié.

— Et alors ? On divorce.

— Pas lui.

— Des principes ?

— Un genre de vie.

Une fierté aussi, un orgueil : divorcer, c'est avouer qu'on s'est trompé. Il y a des hommes qui n'aiment pas ça. Que dire aux enfants quand il y en a ? « Vous êtes le résultat d'une erreur », ou : « Nous n'aurions pas dû vous avoir... »

Marcelin n'est pas ainsi et c'est pour cela qu'elle l'aime. Suzanne s'aperçoit qu'elle l'a pensé au présent.

— Ça m'aurait plu que tu deviennes une vraie provinciale...

— Parce que je ne le suis pas ? dit Suzanne en se levant et en tapotant sa jupe pour en faire tomber les débris de cosses qui s'y sont accrochés.

— Tu ne le seras jamais... Ce que tu as dû lui faire peur, à ton ami !

— Qu'en sais-tu ?

— Au fond, c'est peut-être toi qui as eu peur ! Mais qu'est-ce qu'il a dû t'aimer...

Vincent replace sur son nez les petites lunettes rondes cerclées qu'il met pour voir de loin et qui lui donnent l'air d'un professeur d'université américaine. Il la dévisage soudain, comme un homme regarde une femme. Cela part malgré elle :

— Il m'aime peut-être toujours...

— Sûrement, dit Vincent en ôtant ses lunettes d'un geste brusque de la tête et de la main, et en reprenant l'un des journaux qu'il extrait de sous le ventre de Monsieur le Chien, lequel gémit légèrement d'être dérangé. Puis, les yeux sur sa lecture :

— Et toi, tu l'aimes toujours ?

— Tu oublies qu'il y a Maurice.

— Pas du tout. Mais l'un n'exclut pas l'autre. Tu veux que je te dise ce que je pense ?

— Je croyais que tu venais de le faire !

— Mettons que cela m'est mieux apparu en te parlant...

Suzanne s'immobilise sur le seuil de la cuisine, son bol de petits pois prêts à cuire en main.

— Je t'écoute.

— Maintenant, vous êtes à égalité, ton provincial et toi. Vous êtes tous les deux mariés !

– Tu trouves que cela facilite les choses ?
– D'une certaine façon, oui.

Suzanne l'a pensé. Elle ne divorcera pas, Marcelin non plus. Ils le savent l'un et l'autre. L'amour peut donc continuer. De toute façon, qu'ils le veuillent ou non, il le fait. Dans ce long, ce grand silence de la province qui lui a tant pesé au début, et qui lui fait maintenant l'effet d'un enveloppement de douceur auquel elle s'abandonne. Sans remords. Sans impatience. Tout aura lieu en son temps.

– Vincent, tu veux du sucre dans tes petits pois ?
– Dis donc, Maman, je voulais te dire... Je vais me marier avec Marjo.
– Elle attend un enfant ?
– Comment le sais-tu ?

Ils se parlent sans se voir, sans en avoir besoin, ils sont si proches.

– Et toi, comment sais-tu que je suis encore amoureuse de mon provincial ?
– Tu ne me croiras pas...
– Mais si !
– Parce que tu as l'air heureuse. Rajoute du sucre aux petits pois, comme quand j'étais petit. Et prépare-toi : bientôt, tu feras des tartines de confiture... J'aime ta maison, Maman.
– C'est aussi la tienne, Vincent.
– C'est la nôtre.

Maurice se penche à la fenêtre. Le cheveu en désordre, le teint hâlé depuis qu'il a entrepris de longues marches avec Suzanne. Il sort manifestement de son écriture matinale.

– Qu'est-ce que vous complotez, tous les deux, pendant que moi je travaille ?

– On s'installe.
– Dans quoi?
– Dans l'avenir.
– J'y suis?
– Nous y sommes tous. Ensemble.

« Jamais nous n'aurions pu vivre ainsi en ville, se dit Suzanne. Il y faut cette profondeur du temps, de l'espace, cet amour patient de la vie qu'on ne trouve qu'ici. »

Comme dans ces tableaux anciens où des personnages au repos se détachent sur un arrière-fond – lacs, fleuves, campagne, montagnes – se continuant à l'infini dans la lumière dorée d'un soleil immobile.

Elle monte dans sa chambre – Maurice et elle font chambre à part, sous prétexte de mieux dormir –, fait jouer le tiroir secret d'un petit meuble marqueté, en tire une enveloppe chiffonnée d'où elle sort un papier quadrillé du genre qui sert aux comptes ou à faire des fiches : l'unique lettre de Marcelin qu'elle n'ait pas détruite.

« Mon amour,
J'ai bien reçu ton courrier. Quelle joie. J'aime que tu me parles d'amour sans réserve, comme tu le fais.
Je suis toujours pressé de me déshabiller pour avoir le contact de ta peau le plus fort possible, profiter de tes caresses, tu me rends fou d'amour.
Mon désir de te posséder est si grand quand tu es dans mes bras, je fonds. J'aime tout en toi, et la façon dont tu fais l'amour me faire perdre tout contrôle. J'aime t'entendre prendre du

plaisir et cela va toujours trop vite. Je voudrais que cela dure plus longtemps, en ce qui me concerne, quand je suis dans ton corps, je jouis comme un fou d'amour que je suis pour toi.

Je t'aime et compte les jours où enfin je vais pouvoir te prendre et t'aimer. Pense à moi, pense à nous. Je t'adore. Marcelin. »

Suzanne veut déchirer la lettre. Puis elle la replie, la glisse dans son enveloppe, la repose au plus creux du tiroir.

Pour continuer le rêve. Et l'attente.

Impression réalisée sur CAMERON par
BRODARD ET TAUPIN
La Flèche

pour le compte des Éditions Fayard
en mars 1993

Imprimé en France
Dépôt légal : mars 1993
N° d'édition : 3873 - N° d'impression : 1273H-5

35-33-8986-03-8
ISBN : 2-213-03042-1

35.8986.8